Estelle Thompson

Eine Seele von Schuft

Scherz
Bern – München – Wien

Einzig berechtigte Übertragung aus dem Englischen
von Charlotte Hamberger
Titel des Originals: »The Edge of Nowhere«
Schutzumschlag von Heinz Looser
Foto: Thomas Cugini

2. Auflage 1992, ISBN 3-502-51364-3
Copyright © 1965 by Estelle Thompson
Gesamtdeutsche Rechte beim Scherz Verlag Bern und München
Gesamtherstellung: Ebner Ulm

1

Elizabeth drückte sich in eine Ecke des Taxifonds und zwang sich dazu, den kleinen Handkoffer locker im Schoß liegen zu lassen. Sie hatte ihren Körper beobachten gelernt und merkte sofort, wenn sich die Muskeln verkrampften. Und sie wußte, daß sie sich dann ganz bewußt entspannen mußte, bis sich die körperliche Entspannung auch seelisch auswirkte. Aber diesen Trick hatte sie im Laufe des vergangenen Vormittags schon so oft anwenden müssen, daß es allmählich immer schwieriger wurde, den überreizten Zustand ihrer Nerven zu verbergen. Immerhin, sagte sie sich mit einem Anflug von Stolz, war sie bis jetzt mit allem fertig geworden. Dabei hatte sie noch in letzter Minute eine wahnsinnige Angst überfallen, nicht einmal die einfachsten Dinge bewältigen zu können: zum Flugplatz Sydney zu fahren, ein Ticket zu lösen und das Unumgänglichste mit dem Flugpersonal zu besprechen.

Allen anderen fällt so etwas leicht. Aber wenn man ein paar Monate in einer Nervenheilanstalt gewesen ist, fürchtet man ständig, man könnte nicht wie alle anderen sein.

Solange sie im Krankenhaus gewesen war, hatte sie es nicht erwarten können, entlassen zu werden; sie war überzeugt davon gewesen, daß sie genauso gut wie alle anderen Menschen auch mit dem Leben fertig wurde. Aber während dieser letzten paar Tage, seit sie entlassen war, hatte sie doch erkannt, daß es noch einige Zeit dauern würde, bis sie sich wieder an das normale Leben gewöhnt hatte.

Sie hatte sich vor dem Aufsteigen der Maschine gefürchtet, aber das war gutgegangen: Nichts von der würgenden Angst, die sie eine Woche vorher im Auto überfallen hatte. Es war das erstemal nach dem Unfall gewesen, der ihren Nervenzusammenbruch ausgelöst hatte, daß sie wieder in einem Auto saß. Mr. und Mrs. Cassells, alte Freunde der Familie, hatten sie für ein paar Tage zu sich eingeladen, bevor sie allein den Flug nach Brisbane unternahm.

Alles hatte sich vor Angst zusammengekrampft; sie mußte die Augen schließen, um den Verkehr nicht mit anzusehen, um nicht zu schreien und sich aus dem Auto zu stürzen. Wieviel die netten Cassells von dieser Panik gemerkt hatten, wußte Elizabeth nicht. Jedenfalls hatten sie so getan, als merkten sie nichts; sie hatten sich ruhig weiter mit ihr unterhalten, und das

war das einzige gewesen, was ihr geholfen hatte, mit dieser entsetzlichen Lage fertig zu werden. Es war seitdem nie mehr so schlimm gewesen, und Elizabeth glaubte, die panische Angst vor allem, was fuhr, würde sich nun bald ganz legen. Und sie war erleichtert gewesen, als sie merkte, daß sich diese krankhafte Angst nicht auch noch auf das Fliegen erstreckte.
Dann war da noch ein gefährlicher Augenblick gewesen, als sie ganz allein und hilflos auf dem Flughafen von Brisbane stand und Marys Gesicht vergeblich unter den Wartenden suchte. Alles Selbstvertrauen, das ihr der gut überstandene Flug geschenkt hatte, war mit einem Schlage dahin gewesen. Hatte sie etwas in Marys Brief mißverstanden? Oder hatte sie diesen Brief überhaupt nur geträumt: das Angebot, ihr ein Heim zu bieten und in jeder Form zu helfen, bis sie einen Job annehmen und sich ihre «Stellung in der Gesellschaft» sichern konnte — eine stehende Redewendung aller Ärzte und Pfleger des Krankenhauses. Nur unter dieser Bedingung war sie entlassen worden, und wie endlos lang war es ihr erschienen, bis Mary sie aufnehmen konnte. Wie oft hatte sie nachts nicht schlafen können, weil sie fürchtete, ihre Schwester könnte das Angebot rückgängig machen. Wenn sie diese Stimmung hatte, war ihr das Krankenhaus wie ein Gefängnis vorgekommen.
Es hatte nur einige Minuten gedauert, die ihr wie Stunden vorgekommen waren, bis ein Angestellter des Flughafens sie fragte, ob sie Miss Miller sei. Man hatte sie schon über Lautsprecher ausgerufen, um ihr Marys Bestellung auszurichten.
«Entschuldigen Sie vielmals, wie dumm von mir, ich habe es wirklich nicht gehört. Ich — ich war krank», hatte sie gestammelt; sie spürte, wie ihr die Hitze ins Gesicht stieg. Wie komisch mußte sie wirken!
Aber der Mann hatte wahrscheinlich schon mit allen möglichen Leuten zu tun gehabt, denn er lächelte freundlich und erklärte ihr, ihre Schwester sei überraschend aufgehalten worden und erwarte sie im Flugbüro in der Stadt. Er hatte ihr noch beim Einsteigen in den Bus geholfen und eine launige Bemerkung über das Wetter gemacht, das doch für den Februar eigentlich gar nicht so übel sei. Und im Stadtbüro hatte dann Mary schon gewartet und sich tausendmal entschuldigt. Sie war noch genauso, wie Elizabeth sie in Erinnerung hatte: lächelnd, schlank und auf eine unauffällige, selbstverständliche Art elegant.

Trotz Marys heiterer Ungezwungenheit hatte Elizabeth gemerkt, daß sie sie beobachtete. Ich darf nicht so empfindlich sein, hatte sie gedacht. Warum soll sie sich keine Gedanken über mich machen? Ich täte es ja auch an ihrer Stelle.
Und als habe sie Elizabeths Gedanken erraten, hatte Mary impulsiv ihre Hand ergriffen. «Arme Libby!» hatte sie liebevoll gesagt. «Du bist bestimmt müde! Es ist mir schrecklich unangenehm, daß ich dich nicht wie versprochen am Flugplatz abholen konnte. Aber Ian mußte sich ja wieder mal in den Fuß schneiden. Der kleine Teufelsbraten stellt lauter solche Sachen an; ich kriege noch bald graue Haare deswegen. Und dann hatte dieses blöde Auto auch noch einen Plattfuß; ich hab es einfach nicht mehr rechtzeitig geschafft!»
Das vertraute «Libby» war wie eine Erlösung für Elizabeth gewesen. «Es ist alles gut gegangen, Mary. Die Leute am Flugplatz waren sehr hilfsbereit. Und schließlich muß ich doch jetzt wieder auf eigenen Füßen stehen.»
Sie hatte ruhig wirken wollen, aber sie war sicher gewesen, daß Mary ihre gespielte Tapferkeit durchschaute, denn sie hatte ihr fest die Hand gedrückt.
Sie fuhren an vielen Häusern vorbei. Bäume und Grünflächen flogen vorüber. «Das war der Bowen-Park. Er ist nicht sehr groß, aber wunderhübsch. Schade, daß jetzt die Bäume schon abblühen. In ein paar Minuten sind wir zu Hause.»
Mary und Lauries Holzhaus stand in einem Vorstadtgärtchen voller Blumen. Bestürzt sah Elizabeth, wie klein diese Parzellen waren und wie dicht die Häuser beieinanderstanden. Es gab nicht mal eine Hecke, die den Vorgarten vor den Blicken der Passanten abschirmte, sondern nur einen niedrigen Drahtzaun.
Ich muß den Wunsch, mich zu verstecken, unterdrücken, sagte sich Elizabeth entschlossen. Es ist ein Teil der Aufgabe, wieder normal leben zu lernen.
Der Taxifahrer brachte das Gepäck, Mary bezahlte und schloß die Haustür auf.
«Mary», sagte Elizabeth hastig und ergriff ihren Arm. «Die Nachbarin, die auf die Kinder aufpaßt — muß ich, muß ich ihr jetzt gleich vorgestellt werden?»
Mary sah sie erstaunt an. «Sie hat Cathy und Ian zu sich genommen und behält sie bis nach dem Lunch, die Gute! Aber Libby! Du zitterst ja! Komm, komm schnell herein und ruh dich aus!»

Fürsorglich begleitete sie Elizabeth in das gemütliche Wohnzimmer, dessen Fenster weit offenstanden, um die sommerliche Wärme hereinzulassen. «Gib mir deine Sachen und setz dich hin. Ich mach dir inzwischen einen Drink. Oder möchtest du lieber Tee?»
Elizabeth schüttelte den Kopf. Sie blieb stehen und krampfte die Hände um eine Stuhllehne.
«Es ist ja nichts, es geht mir gut, wirklich, ganz gut. Dieses dumme Zittern, das — manchmal kommt es eben noch. Aber es ist gleich wieder vorbei. Es ist nicht mehr so schlimm wie früher.» Sie senkte den Kopf, als könne Mary sonst die Erinnerung an diese schrecklichen Anfälle aus ihrem Gesicht lesen, an dieses nicht zu bezähmende Zittern, das mit einer namen- und grundlosen Angst verbunden war und wogegen sie nichts hatte tun können.
Langsam beruhigten sich ihre Hände wieder. Sie sah Mary mit gequältem Lächeln an. «Mach nicht so ein besorgtes Gesicht! Ich bin albern! Gerade vorhin noch hab ich mir selbst gesagt, ich dürfe nicht ständig das Gefühl haben, alle Leute starrten mich wie ein Ausstellungsstück in einem Museum an — und dann, dann hatte ich doch wieder Angst — vor deiner netten Nachbarin. Ich hab immer noch Angst davor, mit Menschen zusammenzutreffen.»
Mary ging zu ihr und schob den Arm unter ihren Ellbogen. «Du hast Schweres durchgemacht, Libby. Da kannst du nicht erwarten, daß du dich gleich nach der Entlassung wieder ganz gesund fühlst. Außerdem hast du einen anstrengenden Vormittag hinter dir. Ich finde es so großartig, wie du mit allem fertig geworden bist. Komm, ich zeig dir jetzt dein Zimmer und dann mach ich uns was zu essen und du ruhst dich einstweilen aus!»
Erleichtert stellte Elizabeth fest, daß Mary ihr ein Eckzimmer zugedacht hatte, das nicht auf die Straße hinaus ging. Das Zimmer war hell, und durch die Fenster sah man auf die anderen Häuser mit ihren kleinen Gärten und bunten Dächern.
«Hoffentlich gefällt es dir ein bißchen», sagte Mary zaghaft.
«Ein bißchen?» Elizabeth wandte den Blick vom Fenster. «Es ist himmlisch!»
Mary lachte. «Himmlisch würde ich so ein Durchschnittshaus in einer Durchschnittsvorstadt nicht gerade nennen, aber ich freu mich, daß es dir gefällt. Und Laurie wird sich auch freuen.»

«Für mich ist es himmlisch, Mary. Ich hatte während der letzten Monate manchmal solche Angst, nie mehr gesund zu werden, nie mehr woanders als in einem Krankenhaus leben zu dürfen, nie mehr ein eigenes Zimmer zu haben und nie mehr jemanden zu haben, der wirklich Anteil an mir nimmt und der mich nicht nur dauernd beobachtet, ob ich auch nichts anstelle. Jetzt bin ich wieder in einer Familie; ich fände euer Haus auch dann noch himmlisch, wenn es eine Wellblechhütte mit Blick auf Gleisanlagen wäre. Weil es ein richtiges Zuhause ist und keine öffentliche Einrichtung; keine Nervenheilanstalt, kein...», sie zögerte eine Sekunde und sagte dann leidenschaftlich: «Kein Irrenhaus.»
«Libby!»
Elizabeth nahm ihre Schwester bei den Schultern. «Mary», sagte sie ohne Erregung, «ich hatte einen Nervenzusammenbruch. Die Psychiater meinen, nach menschlichem Ermessen würde ich nie mehr einen bekommen. Aber ich war nervenkrank. Das ist eine Tatsache, Mary, und der wollen wir nicht ausweichen. Ich habe keine Angst, die Wirklichkeit so zu sehen, wie sie ist; jetzt darfst du auch keine Angst haben, sie beim richtigen Wort zu nennen. Ich ertrage es nicht, wenn du darum herumredest und taktvoll alles vermeidest, was mich verletzen könnte. Dann hätte ich ja erst recht das Gefühl, daß ich mich schämen müßte für das, was war. Vielleicht bin ich im ersten Augenblick betroffen, wenn mich jemand fragt: ‹Waren Sie verrückt?› Ja, und Dinge, die durchaus nicht aufregend sind, werfen mich immer noch sehr leicht aus der Bahn — das hast du vorhin ja selbst gesehen. Aber behandle mich nicht wie eine empfindliche Treibhauspflanze, die man vor jedem Lufthauch schützen muß! Sonst lerne ich es nie, wieder normal zu leben.»
Sie lächelte und ließ Marys Schultern los. «Ich wollte keine Rede halten. Als wir Kinder waren, mußtest du immer auf deine kleinere Schwester aufpassen; ich bin sehr froh, daß du es jetzt auch tun willst, obwohl ich weiß, daß es eigentlich nicht richtig ist. Aber in ein paar Wochen werde ich schon Arbeit finden; dann falle ich dir nicht mehr ständig zur Last.»
«Ach, Lib! Sei doch nicht albern!» Marys Stimme klang ein wenig belegt. «Ich wollte, du hättest schon früher zu uns kommen können. Aber unser Arzt und Laurie verordneten mir strengste Ruhe, bis Cathy zwei oder drei Monate alt sei.»

«Natürlich, das habe ich doch auch verstanden. Ich weiß, daß es dir nicht gutging.»
Es stimmte; sie hatte es immer eingesehen — mit dem Verstand. Aber manchmal war es schwer gewesen, es auch mit dem Herzen zu verstehen. Es war schwer gewesen, dem Chefarzt zu glauben, als er sie freundlich durch seine randlose Brille ansah und ihr erklärte: «Meine Liebe, es wäre ein denkbar schlechter Start für Sie, Sie jetzt allein in die Welt hinauszulassen. Es wäre, um es ganz deutlich zu sagen, ein Bärendienst. In der ersten Zeit brauchen Sie eine Hilfestellung und zwar von sehr verständnisvollen Menschen.»
«Aber Sie haben doch selbst gesagt, daß ich gesund bin. Ich bin — geistig wieder zurechnungsfähig.»
«Natürlich. Und trotzdem müssen Sie sich an das Leben draußen erst wieder gewöhnen. Das ist gar nicht so leicht, wenn man eine Zeitlang in der geschlossenen, schützenden Welt eines Krankenhauses gelebt hat. Dann kann man den Lebensfaden nicht einfach dort wieder aufnehmen, wo man ihn verließ. Es wird selbst dann noch nicht leicht sein, wenn Sie bei Ihrer Schwester wohnen. Aber es würde nichts als unnötige Schwierigkeiten heraufbeschwören, wenn Sie es ganz auf sich allein gestellt versuchten. Es sind doch nur ein paar Monate! Wenn Sie außer Ihrer Schwester noch jemanden hätten . . .»
Aber sie hatte sonst niemanden. Keine Verwandten, außer Kusinen in Westaustralien; und die hatte sie seit ihrem fünften Lebensjahr nicht mehr gesehen. Und Freunde konnte man nicht darum bitten.
Alles, was der Chefarzt sagte, war richtig und vernünftig. Aber es half doch nichts gegen die schreckliche Angst, Mary könnte sie vielleicht nur hinhalten und in Wirklichkeit nie einwilligen, daß sie bei ihr wohnte. Was dann? Würden ihr die Ärzte jemals zutrauen, auf eigenen Füßen zu stehen? War sie vielleicht schon dazu verurteilt, für immer hierzubleiben? Machten ihr die Ärzte nur vor, sie sei gesund, um sie aufzumuntern? Woher weiß man, ob man wirklich zurechnungsfähig ist und nicht nur einer schönen Täuschung erliegt?
So hatte sie damals gedacht; und eine sich immer höher auftürmende Woge von Angst hatte alle Vernunft weggespült. Mary wäre nur traurig geworden, wenn sie ihr das alles erzählt hätte.
«Du darfst überhaupt nicht daran denken, gleich loszusausen und dir Arbeit zu suchen. Laß dir Zeit, bis du wieder ganz fest

auf beiden Beinen stehst», sagte Mary. «Im Moment wird es das Klügste sein, nicht mal ans Stehen, sondern lieber ans Liegen zu denken. Ruh dich ein bißchen aus, bis ich mit dem Essen fertig bin. Du bist bestimmt ebenso müde wie hungrig!»

Aber Elizabeth merkte erst am Abend, als sie zu Bett ging, wie todmüde sie war. Der Tag war so randvoll gewesen mit neuen Erfahrungen und Anforderungen an die frisch erworbene Selbständigkeit, daß ihr gar keine Zeit für Müdigkeit geblieben war. Erst jetzt spürte sie, wie alles an ihrer Kraft gezehrt hatte. Sie konnte sich beim Ausziehen kaum noch darauf konzentrieren, einen Knopf aufzuknöpfen oder das Kleid ordentlich auf den Bügel zu hängen. Als sie das Licht ausgeknipst hatte, zog sie die Vorhänge zurück und sah aus dem Fenster auf die Häuser, in denen zum Teil noch Licht brannte, und auf die mondbeschienenen Dächer. Tief und zufrieden atmete sie ein.

Sie ließ den vergangenen Tag an sich vorüberziehen; dieses Kaleidoskop aus Ereignissen, Gesichtern und Szenen: Das Frühstück mit den Cassells in Sydney. Der kleine Ian, mit seinem aufgeweckten Blick, der ihr stolz die Verletzung an seinem Bein gezeigt hatte. Das Baby Cathy, eine Miniaturausgabe von Mary. Und Laurie, groß und ruhig, der ihr selbstverständlich den Arm um die Schultern legte und sie Schwesterchen nannte, wie damals, als er sich mit Mary verlobt hatte. Seine warmherzige Natürlichkeit löschte alle Zweifel aus, die Elizabeth gequält hatten.

Ihre Probleme waren natürlich noch nicht gelöst und längst nicht alle Schwierigkeiten überstanden. Aber heute brauchte sie keine von Dr. Fletchers Schlaftabletten. Manchmal, oft vielleicht, würden noch Tage kommen, wo sie vor Nervosität und Verkrampfung nicht einschlafen konnte. Sie war nicht blind für die Klippen, die das alltägliche Leben immer noch für sie bereithielt. Vielleicht hatte sie es zunächst falsch eingeschätzt, bis zu dem Augenblick, wo sie Mary nicht auf dem Flugplatz gesehen hatte — diesem endlosen Augenblick, wo sie unfähig gewesen war, auch nur einen einzigen klaren Gedanken zu fassen.

Sie legte sich ins Bett und zog die Decke über sich. Und plötzlich wußte sie, warum sie so zutiefst zufrieden war: Ich habe keine Angst, dachte sie. Zum erstenmal seit Monaten gibt es nichts, wovor ich Angst habe. Es wird wiederkommen, morgen, übermorgen, nächste Woche; aber heute gibt es nichts, wovor ich Angst habe.

In der Küche half Laurie seiner Frau abtrocknen. Sie hatten Elizabeth gleich nach dem Essen zu Bett geschickt, weil ihr die Überanstrengung aus dem Gesicht zu lesen war.
Laurie warf seiner Frau einen prüfenden Seitenblick zu. «Warum so schweigsam, Schatz?» fragte er zärtlich. «Ist sie schlechter beisammen, als du dachtest? Ich fand, daß es ihr verhältnismäßig recht gut geht.»
«O ja», versicherte Mary schnell. «Es geht ihr viel besser, als ich zu hoffen wagte. Wirklich. Ich glaube, sie hatte ein bißchen Angst, es könnte dir nicht recht sein — trotz unserer Briefe. Aber du warst wunderbar! Ich habe gesehen, wie ihr Gesicht richtig leuchtete, als du mit ihr geredet hast.»
«Guter Gott, wenn Libby meine eigene Schwester wäre, könnte ich sie nicht lieber haben.» Er lächelte. «Also, ich habe meine Sache gut gemacht, Lib geht es besser, als du hofftest; das Baby schläft und Ians Verletzung scheint auch nicht so schlimm zu sein. Und trotzdem stimmt doch was nicht, oder?»
Mary zögerte. «So ein bißchen ... ich wußte einfach nicht, was es bedeutet, Libby hier zu haben. Nicht daß ich es bereue oder so etwas. Es ist meine eigene Reaktion, die mich etwas befremdet. Ich kann nicht anders: mir ist nicht ganz wohl. Und ich hätte nie im Traum daran gedacht, daß ich so empfinden könnte. Ich meine — die Kinder und —, ich kann einfach nicht drüber weg, daß sie einen Nervenzusammenbruch hatte. Trotz allem, was uns die Ärzte geschrieben haben. Ich bin *innerlich* nicht sicher, daß das stimmt, was sie sagen.»
Laurie legte das Geschirrtuch hin und nahm Marys Kopf in die Hände. «Schatz, der Chefarzt wußte ganz genau, daß wir Kinder haben. Er hat uns in jeder Weise versichert, daß auch nicht der geringste Anlaß zur Sorge besteht. Er sagte, daß Libbys Nervenzusammenbruch kein Anzeichen von Geisteskrankheit oder auch nur Labilität war, sondern lediglich die Folge nervlicher Überlastung. Und schließlich hat sie auch wirklich allerhand mitgemacht; kein Wunder, daß sie zusammenklappte. Mary, der Arzt weiß doch, was er sagt! Und er hat immer wieder betont, daß Lib geistig und seelisch gesund ist, und daß sie jetzt nur Starthilfe braucht. Von Gewalttätigkeit oder der-

gleichen ist doch nie die Rede gewesen. Wenn sie jemanden gehabt hätte, der sich ihrer angenommen hätte, dann wäre ihr die Nervenklinik nach dem Krankenhaus ganz erspart geblieben.»
«Das weiß ich doch alles, Laurie.» Marys Stimme schwankte ein wenig. «Ich wollte ja selbst, daß Lib zu uns kommt. Und ich schäme mich ja für dieses — dieses Mißtrauen. Ach, ich rede lauter Unsinn! Früher ist mir nichts so dumm vorgekommen wie Vorurteile gegen seelische Krankheiten, und jetzt geht es mir mit meiner eigenen Schwester so. Das bringt mich ja so durcheinander. Ich habe keine Angst vor irgendwelchen Anfällen; ich werde nur dieses unsichere Gefühl nicht los. Weil man eben nicht weiß, wie normal sie denkt und reagiert...»
«Meinst du damit so was wie Gas andrehen und vergessen wieder abzudrehen? Glühende Zigarettenstummel in Papierkörben und dergleichen?»
Mary nickte. «Genau das. Kleinigkeiten, die schreckliche Folgen haben können.»
«Jetzt versteh ich dich, Liebling! Aber sieh mal, du kannst sie doch eine Zeitlang beobachten, ehe du sie allein im Haus läßt. Man muß ihr ja nicht gleich Verantwortungen übertragen. Zuerst soll sie sich erholen. Und dabei wirst du bald herausfinden, ob sie ihre Gedanken beisammen hat.»
Mary lächelte ihren Mann an. «Wenn *du* einem etwas erklärst, ist gleich alles einfach und selbstverständlich. Natürlich hast du recht. Ich bin verdreht. Und ich glaub auch bestimmt, daß diese alberne Nervosität in ein paar Tagen vergehen wird und ich mich richtig freuen kann, daß Lib hier ist.»
In dieser Nacht lag Mary noch lange wach; sie dachte über das Gefühl des Unbehagens nach, das sie Laurie eingestanden hatte. Und über das, was sie ihm verschwiegen hatte: Wie Elizabeth sie heute mittag bei den Schultern gepackt hatte, um ihren Worten Nachdruck zu verleihen, hatte Mary einen Anflug von Angst verspürt. Die Berührung war fest, aber nicht grob gewesen, und doch hatte sie sich ein paar Sekunden lang gefürchtet. Vor Lib gefürchtet! Ihrer lebhaften, zärtlichen, wilden kleinen Schwester, die immer zum Lachen aufgelegt und immer voll Mitgefühl für alle hilflosen Wesen gewesen war! Unvorstellbar, sich vor ihr zu fürchten.
Laurie hatte gesagt, daß Elizabeth furchtbar viel durchgemacht hatte, und das stimmte gewiß. Sicher gab es für jeden Men-

schen eine Grenze des Erträglichen, über die hinaus man ihn nicht belasten durfte. War diese Grenze bei Elizabeth besonders eng, weil sie sich, wie viele übersprudelnde Temperamente, ständig in einem gewissen Spannungszustand befand? Nach Meinung der Ärzte war sie nicht grundlos zusammengebrochen.
Hätte ich es durchgestanden? fragte sich Mary. Elizabeth war nach einem Wundstarrkrampf knapp dem Tod entronnen. In der Dunkelheit legte sich Mary die Hand über die Augen, als könne sie damit die Erinnerung fortwischen, wie sie Lib damals gesehen hatte. Und wie langsam war sie danach wieder zu Kräften gekommen! Sie war noch längst nicht ganz gesund gewesen, als sie zum erstenmal wieder Auto fuhr. Libby wollte den Vater an diesem Morgen zur Bahn bringen; es hatte geregnet. Die Steuerung ihres Wagens hatte versagt, und sie hatte einen Fünf-Tonnen-Lastwagen auf sich zukommen sehen. Sie hatte verzweifelt zu bremsen versucht, aber dabei war sie auf der nassen Straße ins Rutschen gekommen und mit dem Gegenverkehr zusammengestoßen. Ein Zeuge sagte später, Elizabeth habe in den wenigen Sekunden, nachdem sie gemerkt hatte, daß mit ihrem Wagen etwas nicht in Ordnung war, großartig reagiert und versucht, den Zusammenprall zu vermeiden. Der Fahrer des Fernlasters bestätigte diese Aussage. Bei dem Unfall war ihr Vater ums Leben gekommen und Elizabeth hatte schwere Verletzungen erlitten. Der Tod des Vaters war bitter gewesen für Libby; gerade zu ihm hatte sie ein besonders inniges Verhältnis gehabt. Ihre Mutter war früh gestorben, sie konnte sich kaum an sie erinnern, und nach Marys Hochzeit hatte sie nur noch den Vater gehabt.
Man hatte sie zwei Monate im Krankenhaus behalten, obwohl die Verletzungen nach drei Wochen ausgeheilt waren. Aber der seelische Schock heilte nicht so schnell.
«Ich habe im ersten Weltkrieg viele Kriegsneurosen gesehen», sagte der grauhaarige Arzt damals zu Mary und Laurie. «Bei ihr liegt der Fall sehr ähnlich. Kleinigkeiten versetzen sie in tiefste Angstzustände. Die Angst kommt manchmal ganz grundlos. Oder sie sitzt nur da und starrt vor sich hin, als sei sie in Wirklichkeit ganz woanders.» Er hatte ihnen eine teure Privatklinik empfohlen — viel zu teuer für ihre Verhältnisse. So war Elizabeth in eine staatliche Nervenheilanstalt gekommen, und Laurie hatte sie dort einmal besucht; das war kurz

nach Cathys Geburt. Er war mit guten Nachrichten wiedergekommen: Elizabeth ginge es schon viel besser. Aber er wollte nicht viel darüber sprechen, und das bestärkte Marys Verdacht, daß Libby dort alles andere als glücklich war.
Mary seufzte leise und drückte sich ihr Kissen zurecht. Sie wußte, daß es noch länger dauern würde, bis sie Elizabeth wieder ohne Unbehagen und Befangenheit akzeptieren konnte. Sie hatte es schon gewußt, als sie Laurie noch tapfer vom Gegenteil zu überzeugen suchte. Aber das Wichtigste war, daß es Elizabeth keinen Augenblick spüren durfte.

2

Elizabeth hockte auf der niedrigen Steinmauer und blickte gedankenverloren auf die anderen Gäste, die lachend und plaudernd um das Feuer saßen. Im Schatten der Lampions wirkte ihr ohnehin schmaler Kopf noch schmaler; aber der ängstliche, angestrengte Blick der graugrünen Augen hatte sich in den vergangenen Monaten verloren. Etwas von der alten, reizvollen Lebhaftigkeit war in ihr Gesicht zurückgekehrt.
Sie hatte sich unauffällig zurückgezogen, weil sie plötzlich von all dem Trubel ermüdet war. Schon den ganzen Tag lang war sie niedergeschlagen gewesen. Eigentlich hatte sie gar nicht mitkommen wollen zu diesem Gartenfest eines älteren Kollegen von Laurie. Aber sie wollte Mary und Laurie keine unnötigen Sorgen machen. Sie hatte die Stelle heute nicht bekommen; und das war ein härterer Schlag für sie, als sie die beiden ahnen ließ.
Müde fuhr sie sich durch das dunkle, leicht gewellte Haar und dachte an die erste Nacht zurück, die sie bei Mary und Laurie verbracht hatte: an die tiefe Zufriedenheit und das Gefühl, daß es nun nichts mehr gebe, wovor sie sich fürchten müßte. Bis heute hatte sie geglaubt, daß sie mit allen Schwierigkeiten fertig würde — obwohl sie gemerkt hatte, wie richtig die Voraussage des Chefarztes gewesen war, das Alltagsleben werde ihr nach der Entlassung nicht leichtfallen.
In der ersten Woche hatten sie die geringsten Kontakte mit Menschen noch Selbstüberwindung und Anstrengung gekostet: etwa in dem Geschäft an der Ecke noch eine Flasche Milch

zu holen oder die Tür aufzumachen, wenn Mary gerade nicht konnte. Jeden Abend war sie erschöpft gewesen. Lächerliche Kleinigkeiten vergrößerten sich, wie durch eine Linse gesehen, zu erniedrigenden Katastrophen. Als sie zum erstenmal ohne Mary in die Stadt gefahren war, hatte sie auf der Rückfahrt nicht nur die Nummer von Marys Haltestelle vergessen, sondern auch den Namen der Straße, wo sie wohnte, sogar den Namen der Vorstadt. So löste sie einen Fahrschein zur Endhaltestelle, in der verzweifelten Hoffnung, die richtige Haltestelle dann doch noch zu erkennen. Sie erkannte sie tatsächlich; aber da war sie schon ganz zermürbt von dem Gedanken an die Peinlichkeiten, die auf sie zugekommen wären.

Und dann, während der ersten paar Tage, die Erkenntnis, daß Mary ihr nicht ganz traute, obwohl sie das natürlich streng zu verbergen suchte. Sie hatte zufällig ein Telefongespräch zwischen Mary und einer Freundin mitangehört: «Heute nachmittag? Ach, furchtbar gerne, aber ich kann nicht. Weißt du – ich bekomme in der kurzen Zeit niemanden mehr für die Kinder.»

Mary hatte eingehängt und kam in die Küche, wo Elizabeth ihr fröhlich erklärte: «Du kannst diese Ellen gleich wieder anrufen und ihr sagen, daß du heute nachmittag doch Zeit hast, weil *ich* auf Cathy und Ian aufpasse.»

Nur eine Sekunde lang hatte Mary gezögert; dann hatte sie gelacht: «Ach so! Es ist zwar nicht schön von mir, die Kinder als Ausrede zu gebrauchen, aber in Wirklichkeit hab ich gar keine Lust, wegzugehen. Manchmal muß man eben aus Höflichkeit lügen.»

Damals hatte Elizabeth zum erstenmal gemerkt, daß Mary es strikt, wenn auch möglichst unauffällig vermied, sie mit den Kindern allein zu lassen. Sie sprach nicht darüber, aber diese Entdeckung war ein schwerer Schlag für ihr Selbstvertrauen.

Aber solche Niederlagen wurden später wieder aufgewogen durch eine wachsende Anzahl kleiner Triumphe. Wie damals, als sie zum erstenmal allein ein hübsches Kleid in der Stadt kaufte. Und vierzehn Tage später, als Mary sie bat, auf die Kinder aufzupassen, weil sie beim Zahnarzt bestellt war. Elizabeth empfand Triumphe und Niederlagen krasser als andere. Sie war überzeugt gewesen, die Stelle in dem Schiffahrtsbüro zu bekommen; sie war zwar nichts Besonderes, aber sie war solide und abwechslungsreich. Nicht im Traum wäre ihr eingefallen, daß sie Lampenfieber bekommen könnte – bis zu dem

Augenblick, wo sie das Gebäude betrat. Der Personalchef, ein flotter, tüchtiger junger Mann, war so unpersönlich wie eine Rechenmaschine. Er maß sie mit einem kurzen Blick und bemerkte dann, sie sei sich gewiß darüber klar, daß für diese Stellung nur eine fachkundige Person in Frage komme; er sagte das so, als halte er sie nicht dafür. Der Rest ihres Selbstvertrauens ging in Scherben; sie konnte sich gerade noch soweit zusammennehmen, sitzen zu bleiben, seine Fragen zu beantworten und die Prüfung in Schreibmaschine und Stenografie über sich ergehen zu lassen, statt einfach auf und davon zu laufen. Zum Schluß sagte der junge Mann geschäftsmäßig: «Vielen Dank, Miss Miller, Namen und Anschrift haben wir vermerkt; wir werden Sie dann in ein bis zwei Tagen, wenn alle Bewerbungen ausgewertet sind, von unserer Entscheidung verständigen.»

Elizabeth war aufgestanden und zur Tür gegangen. Sie wußte genau, daß sie hoffnungslos versagt hatte. Plötzlich drehte sie sich um und sah den jungen Mann an. «Seien Sie ehrlich», sagte sie ruhig, «ich hab's doch verpatzt.»

Sie wäre nicht so niedergeschmettert gewesen, wenn er auch nur ein bißchen ehrlich zu ihr gewesen wäre. Aber er blickte nur auf — schlank und perfekt vom Scheitel bis zur Sohle — und hob leicht eine Augenbraue. «Bewerbungen werden nach den Leistungen bewertet, Miss Miller. Wir werden Sie verständigen.»

Da saß sie nun auf der Steinmauer und brütete über der Frage, ob es ihr in Zukunft wohl jedesmal so ergehen würde. Ob sie sich vor lauter Angst, sich dumm anzustellen, unvermeidlich alles verpatzen würde? In diesem Büro heute, hatten ihre Hände so sehr gezittert, daß sie sie kaum auf der Tastatur der Schreibmaschine halten konnte, als sie diesem kühlen jungen Personalchef gegenübersaß. Mary und Laurie fanden alles halb so schlimm. Bei der ersten Bewerbung habe man doch selten gleich Glück, und es gebe doch noch genug andere Stellungen. Sicher gab es die — aber ob sie jemals imstande sein würde, ihre idiotische Nervosität zu beherrschen? Zum erstenmal seit ihrem Abflug aus Sydney überlegte sie, wie weit sie wirklich wieder gesund sei. Den ganzen Nachmittag schon schwelte diese Angst in ihr, sie könne nie wieder ganz normal werden und nie mehr richtig am Leben teilnehmen. Mary konnte leicht sagen, bei einer Bewerbung sei jeder nervös. Aber nicht bei jedem artete diese Nervosität in panische Angst aus, die einem die Zunge lähmte. Ihr hatte die Nervosität einen Riegel vor das Gehirn geschoben, so daß bei der Kurzschriftprüfung der junge Mann dreimal dieselben Worte wiederholen mußte, weil sie einfach nicht bis in ihr Gehirn drangen.

Keiner von denen, die da lachten und Steaks und Kartoffelscheiben brieten, kannte so etwas, dachte Elizabeth. Dieser junge Mann zum Beispiel, der anscheinend etwas in seinem Auto vergessen hatte und jetzt zurück zu den anderen schlenderte, der sah aus, als lasse er sich durch nichts beirren.

Vielleicht fühlte er ihren Blick. Er sah zu ihr hin, lächelte und blieb stehen. «Hallo!» sagte er. «Sind Sie das Mädchen von nebenan, das man vergessen hat einzuladen? Das war natürlich ein schwerer Fehler, aber hiermit lade *ich* Sie ein. Kommen Sie, machen Sie mit!»

Mit einer großartigen Verbeugung reichte er ihr seinen Arm; es war so ansteckend lustig, daß es ihr ganz leichtfiel, zurückzulächeln, herunterzuspringen und sich mit ihm zusammen wieder der Party anzuschließen. «Ich bin nicht über den Zaun gestiegen», sagte sie, «ich bin eingeladen. Aber alle saßen ums Feuer und ich — ich war ein bißchen müde.»

«Müde? Ich hole Ihnen einen Stuhl.»

Während er ihn holte, kam die Gastgeberin herbeigeeilt und sagte: «Oh, da sind Sie ja, Miss Miller! Dan kennen Sie ja bereits, wie ich sehe. Aber ich möchte Sie noch mit den anderen Gästen bekannt machen.» Die Gastgeberin war eine üppige Dame mit einem Hang zu Modeschmuck; aber sie war nett und freundlich.

«Genaugenommen: Vorgestellt habe ich mich ja noch gar nicht!» rief Dan. «Wir sind nur zufällig zusammengekommen.»

Mrs. Wallace lächelte. «Miss Miller, darf ich Ihnen Mr. Elton vorstellen? Ihre Stiefmutter sucht Sie, Dan.» Er ging. Mrs. Wallace sah ihm einen Augenblick sinnend nach und murmelte, halb zu sich selbst und halb zu Elizabeth: «Ein sehr tüchtiger, charmanter junger Mann. Trotzdem, ich wüßte gern, was mit ihm los ist, irgendwie...» Sie unterbrach sich schnell. «Kommen Sie, meine Liebe, ich habe so viele Leute da!» Und sie steuerte Elizabeth durch die Gäste, machte liebenswürdig alle miteinander bekannt und brachte kleine Gruppen miteinander ins Gespräch; eine geübte, großartige Gastgeberin.

Erst viel später stand auf einmal Dan Elton wieder neben ihr.
«Eine ausnehmend hübsche junge Dame, der Sie mich vorgestellt haben, Mrs. Wallace, diese Miss Miller. Wer ist sie denn eigentlich?»
«Eine Verwandte von Laurie Farmer — diesem großen Mann da drüben am Grill. Er ist ein Mitarbeiter von Albert. Elizabeth ist offenbar ein sehr nettes Mädchen — vielleicht etwas zu ruhig, aber sie war ja auch lange krank.»
«Ach? Gut, daß ich aber auch gleich wieder Kavalier war und ihr einen Stuhl brachte ...»
Mrs. Wallace lächelte. «Das war kaum nötig. Soviel ich weiß, hatte sie nur einen Nervenzusammenbruch.»
«Du lieber Gott!» sagte Dan. Dann ging er weg. Mrs. Wallace hatte den Eindruck, als sei sein aufkeimendes Interesse an Elizabeth Miller jäh erloschen.

Vierzehn Tage später rief Dan an. Es war keine leichte Zeit für Elizabeth gewesen. Auch diesen Vormittag hatte sie wieder in der Stadt verbracht. Der traurige Himmel eines späten Märztages schüttete windgepeitschte Regengüsse herab. Die Monsunzeit neigte sich dem Ende zu. Trotz der Regenkleidung war Elizabeth bis auf die Haut durchnäßt. Sie ging durch die hintere Tür ins Haus, legte in der Waschküche den tropfnassen Mantel und ihren Hut ab und streifte die durchweichten Schuhe von den Füßen. Aber dieser graue, abscheuliche Tag war durch alle Kleider hindurch bis in ihr Herz gekrochen. Das ganze Leben kam ihr grau und düster vor.
Mary arbeitete in der Küche. «Bin ich froh, daß du wieder da bist, Lib! Bei diesem Hundewetter sollte man gar nicht aus dem Haus gehn. Warum hast du dir denn kein Taxi genommen? Du bist ja ganz naß geworden!»
«Wahrscheinlich; ich habe es gar nicht gemerkt. Ich zieh mich jetzt um», sagte sie und ging in ihr Zimmer.
Einen Augenblick stand Mary unschlüssig da. Sie hatte bemerkt, wie blaß und verzerrt Elizabeths Gesicht war; wie tonlos ihre Stimme. Und sie hatte Tränen in ihren Augen gesehen. Langsam ging sie zum Küchenschrank, goß ein Glas Kognak ein und ging damit zu Elizabeth hinüber.
Elizabeth stand vor dem Frisiertisch und starrte in den Spiegel. Sie hatte sich noch nicht umgezogen.
«Lib!» sagte Mary liebevoll und gab ihr das Glas.

Elizabeth blickte sie bitter aus dem Spiegel an. «Brauche ich schon Krücken, um wieder auf die Beine zu kommen?»
Mary erwiderte nichts darauf, und Elizabeth nahm das Glas und trank langsam das feurige Zeug. Es schüttelte sie etwas, als sie das geleerte Glas auf den Tisch stellte. Sie setzte sich auf einen Stuhl.
Gleich darauf sagte sie: «Entschuldige, Mary. Weiß der Himmel, du bist die letzte, die ich anfahren dürfte.» Und dann, mit einem schwachen Lächeln: «Hab ich so erbärmlich ausgesehen?»
Mary lächelte zurück. «Hm, ziemlich. Und nach der Stelle muß ich wohl gar nicht erst fragen ...»
«Nein.» Elizabeth besah ihre gespreizten Hände. «‹Vielen Dank für die Nachfrage, Miss Miller, aber die Stelle ist bereits besetzt.› Immer dasselbe, seit zwei Wochen. Manchmal frage ich mich, ob denn das wirklich wahr sein kann, Mary, oft kommt mir schon der Gedanke: Sieht man es denn? Sieht man es an irgendwas, daß ich mal übergeschnappt war? Benehme ich mich nicht so ... so wie andere? Hab ich einen leeren Blick, führe ich Selbstgespräche, sabbere ...»
«Hör doch auf, Lib!» Marys Stimme zitterte. «Das ist Unsinn, vollkommener Quatsch, und das weißt du selbst ganz genau. Du bist so normal wie ich und so normal wie die Leute, bei denen du vorsprichst. Wahrscheinlich bist du in den meisten Fällen beträchtlich intelligenter als die, die dich da ausfragen. Du darfst nicht so reden und du darfst auch nicht so was denken. Du weißt, daß es nicht stimmt.» Ihre Augen waren dunkel vor Erregung. «Das weißt du doch, oder?»
Elizabeth sah sie lange und forschend an; dann schloß sie die Augen und atmete tief ein. Langsam ausatmend lehnte sie sich zurück; sie spürte, wie die Wärme des Alkohols ihren Körper entspannte. Endlich sagte sie: «Ja, meistens weiß ich es. Aber manchmal packt mich eben die Angst.» Sie schlug die Augen wieder auf und lächelte. «Besser, ich zieh mich jetzt um, als daß ich dir das Herz schwermache.»
Mary seufzte erleichtert. Sie nahm das leere Glas und wollte gehen, aber unter der Tür blieb sie noch einmal stehen. «Ach, Lib, während du weg warst, kam ein Anruf für dich, von Dan Elton. Er ruft heute abend noch mal an. Ich habe ihm gesagt, daß du nach dem Essen wieder zurück seist.»
Elizabeth zog gerade das feuchte Kleid über den Kopf. «Wer?» fragte sie.

«Dan Elton.»
«Da muß sich jemand verwählt haben. Ich kenne keinen Dan Elton.» Sie hängte das Kleid auf einen Bügel.
«Freilich kennst du ihn. Du hast ihn auf der Grillparty bei Wallaces kennengelernt — schwarzes, lockiges Haar, einunddreißig oder zweiunddreißig, sportliche Figur. Er sieht sehr gut aus. Ich habe dich nämlich zufällig gerade gesucht, als du dich mit ihm unterhalten hast.»
Elizabeth nickte. «Ja, jetzt erinnere ich mich. Aber warum will der mich denn sprechen? Und überhaupt kann ich mir nicht denken, woher er weiß, wo ich wohne, selbst wenn er sich meinen Namen gemerkt haben sollte.»
Mary lachte. «Nun, mein Schatz, offenbar hast du mehr Eindruck auf ihn gemacht als er auf dich. Er fragte, ob ich es unpassend fände, wenn er dich ins Theater einladen würde.»
«Soll das ein Witz sein, Mary? Wir haben uns bestimmt nicht länger als drei Minuten miteinander unterhalten, und das war vor zwei Wochen. Wenn ich wirklich Eindruck auf ihn gemacht habe, dann hat er aber ziemlich lange gebraucht, um das festzustellen.»
«Es ist kein Witz. Sag zu, wenn er wieder anruft, Lib! Ich halte ihn für einen netten jungen Mann, und ein bißchen Vergnügen würde dir sicher guttun.»
Elizabeth zuckte die Achseln und streifte einen ihrer nassen Strümpfe ab. «Ich halte es für höchst unwahrscheinlich, daß er noch mal anruft. Entweder war er betrunken oder er hat einfach eine falsche Nummer erwischt.»
Dan Elton war weder betrunken gewesen noch hatte er eine falsche Nummer gewählt. Als er Elizabeth wieder anrief, nahm sie seine Einladung zum Besuch eines Musicals an.
Mary blieb auf. Wenn Elizabeth zum erstenmal abends allein nach Hause kam, sollte sie noch jemanden wach vorfinden. Sie hörte den Wagen vorm Gartentor halten. Elizabeth lachte, während Dan sie bis an die Haustür begleitete. Es war ihr altes, fröhliches Lachen, das sie früher oft von ihr gehört hatte. Elizabeth lächelte noch, als sie hereinkam. «Hallo, Mary! Du hättest doch nicht aufbleiben brauchen. Denkst du, ich habe Angst im Dunklen?» Ihr Gesicht war lebhafter, als es seit ihrer Krankheit je gewesen war.
«Nein, mich hat nur die weibliche Neugierde wach gehalten. Ob der Abend nett war, brauche ich wohl gar nicht zu fragen

— die Antwort lese ich ja aus deinem Gesicht. Möchtest du noch eine Tasse Kaffee?»
«Danke, nein, Mary — außer du trinkst mit. Dan und ich haben nach der Vorstellung noch Kaffee getrunken.» Einen Augenblick schwieg sie. «Weißt du, ich hatte fast vergessen, wie vergnügt so ein Abend sein kann.» Sie streckte impulsiv die Hand nach ihrer Schwester aus. «O Mary, das war jetzt gemein, wo ihr beide mich doch ausgeführt und alles mögliche für mich getan habt. Ich hab es nicht so gemeint.»
Mary lachte. «Das weiß ich, Schatz. Und ich weiß auch, daß es nicht dasselbe ist, von Schwester und Schwager ausgeführt zu werden. Da hat man die ganze Zeit das Gefühl, sie tun es nur aus Pflicht. Ein netter junger Mann ist da schon was andres.»
«So hab ich es auch nicht gemeint. Ich hatte nur immer das Gefühl, nicht dazuzugehören. Nicht weil zu dritt einer zuviel ist; das habt ihr mich nie fühlen lassen. Ich hatte nur Angst, die Leute könnten merken, daß ich irgendwie anders war als sie. Heute abend war es nicht so. Zum erstenmal, seit ich aus dem Krankenhaus heraus bin, habe ich geglaubt, *wirklich* geglaubt, daß ich dabei bin, den Zusammenbruch völlig zu überwinden.» Sie beugte sich rasch vor und küßte ihre Schwester auf die Wange. «So, jetzt habe ich dir aber mein Herz gründlich ausgeschüttet. Gute Nacht, Mary. Du hast eine Engelsgeduld mit mir gehabt.»
Mary schaltete das Licht im Wohnzimmer aus und ging langsam ins Schlafzimmer. Jetzt begriff sie erst: Libby hatte gelitten; sie hatte viel schrecklichere Ängste ausgestanden, als sie geahnt hatte. Während sie sich auszog, dachte Mary, sie werde Dan Elton ihr Leben lang dankbar sein.

Es war die erste von vielen Verabredungen mit Dan. Die nächste kam am Samstag darauf: Eine Motorbootfahrt in der Moreton-Bay. Es war ein sonniger, nicht zu heißer Tag mit fast wolkenlosem Himmel und ruhiger See. Elizabeth saß am Geländer des Boots, ließ sich die kühle Brise durchs Haar wehen und sah dem blauen Wasser zu, das am Kiel des Bootes weiß schäumend in ein breites V auslief. Sie fühlte sich im Einklang mit der ganzen Welt. Vielleicht sah man ihr das an. Jedenfalls bemerkte sie beim Aufsehen, daß Dan sie neugierig betrachtete — fast bedauernd oder mitleidig. Aber sie verwarf diesen Gedanken rasch wieder.

Auf einmal lächelte er. «Einen Penny für Ihre Gedanken.»
Sie lachte. «Das lohnt nicht. Eigentlich weiß ich selbst nicht genau, woran ich gedacht habe. Ich hab nur den Sonnenschein, die Seeluft und diese Ruhe auf mich einwirken lassen.» Sie sah wieder aufs Wasser. «Und das ist ein sehr schönes Gefühl; besonders, wenn man es so selten hat. Es war eine großartige Idee von Ihnen», setzte sie lebhaft hinzu. «Ich habe so etwas noch nie erlebt. Gelegentlich fuhr ich in Sydney mit der Fähre. Das war nichts Besonderes, kein solches Vergnügen wie diese Bootsfahrt.»
Er grinste. «Ich mache mir gern ein Vergnügen, soweit es möglich ist. Natürlich gäbe es da noch viel mehr herauszuholen, wenn ich schon etwas weiter an meine erste Million heran wäre. Eine eigene Jacht, in der Doppelgarage einen Mercedes für festliche Gelegenheiten wie Theaterpremieren und Abendeinladungen beim Gouverneur — und einen Thunderbird für alle Tage.»
Sie lachten beide. «Sicher, Luxusjachten und tolle Autos sind ganz schön», bestätigte Elizabeth. Sie blickte ihn unvermittelt an. «Darf ich Sie etwas fragen? Ich sterbe fast vor Neugierde.»
«Ich bitte darum, Madam.»
«Wie haben Sie mich eigentlich ausfindig gemacht?» Und noch ehrlicher: «Warum?»
Er sah sie lange an und dann blickte er zur Moreton-Insel hinüber. Die Dünen leuchteten wie schneeweiße Pyramiden. Endlich sagte er langsam: «Ich sah damals ein Mädchen auf der Gartenmauer sitzen. Eigentlich wollte ich nur grüßen und vorbeigehen, aber irgendwas hielt mich fest. Nachher bin ich nicht mal mehr dazu gekommen, mit Ihnen zu sprechen. Aber am nächsten Tag, während der nächsten Tage ... ja, ich konnte Sie halt einfach nicht vergessen.»
Er grinste etwas schief: «Wenn das etwas dick aufgetragen klingt, dann will ich Ihnen noch ein Geständnis machen: Ich konnte mich nicht mehr an Ihren Namen erinnern. Ich rief Mrs. Wallace an und erkundigte mich vorsichtig. Sie ist eine Freundin meiner Stiefmutter, und sie hat mir mal aus der Not geholfen.» Sein Gesicht war plötzlich ernst und abwesend. Elizabeth wußte nicht, woran er jetzt dachte.
«Vieles wird möglich, wenn man es nur stark genug wünscht», sagte er endlich. Dabei lag etwas in seiner Stimme, was sie sich nicht erklären konnte.

Sie saßen lange schweigend da und betrachteten das Wasser und den Horizont. Und dann redeten sie von anderen Dingen.

Einen Monat lang waren sie miteinander ausgegangen, als ihr Dan einen Heiratsantrag machte. Sie waren gerade ins Auto eingestiegen, nach einem Kino- und einem Cafébesuch. Elizabeth richtete den Kragen ihres Kostüms und wandte ihren Blick langsam Dan zu.
«Was haben Sie da gesagt?» Sie merkte selbst, wieviel Unglaube in ihrer Stimme lag.
Dan nahm ihre Hände in seine. «Libby», sagte er ernst, «ich habe Sie gefragt, ob Sie mich heiraten wollen.»
«Aber ...» Sie stockte.
«Aber was?» Er lächelte.
«Dan ... ich ... wir kennen uns doch kaum.»
«Elizabeth», sagte er zärtlich, «ist das wirklich wahr? Ich weiß, daß wir uns noch nicht lange kennen. Es stimmt, daß manche Leute Jahre brauchen, um einander kennenzulernen und um Vertrauen und Liebe zueinander zu fassen. Aber bei uns war es nicht so, wenigstens bei mir nicht.» Er zog die Stirn in Falten. «Vielleicht habe ich mich zu sehr in Sicherheit gewiegt. Meine Liebe zu Ihnen sagt ja nichts über Ihre Gefühle für mich aus. Verzeihen Sie!»
Sie legte einen Finger an seine Wange. «Dan, es ist nicht so, daß ich Sie nicht gern hätte. Ich kann Ihnen nicht sagen, wieviel mir die Bekanntschaft mit Ihnen in diesen paar Wochen bedeutet hat.» Sie ließ die Hände in den Schoß sinken. «Oft frage ich mich, was mit mir geschehen würde — wie es mit mir weiterginge —, wenn Sie plötzlich nicht mehr da wären.»
Er beugte sich vor. «Aber dann ...»
«So einfach ist es nicht.» Sie wandte den Kopf ab. Dann sagte sie: «Ich glaube nicht, daß sich zwei Menschen in vier oder fünf Wochen gut genug kennenlernen können, um schon eine Ehe zu schließen. Wenn sie wirklich sichergehen wollen, brauchen sie mehr Zeit dafür.»
«*Ich* brauche nicht mehr Zeit. Ich könnte gar nicht sicherer werden.»
«Das ist noch nicht alles, Dan. Vor ungefähr einem halben Jahr hatte ich einen Nervenzusammenbruch. Eine Zeitlang, ein paar Wochen, war ich fast geisteskrank. Ich kann mich nur wenig an diese Wochen erinnern.» Ein plötzlicher Schauder überlief sie.

«Ich habe mich dann schnell erholt und durfte das Krankenhaus verlassen. Seit zwei Monaten lebe ich nun hier bei Mary und Laurie. Die Ärzte erklärten mich für völlig geheilt, und ich glaubte daran. Ich bin auch gesund — ich kann normal denken und handeln. Aber ich war noch lange Zeit schrecklich unruhig und verkrampft. Und sogar jetzt noch ...» Sie stockte. Er wartete schweigend. «Ich habe immer noch keine Stellung bekommen. Zwei Monate hier und immer noch keine Stellung!»
«Aber Sie erzählten mir doch neulich, daß Sie in Lauries Büro arbeiten?»
«Ja, Laurie hat mir für vierzehn Tage die Vertretung für eine Stenotypistin gegeben, die in Urlaub ging. Aber das ist doch keine richtige Anstellung. Man hätte jede genommen, die mit einer Schreibmaschine umgehen kann. Und außerdem habe ich den Posten nicht *bekommen*, Laurie hat ihn mir *verschafft*.»
Eine Zeitlang schwiegen beide; dann fragte er sanft: «Haben Sie geglaubt, wenn ich das von Ihrem Nervenzusammenbruch erfahre, würde es meinen Entschluß ändern?»
«Natürlich, das tut es auch!» Sie drehte sich herum und sah ihm ins Gesicht.
«Libby, ich wußte von Anfang an davon. Mrs. Wallace erwähnte es zufällig gleich an dem Abend, an dem wir uns kennenlernten. Sie dürfen nicht übertreiben, liebste Libby. Sie hatten einen Nervenzusammenbruch. Na, und? Viele Leute haben Nervenzusammenbrüche und kommen darüber hinweg. Sie haben es auch überwunden. Ich bilde mir nicht ein, daß Ihnen keine Narben geblieben sind — in Gestalt unangenehmer Erinnerungen. Aber jede Krankheit hinterläßt Spuren. Auf jeden Fall ist es vorbei, Sie sind geheilt und es geht Ihnen wieder gut. Was macht Ihnen also noch Sorgen?»
Ihre Hände bewegten sich nervös. «Aber Dan, verstehen Sie denn nicht? Ich bin mir nicht sicher, daß ich vollkommen gesund bin. Wenn ich es bin, warum bekomme ich dann keine Arbeit?»
«Mein liebes Mädchen, gerade jetzt ist das schwierig. Eine Menge Leute sind arbeitslos, und überdies haben Sie sich erst etwa einen Monat lang umgesehen, und in dieser Zeit haben Sie einen Posten zur Vertretung gehabt. O Libby, Libby!» Er lachte, aber ohne Spott. «Meinen Sie, die Leute sehen Sie an und sagen sich: Mit dem Mädchen stimmt's nicht ganz?»
Sie lächelte schwach. «Ja, ich glaube, es ist so. Es ist dumm von

mir, das weiß ich, aber ich kann's nicht ändern.» Obwohl sie den Blick abgewandt hatte, merkte sie, daß er sie gespannt beobachtete. Schließlich sagte er ernst: «Arbeit zu bekommen, ist sehr wichtig für Sie, nicht wahr?»
Sie nickte. «Könnte ich aufgrund einer ordnungsgemäßen Bewerbung eine Stellung bekommen, sie richtig ausfüllen und mich behaupten, dann wäre ich vollkommen sicher, daß ich wieder ganz gesund bin. Eigentlich ist das der einzige Maßstab.»
«Und wenn Sie sich einmal so bestätigt fühlten — würden Sie mich dann heiraten, Elizabeth?»
«Ach, Dan, das kann ich nicht sagen. Ich weiß ja nicht, ob Sie die Sache auch richtig bedacht haben.»
«Aber Sie geben mir nicht rundweg einen Korb? Ihre Antwort heißt ‹vielleicht›?»
Eine Minute lang studierte sie ernst sein Gesicht. «Ja», sagte sie langsam, «vielleicht.»
Er nahm sie in die Arme und küßte sie, ohne sich um die Leute zu kümmern, die auf der Straße vorbeigingen. Dann hielt er sie ein wenig von sich weg. «Ich bin beinahe schon der glücklichste Mann der Welt! Du hast mir eine Chance gegeben. Verträgst du noch eine Tasse Kaffee? Dann können wir in Gemütsruhe die Zeitung dabei durchsehen.»
«Warum sollten wir die Zeitung dabei durchsehen?» fragte sie erstaunt.
Er lachte. «Wir wollen die Spalte ‹Stellenangebote› lesen. Du suchst doch eine Stelle. Und davon hängt jetzt auch mein ganzes Leben ab.»
Sie lachte ihn an. «O Dan, Sie sind ... du bist unmöglich. Nun gut, es stimmt, ich habe die Angebote heute noch nicht gelesen.»
«Dann lesen wir sie eben jetzt noch.»
In einem Espresso fanden sie einen ruhigen Winkel, wo man die Zeitung ausbreiten konnte. Sie suchten mehrere Anzeigen heraus und einigten sich schließlich auf eine oder zwei, die ihnen einer Erkundigung wert schienen. Dann aber deutete Dan auf ein anderes Angebot. «Hier ist noch was: *Schiffahrtsgesellschaft sucht erfahrene Stenotypistin, die mit allen Büro-Arbeiten vertraut ist. Interessante Stellung, usw.*»
Elizabeth sah hin. «Nein!» sagte sie.
Er blickte auf. «Warum gerade die nicht?»

«Da ... habe ich es schon versucht. Es war mein erster Versuch, und der Personalchef hat mir solchen Schrecken eingejagt, daß ich alles verpatzt habe. Er muß mich für verrückt gehalten haben. Und das», fügte sie mit gequältem Lächeln hinzu, «war der wirkliche Grund, warum ich damals auf der Party von Mrs. Wallace so einsam auf der Mauer saß. Am selben Vormittag hatte ich mich um die Stelle beworben. Noch nie in meinem Leben habe ich mich so gedemütigt, so zertreten gefühlt.»
Dan legte seine Hand auf ihre. «Das ist so etwas wie ein Vorzeichen! Libby, willst du mir zuliebe etwas tun?»
«Wenn ich kann, selbstverständlich.»
«Dann bewirb dich um diese Stellung!»
Sie sah ihn entsetzt an. «Das ist unmöglich, Dan, nach dem, was mir dort passiert ist.»
«Ganz im Gegenteil! Es ist eine Herausforderung. Wenn du es wagst und gewinnst — und du *kannst* gewinnen —, dann ist das viel mehr wert, als wenn du einen anderen Posten bekämst. Meinst du nicht?»
Zuerst sträubte sie sich, aber dann nahm sie sich zusammen und las die Anzeige noch einmal. «Was du sagst, ist nicht unlogisch. Aber ich habe mich dort schon einmal beworben und bin abgewiesen worden. Ein zweites Mal würden sie mich doch gar nicht mehr vorsprechen lassen.»
«Mein Schatz, ich bin sicher, daß sie dich anhören, wenn du ihnen alles erklärst. Leg die Karten offen auf den Tisch! Sag dem Personalchef, daß du sehr krank und deshalb noch nervös warst. Wenn er dich trotzdem nicht vorläßt, brauchst du keinen Gedanken mehr an ihn zu verschwenden.»
Er faltete die Zeitung zusammen und bezahlte den Kaffee. Arm in Arm gingen sie zum Auto zurück. Als er den Wagenschlag öffnete, blieb er stehen und nahm ganz fest ihre Hand. «Ich hole dich morgen früh ab und fahre dich hin. Wagst du es, Libby? Ich schwöre dir, du wirst es schaffen. Und dann haben wir den besten Beweis dafür, daß deine Sorgen grundlos sind.»
Seine Stimme war warm und aufmunternd, sein Gesicht voll Eifer und Erregung. Elizabeth hielt es für ein Wunder, daß sie ihn kennengelernt hatte: einen gut aussehenden, tüchtigen, charmanten jungen Mann, dessen Selbstvertrauen und Lebensfreude ansteckten. Sie hatte beides noch nie nötiger gebraucht als jetzt.
«Ich will es versuchen!» sagte sie.

In dieser Nacht konnte sie lange nicht einschlafen. Und am Morgen war sich Elizabeth klar, daß sie ohne Dan niemals den Mut gehabt hätte, diesen Weg noch einmal zu machen. Dan lachte und war so fröhlich, daß es einfach unmöglich war, seine Zuversicht nicht zu teilen. Als er sich vor der Tür des großen Gebäudes von ihr verabschiedete, hatte sie das Gefühl, sein Lächeln und sein Händedruck begleiteten sie. Und dieses Gefühl verließ sie auch dann nicht, als sie dem perfekten jungen Mann am Schreibtisch gegenübersaß. Er konnte sein Erstaunen kaum verbergen. Sie brachte es sogar fertig, ihn anzulächeln, während sie ihm erklärte, sie habe damals gerade eine schwere Krankheit hinter sich gehabt. Er möge ihr Gelegenheit geben, zu beweisen, daß sie nicht so untauglich sei, wie er angenommen habe.

Er sah sie ein paar Sekunden lang fest an, dann lächelte er, als sähe er plötzlich ein menschliches Wesen in ihr und nicht nur ein potentielles Stück der Büroeinrichtung. «Nun, wenn Sie die Entschlußkraft aufgebracht haben, noch einmal zu uns zu kommen und es ein zweites Mal zu versuchen, dann sind Sie genau die Kraft, die wir brauchen!» sagte er.

Eine halbe Stunde später kam Elizabeth wieder heraus in die warme Frühherbstsonne. Dan hatte auf dem Gehweg gewartet. Sie sah ihn überrascht an. «Dan! Du hättest nicht warten sollen. Du kommst ja schrecklich spät ins Büro!»

«Ich hab angerufen und gesagt, daß ich heute später komme. Zum Kuckuck, ich konnte doch nicht gehen, ohne zu wissen, was geworden ist. Liebling — du hast die Stelle bekommen! Natürlich hast du sie bekommen, man sieht es dir ja an. Es ist großartig, es ist wunderbar, es ist — o Libby, eigentlich müßten wir auf der Straße tanzen, wenn deine zukünftigen Brötchengeber nicht zusehen würden.»

Sie lachte ihn an. «Du bist zwar ein ausgemachter Kindskopf, aber im Grunde ist mir auch danach zumute. Ich freue mich so, daß ich dachte, ich müßte explodieren, bevor ich nach Hause komme und Mary alles erzählen kann. Drum bin ich auch so schrecklich glücklich, daß du gewartet hast.» Und plötzlich ernst geworden, setzte sie hinzu: «Ich bin unendlich glücklich, daß ich dich kenne.»

Ein Vierteljahr später waren Elizabeth und Dan verheiratet. Im Lauf dieser drei Monate schien Dan ihr Leben buchstäblich zu erfüllen. Immer war er da; sein lebhafter Frohsinn und seine rücksichtsvolle Aufmerksamkeit verscheuchten alle Zweifel, die sie manchmal doch noch überkommen wollten. Er gab ihr Vertrauen, wenn ihr eigener Glaube an sich nicht ausreichen wollte. So entstand in ihr das Gefühl, daß Dan ihr ganzes Leben sei, und daß der Sonnenschein aus der Welt verschwinden würde, wenn es ihn nicht mehr gab. In diesen drei Monaten kamen alle Fröhlichkeit und aller Glanz wieder, die einst ihr Gesicht erhellt und ihrer Stimme Farbe und Klang gegeben hatten. Und die Monate, über denen Schatten lagen, rückten so weit weg, als habe es sie nie gegeben.

3

Elizabeth hörte Dans Wagen und ging vor die Tür. Ein warmer Wind fegte von der Straße herein über den Garten auf das grünweiß gestrichene Haus zu. Es war ein trockener, heißer Novembertag. Dan trug den Mantel überm Arm; er hatte einen Strauß tiefroter Rosen in der Hand. Als er Elizabeth sah, lächelte er und nahm zwei Stufen auf einmal. Er küßte sie und überreichte ihr mit einer schwungvollen Verbeugung die Rosen.
«Habe ich Geburtstag oder sonst was?»
«Braucht man einen Vorwand, um seiner Frau Blumen zu schenken? Aber falls du es vergessen haben solltest: wir haben Hochzeitstag.»
«Hochzeitstag?»
«Heute vor vier Monaten haben wir geheiratet.»
Sie lachte. «Du bist ja übergeschnappt, Liebling. Aber die Rosen sind wunderbar.»
«Eigentlich sollte es ein Diamantenkollier sein. Aber die Güter dieser Welt sind ungerecht verteilt — ich jedenfalls habe nicht genug abbekommen.»
Sie blickte auf den Strauß, und das Lächeln verschwand aus ihrem Gesicht. Dan stupste mit einem Finger ihren Kopf wieder hoch. «Was ist, Schatz? Warum auf einmal so ernst?»
«Ach nichts, gar nichts. Nur — ich wollte, es läge dir nicht soviel am Geld. Ich weiß, daß wir nicht gerade in Reichtum schwimmen, aber es geht uns besser als den meisten anderen hier. Du

hast eine gute Stellung, ein Auto, wenn auch nicht das neueste Modell, und das Haus ist fast abbezahlt. Manchmal wird mir richtig angst, wenn ich so oft von dir höre, daß du mehr Geld haben möchtest.»
Er warf den Kopf zurück und lachte. «Aber, Liebling, das ist doch nur Spaß!»
Elizabeth sah nicht so ganz überzeugt aus, aber sie schob ihren Arm unter den seinen und sagte: «Bis du was Leichteres angezogen hast, mach ich uns einen schönen kalten Drink. Und dann kannst du dich ausruhen, bis ich mit dem Abendessen fertig bin.»
Sie saßen im Wohnzimmer, das Eis klirrte in ihren Gläsern, und Dan sagte scherzhaft: «Vielgeliebte Grüne Witwe, was hat sich heute Aufregendes in unserem expansionsfreudigen Wohnviertel zugetragen?»
«Nun, Rita Welles hat heute vormittag ihre Fahrprüfung gemacht und auf dem Heimweg den Briefkasten an der Ecke mitgenommen; sie hat im Überschwang verfrühter Triumphgefühle die Kurve zu scharf gekratzt. Mrs. Finke hat ihr Baby im Bus vergessen, weil sie an ihren beiden anderen Kindern und einer Masse von Paketen schon genug zu tragen hatte. Außerdem ereigneten sich noch ein paar Katastrophen geringeren Umfangs. Es ist wirklich langweilig in unserer Trabantenstadt — man nennt sie ja wohl nicht ganz umsonst eine Schlafstadt.»
Er lachte laut auf. «Elizabeth Elton, ich glaube, du hast dir diese Geschichten aus den Fingern gesogen.»
«Also bitte», lachte sie zurück, «geh und schau dir den kaputten Briefkasten an! Und wenn du die Finkes besuchst, so findest du eine zwar etwas mitgenommene, aber doch sehr erleichterte Mutter vor. Und wenn du bei der Busgesellschaft nachfragst, wirst du von einem sehr mitgenommenen Fahrer hören. Er hatte nämlich keine Ahnung, daß er da eine Art Kidnapping betrieb, bis die Polizeiwagen neben ihm aufheulten.» Und im Aufstehen fügte sie noch hinzu: «Ach, das hätte ich jetzt fast vergessen: mit der Nachmittagspost kam eine Karte von Greta Sutton, sie hat uns Donnerstag zum Dinner eingeladen. Wir sollen nur Bescheid geben, wenn wir *nicht* kommen. Aber wir haben doch Donnerstag noch nichts vor, oder?»
«Nein», erwiderte Dan und angelte sich die Zeitung. «Ich freu

mich! Col und ich sind seit Jahren gute Freunde, und Greta ist auch sehr nett.»
«Ja, das ist sie. Ich mag sie auch beide sehr gern.»
Sie ging hinaus, und Dan sagte zerstreut: «Komisch, daß Greta nicht einfach telefoniert hat statt zu schreiben.»
«Na, sie sind doch erst umgezogen», erinnerte ihn Elizabeth. «Wahrscheinlich haben sie noch kein Telefon.»
Sie tischte gerade das Abendessen auf, als Dan unter der Tür erschien: «Kann ich dir was helfen, Lib?»
«Im Augenblick nicht, aber in zwei Minuten kannst du deinen Teller auf den Tisch stellen, wenn du unbedingt was tun willst.»
Er grinste: «Da habe ich ja anscheinend einen günstigen Augenblick erwischt ...»
Sie zwinkerte ihm von der Seite zu. «Ach, wenn du sehr unglücklich bist — abzuwaschen gibt's immer was.»
Er stöhnte. «Warum habe ich nur eine Sklaventreiberin geheiratet? Übrigens, Lib, daß ich's nicht vergesse: Ist es bestimmt der Donnerstagabend bei Suttons? Ich muß nämlich am Freitag wahrscheinlich länger arbeiten.»
«Doch, doch, bestimmt der Donnerstag. Donnerstag um halb acht. Aber du kannst ja selbst nachsehen, die Karte liegt auf dem Schreibtisch.»
Dan wischte einen Teller ab und stellte ihn weg. «Nein, da liegt sie nicht. Ich hab auf dem Schreibtisch nachgesehen und nirgends Gretas Karte gefunden. Aber das macht nichts, Schatz», lächelte er ihr zu, «ich bin überzeugt, daß du lesen kannst.»
«Typisch Mann», sagte sie scherzhaft spottend, «findet nichts und wenn's unter seiner Nase liegt. Jedenfalls hieß es bestimmt Donnerstag. Ich habe nämlich besonders darauf geachtet, weil du heute früh schon gesagt hast, daß es Freitag später werden kann.»
Am Donnerstag um halb acht — es war noch nicht ganz dunkel — fuhren sie bei den Suttons vor. Nachmittags war ein Sturm von Norden aufgekommen, der nun seewärts nach Süden zog. Colin Sutton, in khakifarbenen Baumwollshorts, war eben dabei, den Gartenschlauch aufzurollen.
«Hallo, sieht man euch wieder mal», rief er fröhlich und ging auf sie zu. Er war etwa so alt wie Dan; mit fünfundfünfzig würde er wahrscheinlich dick sein und kaum noch Haare haben, aber seinen Humor und seine Großzügigkeit würde er

bestimmt nie verlieren. «Entschuldigt meinen Aufzug, aber bei diesem Wetter zieht man sich nach einem langen Bürotag am besten um, und ich wollte erst noch gießen.»

«Da ist nichts zu entschuldigen — außer daß wir dich stören», sagte Dan. «Wahrscheinlich sind wir zu früh dran.»

«Überhaupt keine Rede! Geht nur einstweilen rein, ich räume nur noch schnell den Schlauch auf. Bin in zwei Minuten fertig.»

Blond und lächelnd kam ihnen Greta unter der Tür entgegen. «Schön, euch auch wieder mal zu sehen. Kommt nur rein, ich rufe Colin, er arbeitet im Garten.»

«Wir haben ihn schon beim Hereingehen begrüßt», entgegnete Elizabeth. «Verzeih, wir sind anscheinend zu früh gekommen, er ist noch gar nicht fertig mit dem Spritzen.»

«Ach, das macht doch nichts», versicherte Greta freundlich. «Wir haben heute besonders früh zu Abend gegessen, damit Colin noch bei Tageslicht in den Garten kommt. Ein fürchterliches Wetter, was? Man kann stundenlang spritzen und am nächsten Tag sieht es doch wie ausgedörrt aus.»

Es entstand ein kurzes, peinliches Schweigen. Elizabeth und Dan sahen sich an. Elizabeth spürte, wie ihr Gesicht heiß wurde vor Verlegenheit. Aber dann warf Dan den Kopf mit einem Ruck zurück und lachte hellauf.

«Schatz, du scheinst zwar den richtigen Tag, aber die falsche Woche erwischt zu haben.»

Greta sah fragend von einem zum andern, als Colin hereinkam und wissen wollte: «Hallo, was gibt's da zu lachen?»

«Eure Einladung zum Dinner muß für den *nächsten* Donnerstag gegolten haben», erklärte Dan, noch immer lachend.

Greta und Colin sahen ihn verständnislos an. Dann sagte Greta: «Aber wir hätten doch niemals früher als gewöhnlich zu Abend gegessen, wenn wir gewußt hätten, daß ihr kommt! Nicht wahr, das wißt ihr doch? Jetzt kommt schnell herein, macht es euch gemütlich und unterhaltet euch mit Col, bis ich in der Küche fertig bin.»

Aber Elizabeth ließ sie nicht gehen. «Greta», sagte sie verwirrt, «wir kämen doch nicht einfach so zum Abendessen hereingeschneit! Es ist nur wegen deiner Karte — ich muß wohl was Falsches gelesen haben. Entschuldige bitte; es ist mir entsetzlich peinlich.»

Greta schaute sie groß an. «Karte! Aber ich hab ja gar nicht ... wann hast du denn die Karte bekommen?»

«Am Dienstag mit der Nachmittagspost. Sie war vom vorigen Tag datiert, und es stand darauf, wir sollten nur dann antworten, wenn wir nicht kommen könnten.»
«Komisch! Ich habe dir doch gar nicht geschrieben. Aber das ist nun ganz gleich, wir freuen uns jedenfalls sehr, daß ihr da seid.»
«Dann hat mir jemand eine Karte geschickt und mit deinem Namen unterschrieben.»
«Kennst du meine Handschrift?»
«Nicht sehr gut. Aber die Karte war ja bis auf die Unterschrift mit der Maschine geschrieben. Und die Unterschrift war so ähnlich, daß ich überhaupt nicht an ihrer Echtheit gezweifelt habe.»
Dan lachte wieder. «Da hat uns also jemand einen Streich spielen wollen. Nur gut, daß sich der Spaßvogel dazu Leute ausgesucht hat, die sich sehr gut kennen, sonst könnte so etwas eine Freundschaft schnell auseinanderbringen.» Und trocken setzte er hinzu: «Auf den Leim gehen wir ihm nicht.» Er stand auf. «Und jetzt fahren Elizabeth und ich in die Stadt, essen zu Abend, gehen noch irgendwohin und lassen euch eure Ruhe.»
«Aber nein!» protestierte Greta. «Das dürft ihr nicht. Es ist wirklich nichts dabei, ein kleines Essen herzuzaubern. Ich verspreche euch nichts Besonderes, aber irgendwas finde ich bestimmt in der Speisekammer.»
Aber Elizabeth stand auch auf. «Du bist sehr lieb, Greta, aber wir wollen euch jetzt keine Umstände machen. Mir wäre den ganzen Abend nicht wohl; ich komme mir jetzt schon ganz dumm vor wegen dieser Geschichte.»
«Außerdem sähe es so aus, als hätten wir selbst die ganze Sache inszeniert, um zu einer kostenlosen Mahlzeit zu kommen, und dann wüßten alle, daß wir schon von der Fürsorge leben müssen», grinste Dan.
Alle lachten. «Also, dann bleibt wenigstens noch auf einen Schluck. Ich glaube, wir können jetzt alle einen vertragen», schlug Colin vor.
Elizabeth und Dan fuhren danach in die Stadt, aßen zu Abend und sahen sich einen neuen Film an. Es wurde ein vergnügter Abend. Auf dem Weg von der Garage zum Haus sagte Elizabeth: «Ich kann es kaum erwarten, mir die Karte noch einmal genauer anzusehen. Vielleicht findet sich doch irgendein Hinweis auf den wirklichen Absender. Ich hatte natürlich fest

geglaubt, daß Greta die Karte geschrieben hat, darum ist mir auch nichts aufgefallen. Aber jetzt, wo wir wissen, daß uns nur jemand einen Bären aufbinden wollte, findet man vielleicht doch etwas.»
Dan lachte. «Warum machst du dir denn immer noch Gedanken? Ohne diese Karte hätten wir heute abend allein zu Haus gesessen, und so haben wir uns wenigstens amüsiert.»
«Aber wer könnte so was nur machen?»
«Tja, das kann ich mir auch nicht recht vorstellen», gab er zu.
Elizabeth lief ins Wohnzimmer, zum Schreibtisch. Gleich darauf sagte sie: «Seltsam.»
Dan trat unter die Tür. «Was ist seltsam? Hast du heraus, wer der Absender ist?»
Sie schüttelte den Kopf. «Die Karte ist nicht da. Ich legte sie ins linke Schubfach und ich weiß bestimmt, daß ich aus dieser Schublade seitdem nichts mehr herausgenommen habe. Hast du was geholt?»
«Nein, ich bin die ganze letzte Woche nicht am Schreibtisch gewesen, obwohl ich ein paar Briefe schreiben sollte.»
Nachdenklich sagte Elizabeth: «Ich möchte die Karte gerne wiederfinden, und wär's nur, um sie Greta und Colin zeigen zu können.»
«Aber Lib! Du meinst doch nicht etwa, sie halten die ganze Geschichte für eine Erfindung von uns?»
«Nein, aber ich möchte die Karte finden. Dan, hilf mir suchen, sei so lieb!»
«Wahrscheinlich hast du sie in Gedanken weggeworfen, mein Herz. Denn sieh mal, erinnere dich, als ich am Dienstag abend danach suchte, hab ich sie auch nicht gefunden. Und was ist schon dabei? Der Spaßvogel hatte seine Freude, wir hatten einen sehr hübschen Abend und Suttons eine kleine Abwechslung; außerdem sind sie uns doch nicht böse.» Er sah sie lächelnd an. «Also gut, dann suchen wir eben.»
Aber sie fanden die Karte nicht. Nachdem sie auch noch den Papierkorb auf den Kopf gestellt hatten, hockte sich Elizabeth seufzend nieder. «Anscheinend habe ich sie doch weggeworfen. So was Dummes! Und ich war so felsenfest überzeugt davon, daß ich sie in die Schublade gelegt hätte.» Sie stand auf und lachte. «Wahrscheinlich war es wirklich lustig, und es ist ja auch gut ausgegangen; aber ein ganz dummer Streich war es doch.»

Die nächsten vierzehn Tage vergaß sie die Karte ganz. Und sie kam gar nicht auf den Gedanken, daß da eine Wolke ihren Schatten vorausgeworfen hatte.
Ein paar Tage nach diesem Vorfall kam Dans Stiefmutter am Abend zu ihnen. Sie war Ende Vierzig, und sie war einige Jahre jünger gewesen als Dans Vater. Sie hatte ihn sehr geliebt. Er war schon nach zweijähriger Ehe gestorben. Violet hatte Elizabeth vorher angerufen, ob sie heute abend zu Hause seien, sie würde gerne etwas mit ihnen besprechen.
«Vi meinte, sie komme, um sich Luft zu machen, und nicht, um uns um unsere Meinung zu fragen», setzte Elizabeth hinzu, als sie ihrem Mann davon erzählte.
Dan lachte. «Demnach stürzt sich Vi wieder in einen ihrer Feldzüge. Es macht sie rasend, wenn sie meint, jemand sei ein Unrecht geschehen. Sie kann der Versuchung nicht widerstehen, sich sofort einzumischen. Es hilft auch nichts, wenn ich ihr sage, daß sie sich mit sicherem Instinkt in die Tinte setzt. Vielleicht hat sie diesmal gelesen, daß Halbstarke in Hongkong die Katze eines Waisenkindes erschlagen haben.»
Vi kam tatsächlich mit einer Zeitung unterm Arm — eine zierliche kleine Frau mit blondem, schon etwas grauem Haar und blitzenden braunen Augen in einem klugen Gesicht. Elizabeth hatte sie schon sehr ins Herz geschlossen. Vi machte ihrerseits auch kein Hehl aus ihrer Zuneigung für das junge Ehepaar. Während sie ins Wohnzimmer gingen, zog Dan seiner Stiefmutter die Zeitung unterm Arm hervor.
«Ich hatte also recht! Für wen oder was, beziehungsweise gegen wen oder was kämpfst du denn diesmal?»
Lachend nahm Vi ihm die Zeitung weg. «Jaja, du kennst mich schon zu gut. Aber stell es nicht so hin, als wäre das meine einzige Beschäftigung. Da bekommt ja Elizabeth ein ganz falsches Bild von mir.»
Dan grinste. «Du hast recht. Aber ich merke es sofort, wenn du auf Kriegspfad gehst. Und gewöhnlich wirfst du dich für hoffnungslose Fälle in die Schlacht.»
«Hoffnungslose Fälle sind eben interessanter. Also, dann laßt euch mal erzählen.»
«Oh», neckte sie Dan, «wir wagten auch gar nicht zu hoffen, daß wir dem entgehen könnten.»
«Libby, warum du diesen frechen Bengel geheiratet hast, werd ich nie begreifen.»

Elizabeth lachte. «Halte es meiner Jugend und Unerfahrenheit zugute, Vi. Außerdem platzt er schon vor Neugierde — auch wenn er es nicht zugibt.»
Vi schlug die Zeitung auf. «Wahrscheinlich habt ihr diese kleine Notiz gar nicht bemerkt; sie erschien vor ein paar Tagen. Ihr braucht sie auch nicht zu lesen, ich kann euch ja erzählen, worum es geht. Vor einem halben Jahr gründete ein Dr. Michael Weston einen kleinen Jugendclub und der muß jetzt wieder aufgelöst werden, obwohl er sehr erfolgreich arbeitete. Er faßte da junge Leute zusammen, die nichts mit ihrer Zeit anzufangen wußten. Der Club wurde gegründet, um dem beträchtlichen Vandalismus zu begegnen, der hier in den Vorstädten wütete. Den jungen Leuten sollte was anderes einfallen, als Fenster einzuwerfen und Gärten zu verwüsten. Vor über sechs Monaten brannte in meinem Viertel die anglikanische Kirche ab; nur ein Teil des angrenzenden Gemeindesaals blieb stehen und der war übel zugerichtet. Die Leute mußten einstweilen in andere Kirchen gehen, bis genügend Geld beisammen war, um eine neue zu bauen.
In der Ruine der Kirchenhalle richtete dieser Dr. Weston mit Erlaubnis der Kirchenbehörde einen Clubraum ein. Die Jungen räumten die Trümmer weg, machten die Fensterhöhlen mit Pappe dicht und ersetzten die fehlende Mauer mit altem Wellblech und Holzlatten. Die erste Einrichtung bestand aus einigen Kisten, einem ausgedienten Tennistisch und einer Zielscheibe. Für einen oder zwei Shilling in der Woche konnte kommen, wer wollte. Das Geld wurde für Ausgaben wie Strom usw. verwendet oder für neue Ausstattung. Der Doktor wollte vor allem die kriminellen oder gefährdeten Jugendlichen heranziehen. Und offenbar gelang ihm das auch.
An jedem freien Wochenende packte er seine Campingausrüstung und nahm sein Auto voll junger Leute mit über Land zu mehrtägigen Wanderungen. Freilich brachte der Club die Jugendkriminalität im Bezirk nicht ganz zum Aussterben, aber er schränkte die Ausschreitungen doch beträchtlich ein.»
«Und jetzt muß er die Ruine räumen, weil sie abgerissen und eine neue Kirche gebaut wird?» fragte Dan.
Vi nickte. «Den neuen Gemeindesaal darf er natürlich mit seinen jungen Leuten nicht mehr benutzen, weil er nur noch kirchlichen Zwecken dienen soll. Also wird sich der Club auflösen müssen, wenn man keinen anderen Raum findet. Und

die Burschen werden sich die Zeit wieder damit vertreiben, Telefonzellen zu demolieren und Alleebäume auszugraben, wenn nicht Schlimmeres.»
«Achgottachgott — und du hast wieder einen hoffnungslosen Fall!» lachte Dan.
«Dan, das ist nun wirklich nicht zum Lachen», bemerkte Elizabeth ruhig.
Er sah sie an. «Na ja, vielleicht nicht. Ich wollte auch nicht spotten; aber ich finde, wenn der Club keinen anderen Raum bekommt, dann ist der Fall eben tatsächlich hoffnungslos und es scheint mir wenig Sinn zu haben, sich da herumzustreiten.»
Vi seufzte. «Ich weiß. Aber es ist nicht richtig, daß eine solche Sache eingeht. Wahrscheinlich wurde da mehr Gutes getan als mit der neuen Kirche jemals getan wird», setzte sie trocken hinzu.
«Vielleicht hat der Mann jetzt die Nase voll, wenn ihm solche Schwierigkeiten gemacht werden», sagte Dan.
«O nein. Ich habe ihn besucht. Er hat hier in eurer Nähe seine Praxis, d. h. er vertritt Dr. Weirs Praxispartner, der für ein Jahr nach England gegangen ist. Dr. Weston möchte seine Arbeit furchtbar gerne fortführen, denn der Club sei gerade jetzt erst bei den jungen Leuten richtig bekannt und beliebt geworden.»
«Ja», meinte Dan, «ich wüßte zwar kein passendes Gebäude für so was, aber man könnte doch bestimmt ein altes Haus kaufen und für diesen Zweck umbauen, wenn man Wände herausschlüge. Das größte Problem für deinen Dr. Weston ist Geld, wie für die meisten von uns.»
«Das ist der springende Punkt», bestätigte Vi. «Aber es gibt gewiß genug Leute hier, die es sich leisten könnten, so eine Räumlichkeit wenigstens zu mieten. Man müßte ihnen die Idee nur schmackhaft machen.»
Elizabeth sah Vi an: das wache Gesicht, das für diese Sache glühte. Sie lächelte. «Ich möchte meinen, daß du ihnen diese Sache bestimmt schmackhaft machen könntest, Vi. Du mußt sie nur zu einer Versammlung zusammentrommeln.»
Vi blickte rasch zu ihr auf. «Hm. Gar nicht so schlecht.» Unvermittelt schob sie die Zeitung beiseite. «Jetzt waren wir lange genug ernst, und ich habe meinem angestauten Zorn über die Ungerechtigkeiten dieser Welt Luft gemacht. Ich habe jetzt das Gefühl: so ganz hoffnungslos ist dieser Fall nicht mehr. Und nun möchte ich ein paar Platten hören. Übrigens — es ist

längst wieder fällig, daß ihr einen Abend bei mir seid. Am besten, ihr kommt in den nächsten Tagen einmal zum Abendessen.»
Dan und Elizabeth lachten und sahen sich an. «Bitte, Einladungen zum Abendessen möchten wir aber nicht schriftlich haben», sagte Elizabeth, und sie erzählten Vi von ihrem Überfall auf die Suttons.
Spät nachts fuhren sie Vi nach Hause. Auf der Rückfahrt sagte Elizabeth: «Sie ist eine sehr anziehende Frau, man muß sie einfach gern haben. Sie ist wirklich eine Persönlichkeit mit ihrem trockenen Humor und ihrer unverbildeten Freude am Leben; sie ist an allem interessiert, was um sie herum vorgeht — an Menschen, Dingen und Landschaften.»
«Ja», lachte Dan, «ein Leben mit Vi wäre wohl kaum langweilig.»
«Ich bin gespannt, ob sie noch mehr unternimmt wegen dieses Jugendclubs.»
«Schatz, man merkt, daß du sie noch nicht erlebt hast, wenn sie entschlossen ist, für etwas zu kämpfen. Sie wird sicher noch etwas unternehmen. Es würde mich gar nicht wundern, wenn dieser Doktor seinen Clubraum bekäme und die Kosten von vielen Einheimischen getragen würden, die sich um ihr hartverdientes Geld gebracht sehen, ehe sie überhaupt recht wissen, wie ihnen geschieht.»
«Eigentlich ist sie doch noch eine relativ junge Frau», meinte Elizabeth wenig später in Gedanken versunken. «Meinst du, sie heiratet noch mal?»
«Nein!» erwiderte Dan erstaunlich überzeugt. «Bestimmt nicht. Obwohl es», setzte er schnell hinzu, «theoretisch durchaus denkbar ist.»

4

An einem heißen Vormittag, etwa zwei Wochen nach dem mißglückten Besuch bei den Suttons, war Elizabeth eben damit beschäftigt, im Vorgarten Unkraut zu jäten, als ein Auto vor dem Tor hielt. Sie blickte auf und sah, daß es Dans Wagen war. Aber nicht Dan saß am Steuer, sondern eine Dame. Elizabeth ging ans Gartentor und erkannte jetzt Miss Bollington,

Dans Sekretärin; sie war eine etwas affektierte Frau mittleren Alters. Miss Bollington stieg aus und kam auf sie zu. In ihrem Gesicht waren Erleichterung und Neugierde.
«Ist etwas passiert?» fragte Elizabeth erschrocken. «Ich meine, Dan — meinem Mann ist doch nichts zugestoßen?»
«Nein, nein, Mrs. Elton! Ihr Mann war nur etwas in Sorge, weil Sie nicht kamen. Natürlich dachte er sich, daß Sie aufgehalten wurden. Aber er konnte nicht länger auf die Unterlagen warten. Und da er sehr viel zu tun hat, bat er mich, seinen Wagen zu nehmen und die Papiere zu holen...»
Fassungslos sah Elizabeth Miss Bollington an, deren Lächeln deutlich ausdrückte, daß sie sich bei aller zur Schau getragenen Toleranz eine eigene Meinung vorbehielt. «Entschuldigen Sie, aber ich verstehe das Ganze überhaupt nicht, Miss Bollington. Von welchen Unterlagen ist die Rede, und warum wartete Dan auf mich?»
Miss Bollingtons Lächeln gerann immer mehr. «Aber, Mrs. Elton, Ihr Mann hat Sie doch heute morgen angerufen, wegen der Geschäftspapiere, die er zu Hause liegengelassen hat. Sie sollten sie ihm per Taxi ins Büro bringen. Vielleicht haben Sie das am Telefon mißverstanden.»
Zwischen Elizabeths Brauen zeichnete sich eine scharfe Linie ab. «Er hat mich nicht angerufen. Ich erinnere mich wohl, daß er gestern abend irgendeine Arbeit mit nach Hause brachte, aber ganz bestimmt hat er mich wegen dieser Papiere heute noch nicht angerufen. Er hat mich überhaupt nicht angerufen.»
«Aber natürlich! Er *hat* mit Ihnen gesprochen, Mrs. Elton! Ich war ja gerade in seinem Zimmer, als er Sie anrief. Er beschrieb Ihnen, wo die Papiere liegen, und bat Sie, sie gleich zu bringen. Und als Sie dann nicht kamen, war er beunruhigt und...»
Miss Bollington verschluckte den Rest des Satzes. Sie sah jetzt beinahe etwas ängstlich aus. — «Soll das ein verspäteter Aprilscherz sein, Miss Bollington?» sagte Elizabeth scharf.
Die kleine rundliche Frau richtete sich steif auf: «Mrs. Elton, unsere Gesellschaft bezahlt ihre Angestellten nicht für kindische Streiche. Und *ich* weiß jedenfalls etwas Besseres mit meiner Zeit anzufangen, als in der Stadt herumzufahren.»
«Entschuldigen Sie, ich wollte Sie nicht kränken.» Elizabeth schüttelte den Kopf. «Ich verstehe das alles nicht. Mein Mann hat mich heute bestimmt noch nicht angerufen, weder wegen dieser Unterlagen, noch wegen irgendeiner anderen Sache.»

Inzwischen hatte Miss Bollington ihre Beherrschung wiedergefunden. «Wir können doch alle mal was vergessen, Mrs. Elton», sagte sie versöhnlich. «Wahrscheinlich wollten Sie vorher noch mit Ihrer Gartenarbeit fertig werden. Wenn man richtig arbeitet, vergeht einem ja die Zeit so schnell und man vergißt buchstäblich alles.»

Elizabeth spürte, wie ihr Gesicht vor Zorn rot wurde. «Sie täuschen sich, wenn Sie glauben, ich hätte Dans Anruf einfach verschwitzt und gäbe es jetzt nur nicht zu! Ich kann mir zwar nicht denken, was hinter dieser Sache steckt, aber ich werde es herausbekommen. Wollen Sie jetzt bitte hereinkommen? Wenn Sie nichts dagegen haben, rufe ich erst meinen Mann an.»

Wortlos ging Miss Bollington mit ins Haus; sie stand unter der Tür, während Elizabeth telefonierte.

«Chefbuchhalter Elton!»

«O Dan!» sagte Elizabeth. «Miss Bollington . . .»

«Lib!» unterbrach er sie hörbar erleichtert. «Also wenigstens ist nichts Schlimmes passiert! Warum bist du denn nicht gekommen?»

Elizabeth war wie vom Donner gerührt. Sie hielt krampfhaft den Hörer. Plötzlich fühlte sie, wie ihre Knie nachgaben. Sie sank auf den Stuhl neben dem Telefontischchen. Ihr Kopf war sonderbar leer und leicht.

«Elizabeth?» fragte Dan eindringlich.

«Ich bin noch da», sagte sie langsam. «Dan, du hast mich heute überhaupt noch nicht angerufen.»

Ein kurzes Schweigen trat ein, dann sagte Dan ungläubig: «Was sagst du da?»

«Daß du mich nicht angerufen hast. Ich habe heute noch nicht mit dir telefoniert.»

«Und die Papiere, die ich auf dem Schreibtisch liegen ließ?»

«Davon hatte ich keine Ahnung, bis Miss Bollington kam. Sie müssen wohl noch dort liegen. Dan, soll das ein Scherz sein?»

«Ein Scherz? Selbstverständlich nicht!» Seine Stimme klang jetzt schon gereizt. «Paß auf, ich habe dich vor etwa einer Stunde, vielleicht sind es auch schon eineinhalb, angerufen und gesagt . . .»

«Ich weiß!» unterbrach ihn Elizabeth. «Daß du die Unterlagen auf dem Schreibtisch liegengelassen hast, ich mir ein Taxi nehmen und sie dir gleich ins Büro bringen soll. Ja, das erzählte

mir Miss Bollington schon. Allerdings war die Frau, mit der du da gesprochen hast, nicht *ich*. Du mußt dich verwählt haben!»
Sie fing plötzlich an zu lachen; es klang fast ein bißchen hysterisch. «Weiß der liebe Himmel, wessen Frau heute morgen plötzlich im Taxi ins Büro ihres Mannes fuhr, mit Papieren, die er gar nicht brauchte! Die Vorstellung ist wirklich zu komisch...»
Aber Dan stimmte nicht in ihr Lachen ein. «Elizabeth, willst du mir weismachen, daß ich deine Stimme nicht kenne? Daß das, was ich sagte, und unsere Namen so vollkommen auf ein anderes Ehepaar gepaßt hätten, daß die Frau gar nicht weiter fragte, sondern sofort versprach, ein Taxi zu bestellen? Findest du nicht, daß das schon mehr als Zufall wäre?» Seine Stimme klang ernst, aber nicht mehr ärgerlich.
«Nun», erwiderte Elizabeth hartnäckig, wenn auch ohne Überzeugung, «wahrscheinlich war sie so überrascht, daß sie gar nicht zum Überlegen kam. Ich sehe nicht ein, warum das nicht so sein könnte. Es war so, ganz bestimmt. Es muß ja so gewesen sein, weil du mit mir jedenfalls nicht gesprochen hast.» Sie sagte es beschwörend und nicht mehr im geringsten sachlich.
«Zu allen anderen Zufällen kommt noch hinzu, daß mich die Frau, mit der ich sprach, an meinen Zahnarzttermin erinnerte.»
Der Klang seiner Stimme erinnerte Elizabeth an Miss Bollingtons Gesichtsausdruck.
Es entstand eine lange Pause und dann sagte sie nur: «Oh!»
«Kannst du dich denn an gar nichts erinnern, Lib?» fragte er freundlich.
Sie schloß eine Sekunde lang die Augen. «Nein, an gar nichts.»
«Komm, Liebling, nun reg dich nicht auf darüber! Vielleicht — nun, wahrscheinlich war es eben doch ein Irrtum. Du hast sicher recht, ich habe die falsche Nummer erwischt. Ganz bestimmt. Was gibt's denn heute abend zum Essen?» Seine Stimme wurde hell vor Eifer; er wollte, daß sie den Vorfall vergaß. «Ich habe heute nicht viel Zeit für einen Lunch, da komme ich abends mit Heißhunger nach Hause. Etwa um halb sechs, Liebling?»
«Ja», sagte sie tonlos.
Sie hörte das Klicken, als Dan einhängte. Langsam legte sie den Hörer auf die Gabel.
«Ist Ihnen nicht wohl, Mrs. Elton?»

Elizabeth fuhr auf und drehte sich schnell um. Sie hatte Miss Bollington ganz vergessen. Das Gesicht der Sekretärin drückte mehr Neugierde als Besorgnis aus.
«Ach, Miss Bollington, Entschuldigung! Ich hole Ihnen die Unterlagen.»
Mechanisch ging sie zum Schreibtisch und nahm einen Stoß Papiere. Ohne einen Blick darauf zu werfen, gab sie sie Miss Bollington. «Sind das die richtigen?»
Miss Bollington blätterte sie sachkundig durch. «Ja, danke, Mrs. Elton. Darf ich mich jetzt verabschieden?»
«Selbstverständlich. Es tut mir leid, daß Sie — soviel Unannehmlichkeiten hatten!» Nachdem sich die Sekretärin mit einem prüfenden Blick von ihr verabschiedet hatte, räumte Elizabeth die Gartengeräte weg. Sie konnte jetzt nicht mehr arbeiten. Niedergeschlagen überlegte sie, daß es keine bessere Garantie für die Verbreitung dieser Geschichte gab, als Miss Bollington.
«Das ist es ja gerade», sagte sie am Abend zu Dan. «Obwohl du mich am Telefon beruhigen wolltest, hat mich das alles fürchterlich aufgeregt. Es ist doch sinnlos, was wir uns da einreden wollen; du weißt es, und ich wußte es auch, von Anfang an. Ich wollte es mir nur nicht eingestehen. Das Telefongespräch war einfach ausgelöscht in meinem Bewußtsein...»
Er stand vor ihr, nahm ihre Hände in seine und sah sie an. «Ist es denn immer noch ganz weg? Kannst du dich jetzt auch noch nicht erinnern?»
Sie seufzte müde und schüttelte den Kopf. «Ich weiß nicht. Ich habe soviel darüber nachgedacht, daß ich nicht sicher bin, ob ich mich erinnere, oder ob es nur der Wunsch ist, mich zu erinnern. Ich weiß es einfach nicht.»
Er küßte sie und lachte. «Aber, Liebling! Nun sei doch nicht so deprimiert! So was passiert anderen auch. Vor gar nicht so langer Zeit — es ist vielleicht ein Jahr her — ist es mir ganz ähnlich gegangen. Ich hatte bei einem Versandhaus eine Jacke bestellt und wußte überhaupt nichts mehr davon. Es war ja auch zu blöde, ich hätte sie mir genauso gut und billig im nächsten Geschäft kaufen können. Als ich das Paket bekam, fiel ich aus allen Wolken. Wenn ich nicht zufällig an Hand meines Scheckbuches die Bestellung hätte nachprüfen können, wäre ein Riesenwirbel daraus geworden. Ich hätte das Ding

zurückgehen lassen und wer weiß was. Denn ich hatte wirklich nicht mehr die leiseste Erinnerung daran, daß ich die Jacke bestellt hatte.»
Sie sah ihn an. «Dan, die Geschichte hast du jetzt erfunden, um mich zu beruhigen!»
«Ich schwöre, daß es nicht so ist. Hör mal, mein Herz, wenn ich den Kopf hätte, mir aus dem Stegreif solche Sachen auszudenken, wäre ich nicht Chefbuchhalter, sondern der Direktor unserer Firma. Warte, vielleicht habe ich das Scheckbuch noch, dann zeig ich es dir!»
«Nein, nein, ich glaub's dir schon. Aber du mußt mich auch verstehen, Dan. Wenn es dir passiert oder anderen Leuten, dann ist es eben nur Vergeßlichkeit. Aber bei mir...» — sie zögerte — «Woher soll ich denn wissen, ob es nicht ein schlechtes Zeichen ist, ein...»
Er packte sie fest bei den Handgelenken. «Elizabeth, jetzt hör mir mal zu!» Seine Stimme war fast streng. «Du darfst so was einfach nicht sagen oder denken! Du bist nicht anders als die anderen. Nur für mich bist du anders als alle anderen auf der Welt.» Er drückte sie an sich und küßte sie.
«Dan», sagte sie nach einigem Zögern, «meinst du, ich sollte vielleicht zu einem Arzt gehen?»
Er schwieg einen Augenblick, dann erwiderte er: «Liebling, ich wüßte wirklich nicht, warum. — Ich habe dir doch gesagt, daß so was jedem passieren kann. Ich finde, es ist am besten, man vergißt es schnell wieder.»
Nach dem Abendessen drängte er darauf, daß sie in die Stadt fuhren und ins Theater gingen. Seine gute Laune machte es ihr schwer, sich noch weiter zu beunruhigen. Aber Elizabeth hatte trotz allem das Gefühl, daß auch er sich die Frage nach einem Zusammenhang zwischen dem heutigen Vorfall und der Abendeinladung bei den Suttons stellte. Wenn sie Dans Anruf so vollständig vergessen konnte, war es dann nicht genauso gut möglich, daß sie sich jene Einladung auch nur eingebildet hatte? Anfangs hatte Dan diese Geschichte gern überall zum besten gegeben, aber jetzt stellte Elizabeth fest, daß er plötzlich nicht mehr darüber redete.
Es war Vi, die, ohne es zu wissen, Elizabeth auf andere Gedanken brachte. Dan hatte ganz richtig vorausgesagt, daß sie sich mit der Auflösung des Jugendklubs nicht abfinden würde. Ein paar Tage nach Miss Bollingtons Besuch rief sie Elizabeth an,

um sie zusammen mit Dan für den Abend einzuladen. «Außer euch kommen noch Dr. Weston und ein paar Leutchen, von denen ich weiß, daß man sie für die Idee erwärmen kann.» Sie lachte. «Aber natürlich kennt nur Dr. Weston den Zweck dieser Einladung, die anderen wollte ich nicht gleich verschrecken.»
Elizabeth lächelte. «Natürlich kommen wir gern. Aber warum willst du ausgerechnet uns dabei haben? Ich fürchte, wir sind gar keine Unterstützung für dein Programm.»
«Ja, eben!» gestand Vi. «Euch habe ich eingeladen, damit es nicht allzusehr nach Wohltätigkeitsveranstaltung aussieht. Außerdem tragt ihr beträchtlich zur Verschönerung jeder Gesellschaft bei.»
Elizabeth lachte. «Vi, du bist eine haarsträubende Lügnerin, wenn du schmeichelst! Aber Hut ab vor deiner Geschäftstüchtigkeit.»
Vis Gäste bestanden aus mehreren ziemlich wohlhabenden und einflußreichen Männern mit ihren Frauen. Ein Stadtrat war auch dabei. Dr. Weston war allein gekommen; offenbar hatte er keinen Anhang. Elizabeth hatte ihn sich als älteren, väterlichen Herrn vorgestellt; sie war höchst überrascht, einen Mann von Anfang Dreißig zu sehen. Er war kaum mehr als mittelgroß und von athletischem Körperbau. Er war gar nicht der Typ des zornigen jungen Mannes, sondern wirkte eher gutmütig und sehr ruhig. Erst als Vi mit unmerklichem Geschick das Gespräch auf seine Tätigkeit für die Halbstarken brachte, sprach er mit einer Begeisterung, die ansteckend wirkte.
«Ich bin der Ansicht», antwortete er nachdenklich auf eine Frage des Stadtrats, «daß die große Mehrheit nur aus Langeweile zu Halbstarken wird.»
«Ja, zum Donnerwetter, Doktor», polterte der zurück, «was haben wir nicht schon alles an Vergnügungsmöglichkeiten! Kinos, Tanzcafés, Kegelbahnen, Tennishallen, Sportplätze — ich brauchte eine halbe Stunde, wenn ich alles aufzählen wollte. Wieso müssen wir uns da den Kopf zerbrechen, um für ein paar junge Leute einen Saal aufzutreiben, wo sie Tischtennis und Wurfring spielen können? Nichts gegen Ihre reizende Gastfreundschaft, Mrs. Elton!» sagte er rasch zu Vi. «Aber Sie müssen doch selbst zugeben, Dr. Weston, daß es schon genug Unterhaltungsmöglichkeiten gibt.»
«Für die meisten wohl», pflichtete ihm Weston bei. «Aber ich möchte die Jugendlichen erfassen, die aus verschiedenen Grün-

den — die ich selbst nicht alle verstehe — eben keine dieser harmlosen Unterhaltungen mitmachen. Außerdem ist es natürlich für viele aus den Stadtrandsiedlungen schwierig, ins Zentrum zu kommen — und in den Trabantenstädten ist nichts los. Und dann gibt es auch junge Leute, die — nun, ich glaube, man könnte sagen: auf Nervenkitzel aus sind.»
«Nervenkitzel!» brummte der Stadtrat verächtlich. «Diese Jugend von heute weiß nicht, wie gut es ihr geht. Als ich so alt war wie die meisten dieser Halbstarken, war ich eingezogen und stand in Nordafrika...»
«Das ist es ja!» sagte Weston.
«Was wollen Sie damit sagen?»
Michael Westons Blick glitt über seine Zuhörer und verweilte einen Augenblick auf Elizabeth, aber sie konnte den Ausdruck in seinen Augen nicht lesen.
«Sir, der Krieg ist häßlich, abstoßend und erbärmlich. Aber als Sie, wie Sie sagen, so alt wie diese Halbstarken waren, da gab es eben für jeden, der einen Hang zum Abenteuerlichen hatte, den Krieg. Ein Ventil für jedes Verlangen nach Sensationen. Die jungen Burschen von heute, die aus der bürgerlichen Ordnung ausbrechen wollen, müssen sich ihre eigene Unordnung schaffen. Damit will ich nur sagen, daß es Menschen gibt, die Gefahr und Risiko genauso brauchen wie eine gesunde Ernährung, sonst können sie sich nicht richtig entwickeln. Sie müssen nicht besser oder schlechter sein als die, die ohne so was leben können. Die Jungen, die Straßenlampen einwerfen, in der Eisenbahn die Sitzpolster aufschlitzen oder Autos zu Schwarzfahrten stehlen, befinden sich gewissermaßen auch im Krieg. Sie kennen ihren Feind nicht; sie wissen nicht, wofür und wogegen sie sind. Aber sie brauchen die Gefahr. Darum fordern sie die Polizei und jede Autorität heraus. Sie dürfen nicht glauben, daß ich deswegen ihr Treiben verzeihe oder auch nur entschuldige. Ich verabscheue diesen Vandalismus. Gerade deshalb wollte ich den Versuch machen, den Jungen zu zeigen, daß es andere Möglichkeiten der Betätigung gibt, die ebenso aufregend sind.» Er brach ab und warf einen entschuldigenden Blick auf Vi. «Es tut mir leid, Mrs. Elton, aber ich wollte Ihre Abendeinladung wirklich nicht zu einer öffentlichen Vorlesung machen.»
«Eines würde mich interessieren, Doktor», warf Dan freundlich ein. «Sie sagen, die Jungen, die so gerne Krach machen, sind auf Sensationen aus. Und Sie versprechen sich von Ringwerfen

und Tischtennis Sensationen? Für mich wären das ganz durchschnittliche, alltägliche Beschäftigungen.»
Weston lächelte liebenswürdig. «Kein ausreichender Ersatz für Kriegführen? Gewiß nicht. Aber der Hallensport war auch nur ein kleiner Teil unseres Clublebens. Wir wollten herausfinden, was für jeden Jungen das Richtige war. Den Aggressiven brachten wir beispielsweise das Boxen bei. Für die, die den Autofimmel hatten, veranstalteten wir Rennen mit Flitzern — und so weiter. Es kamen auch ein paar Mädchen zu uns in den Club. Wir fanden verschiedene Sportarten, in denen sie wetteifern konnten, wie Fechten, Wasserschi und Geländemärsche. Natürlich waren wir erst am Anfang. Und es war vor allem auch nicht ‹mein› Club. Gerade für solche jungen Menschen ist es notwendig, daß sie selbst Zeit und Kraft und Geld aufwenden. Selbstredend können sie nicht alles aus eigenen Mitteln schaffen —, sie können zum Beispiel kein Grundstück kaufen oder mieten — aber sie müssen dafür arbeiten. Wenn Sie ihnen einen fertigen Clubraum hinstellen, haben sie keine Freude daran; dann würden sie ihn am liebsten zertrümmern.»
Er lächelte ganz offen. «Verlangen Sie bitte nicht von mir, daß ich Ihnen das erkläre. Ich verstehe was von Lungenentzündung und gebrochenen Gliedmaßen, aber ich bin kein Psychiater. Ich weiß nur, daß diese sogenannten Halbstarken das, was sie selbst geschaffen haben, verteidigen und nicht zerstören.»
Er lehnte sich in seinem Sessel zurück, steckte die Hände in die Taschen und senkte den Blick. Man müsse bedenken, daß ein Clubraum allein nicht genüge, fuhr er fort. «Wir haben manchmal Rabauken und andere unangenehme Brüder. Es werden Jungen kommen, die sich nur umgucken und feststellen, daß es eine elende Bude ohne Schwung ist. Sie werden wieder gehen und dabei einen Tisch oder ein paar Fenster zerschlagen, nur um ihren Ruf zu bestätigen.
Sehen Sie die Sache von allen Seiten an, bevor Sie sich darauf einlassen. Denn es könnte sein, daß Sie einen von diesen Jungen ehrlich liebgewinnen und daß er Sie trotzdem enttäuscht. Manchmal hält sich einer monatelang ganz wacker und man ist schon stolz, weil er ein vorbildlicher Bürger zu werden verspricht. Und dann verschwindet er plötzlich — und man erfährt, daß er im Gefängnis sitzt, vielleicht wegen einer Sache, an die man nie gedacht hätte.»
Er lächelte, und seine dunklen Augen wurden warm und

lebendig. «Aber man erlebt auch Fälle, daß ein Teenager, der zunächst nichts als ein Lümmel war, sich an den eigenen Ohren aus dem Dreck zieht und schließlich ein prima Kerl wird. Und das Wissen, daß man ein bißchen dabei mitgeholfen hat, macht alle Unannehmlichkeiten und Enttäuschungen wett.»
Als die meisten Gäste gegangen waren, fragte Elizabeth Dr. Weston, wie er dazu gekommen sei, den Club in der halb zerstörten Kirche einzurichten.
Er lachte. «Mrs. Elton, ich würde Ihnen gerne etwas Dramatisches erzählen, so eine herzzerreißende Geschichte, daß ich in den Slums aufgewachsen bin, mich aber wie ein stolzer Adler emporgeschwungen habe. In Wirklichkeit war es nicht so. Auf die Idee kam ich, als eine Schar junger Lümmel den Vorgarten des Hauses, in dem ich wohne, verwüstet hatten. Ich schnappte drei von ihnen, und ich wußte nicht recht, was ich mit ihnen anfangen sollte; denn ich merkte, daß es ihnen nur gepaßt hätte, der Polizei übergeben zu werden. Schließlich fuhr ich jeden heim — zwei waren aus guten Familien — und sprach mit ihren Eltern. Aber die Geschichte ging mir nicht mehr aus dem Kopf. Sie schienen mir keine schlechten Kerle zu sein. Ich liebe Wandern und Zelten und so lud ich die Jungen ein paar Tage später ein, mit mir einen Ausflug zu machen und im Zelt zu übernachten. Zu meiner Überraschung waren sie einverstanden und offenbar fanden sie auch Spaß an der Sache. Daraus ist eigentlich die ganze Sache hervorgewachsen.»
Auf der Heimfahrt bemerkte Dan: «Jetzt hast du Vi so erlebt, wie ich sie dir beschrieben habe. Die Dinge nehmen schon Gestalt an: Weston will möglichst bald einen neuen Jugendclub gründen. Die Leute, die da heute abend beisammen waren, sind schon als Geldgeber angeworben, ehe sie sich dazu erboten haben. Da hat noch keiner nein gesagt.»
Elizabeth lächelte. «Dr. Weston scheint aber doch tatsächlich Fortschritte gemacht zu haben bei der Zähmung der Halbstarken. Ich würde da auch gerne mithelfen.»
«M-m-m», machte Dan nachdenklich. «Gut, Liebste, ich habe gewiß nichts dagegen, wenn du in der Öffentlichkeit tätig sein willst. Es wäre vielleicht wirklich gut für dich, es würde dich ablenken... Aber laß dich von Vi nicht zu sehr einspannen!»
Ablenken, dachte Elizabeth, damit ich nicht soviel Zeit habe, über den vergessenen Anruf nachzugrübeln. Sie seufzte, und Dan warf ihr einen raschen Blick zu. «Müde, Lib?»

«Es geht mir ganz gut!» sagte sie ruhig.
Die nächsten paar Wochen waren für Elizabeth damit ausgefüllt, Vi beim Auftun einer neuen Heimstätte für Michael Westons Jugendklub zu helfen. Es gab Briefe zu schreiben und Einladungen vorzubereiten, mit denen Vi neue Leute für die Sache interessieren wollte. Einmal war es ein Lunch, mehrmals ein Fünfuhrtee und einmal eine Grill-Party, zu der alle jungen Klubangehörigen mit ihren Eltern und Freunden eingeladen waren.
Elizabeth hatte wenig Zeit, über den merkwürdigen Anruf nachzudenken.
Eines Abends läutete das Telefon. Vi war am Apparat. «Libby, ich möchte dich fragen, ob du morgen nachmittags zum Tee kommen willst. Diesmal geht's nicht um den Jugendklub. Es ist also ein reines Vergnügen — trotzdem mit einem kleinen Hintergedanken, muß ich gestehen.»
Elizabeth lachte. «Ich komme gerne, Vi. Und jetzt beichte deinen Hintergedanken!»
«Nun, ich würde dich bitten, mir das Buch zurückzubringen, das ich euch geliehen habe — das über Südafrika — natürlich nur, wenn ihr es schon gelesen habt. Eine Freundin von mir will demnächst eine Reise nach Südafrika machen, und ich versprach, ihr das Buch zu leihen. Sie kommt morgen zum Tee zu mir, und da dachte ich mir, du könntest das Buch mitbringen und mit uns alten Damen plaudern.»
«Alte Damen! Vi! Entschuldige bitte, daß du uns mahnen mußtest, wir hätten das Buch schon vor Wochen zurückgeben sollen! Wir haben es beide schon gelesen und zwar mit Vergnügen. Ich bringe es bestimmt morgen mit.»
Sie ging in die Küche zurück, wo Dan inzwischen mit dem Abspülen begonnen hatte. «Wer war denn am Telefon, Liebling?»
«Vi. Ich soll morgen nachmittags zum Tee zu ihr kommen.»
Er runzelte die Stirn. «Hoffentlich nicht schon wieder dieser Jugendclub. Elizabeth, ich bin überzeugt, daß du da zuviel arbeitest. Du siehst müde aus in letzter Zeit.»
«Ach, Unsinn, Dan! Es tut mir nur gut, wenn ich außer meiner Hausarbeit noch was zu tun habe. Übrigens geht es morgen gar nicht um Dr. Westons Clubraum. Vi hat mich nur eingeladen, weil eine Freundin zu ihr kommt — und da soll ich das Buch über Südafrika mitbringen, das sie uns vor ein paar Wochen geliehen hat.»

Er lächelte. «Das klingt schon harmloser. Aber es ändert nichts an der Tatsache, daß du müde aussiehst. Schläfst du schlecht, Libby?»
«Ach, bei dem heißen Wetter schläft man manchmal nicht so gut, aber ich fühle mich trotzdem sehr wohl.»
«Hast du noch solche Schlaftabletten? Ich finde, du solltest heute abend eine nehmen.» Er küßte sie auf den Scheitel. «Versprichst du mir das?»
Sie lächelte ihn an. «Ja, ich verspreche es. Aber nur, weil du mich so piesackst. Ich brauchte es wirklich nicht.»
Gewöhnlich wachte Elizabeth kurz vor sechs Uhr auf, noch ehe der Wecker rasselte. Am nächsten Morgen aber schlief sie noch, als der Wecker klingelte — wie immer, wenn sie ausnahmsweise eine Schlaftablette genommen hatte. Sie stellte das Läutwerk ab und lag noch ein paar Augenblicke dösend da, bevor sie aufstand, um sich anzuziehen und das Frühstück zu machen. Dan drehte sich um, stützte sich auf einen Ellbogen und sah sie an.
«Fühlst du dich wohl?» fragte er.
Sie sah ihn überrascht an. «Ja, natürlich. Ich hätte zwar lieber weitergeschlafen, aber sonst fehlt mir nichts. Warum? Seh ich denn schlecht aus?»
«Nein, ich fragte nur, weil du heute nacht aufgestanden bist.»
Sie war starr. «Aufgestanden? Ich bin doch nicht aufgestanden.»
Dan rieb sich die Augen. «Na also, ich will verdammt sein — dann muß ich wohl geträumt haben.»
Sie lachte. «Richtig, Liebster, entweder du hast geträumt oder es waren Einbrecher da.»
Er grinste und legte sich wieder zurück. «Selbstverständlich muß ich geträumt haben. Wenn ich es richtig bedenke, ist es ja unmöglich: du bist mühsam aufgestanden, hast eine lange Hose angezogen und eine Jacke, und das mitten in der Nacht! Komisch, wie Traum und Wirklichkeit manchmal durcheinandergehen. Ich dachte, ich sei halb erwacht und sähe dich eben aus dem Zimmer gehen. Es war nur ein verschwommener Eindruck, und ich bin auch gleich wieder eingeschlafen. Dann — aber das war für mein Gefühl viel später — hatte ich den unklaren Eindruck, als seist du wieder ins Bett gegangen.»
Elizabeth stand auf. «Nein, bestimmt nicht! Ich hab doch eine Schlaftablette genommen» — sie verbeugte sich leicht vor ihm — «denn eine pflichtbewußte Ehefrau gehorcht ihrem Mann —

und wie ein Stein geschlafen. Ich bin nicht ein einziges Mal aufgewacht.»
Dan gähnte. «Gut, gut, erledigt. Ich hab sicher geträumt. Was gibt's denn zum Frühstück?»
«Speck und Eier oder Koteletts, mein Herr. Wonach steht Ihnen der Sinn?»
Er griff sich an den Kopf. «Solche Entscheidungen, *lebenswichtige* Entscheidungen schon so früh am Morgen? Davon bekomme ich nervöse Verdauungsstörungen! Ach, schlimmer noch: ein Magengeschwür!»
«Also Koteletts! Ich will noch schnell duschen, bevor ich mich anziehe. Du kannst deinen müden Knochen noch eine Viertelstunde Ruhe gönnen.» Aber auf halbem Weg blieb sie stehen. «Dan», sagte sie langsam, «wie war ich angezogen — heute nacht in deinem Traum?»
Ihre Stimme klang merklich verändert; er drehte sich um und sah sie an. «Ach, dunkle Hosen, glaube ich und deine rote Wildlederjacke. Warum?»
«Aber die habe ich doch seit dem letzten Winter nicht mehr getragen!» Ihre Stimme klang beunruhigt. «O Dan, ich werde doch nicht im Schlaf aufgestanden und herumgelaufen sein!»
Er sprang sofort aus dem Bett und kam zu ihr. «Lib, mein Schatz, hör doch auf! Und wenn du wirklich im Schlaf herumgegangen wärst? Das tun Tausende. Du hast außerdem abends eine Schlaftablette genommen, vergiß das nicht! Man tut oft sonderbare Dinge, wenn man Schlaftabletten genommen hat.»
Er legte den Arm um ihre Schultern. Einen Augenblick stand sie ganz steif vor ihm, dann legte sie ihr Gesicht an seine Brust. «Dan», flüsterte sie, «was würde ich nur ohne dich tun? Du machst, daß alles so vernünftig klingt, so *gesund*.»
Er lachte leise. «Liebling, du gerätst über Dinge in Panik, die in Wirklichkeit völlig bedeutungslos sind. Ich kenne viele Leute, die ab und zu schlafwandeln. Mein Vater hatte auch mal so eine Phase. Und sicher kennst du auch Leute, die manchmal schlafwandeln, stimmt's? Und die sind doch sonst ganz normal, nicht wahr?»
Er drückte ihren Arm an sich. «Nun hau ab, geh unter die Dusche und mach das Frühstück, Weib, sonst komme ich zu spät ins Büro.»
Als Dan eine halbe Stunde später in die Küche kam, geduscht,

rasiert und fertig angezogen, wandte sich Elizabeth vom Herd ab und hielt ihm ihre Golfschuhe hin.
«Schau, Dan!»
Er nahm ihr die Schuhe aus der Hand, drehte sie um und sah Elizabeth forschend an. «Was ist denn damit?»
Sie lagen vor der hinteren Tür — naß, voll Gras und Erde. «Ich habe sie seit dem letzten Wochenende nicht mehr getragen — dachte ich wenigstens. Verstehst du immer noch nicht?» fragte sie drängend. «Ich muß sie heute nacht angehabt haben. Dan, ich muß hinausgegangen sein — aus dem Haus!»
«Oh!» Er blickte einen Augenblick auf die Schuhe, dann stellte er sie auf den Boden und legte Elizabeth eine Hand auf die Schulter.
«Nun, laß schon, das kommt doch schon mal vor.»
«Aber ich weiß nicht, wo ich hingegangen bin oder was ich getan habe!»
Er grinste. «Nun, nachdem du offenbar im Garten warst, hoffe ich, daß du wenigstens den Rasen gemäht hast. Dann hast du mir sogar eine Arbeit abgenommen.»
«Dan, das ist nicht zum Scherzen!» Sie weinte fast.
«Liebling, ich habe es doch nicht böse gemeint. Es ist doch am klügsten, wir nehmen es von der spaßhaften Seite, sonst bekommt alles viel zu viel Gewicht und bringt dich nur durcheinander. Dabei gibt es gar keinen Grund zur Beunruhigung. Wahrscheinlich verträgst du die Zusammensetzung dieses Schlafmittels einfach nicht. Ich kannte jemand, der stellte die verrücktesten Sachen an, wenn er Phenobarbiturat genommen hatte. Eines Nachts stand er auf und nahm Hut und Mantel. Seine Frau fragte ihn, wohin er gehe. Er sagte, er wolle den Hund hinausführen. Daran merkte seine Frau erst, daß er im Schlaf war, denn sie hatten gar keinen Hund. Deshalb folgte sie ihm. Er ging beim vorderen Tor hinaus, um den ganzen Block herum, in Mantel, Hut, Schlafanzug und barfuß, kam zum Haus zurück, legte Hut und Mantel ab und ging wieder ins Bett. Am nächsten Morgen konnte er sich nicht mehr an das geringste erinnern.
Er war vollkommen gesund — er durfte nur kein Phenobarbiturat nehmen. Der Arzt verschrieb ihm ein anderes Schlafmittel, und von da an war alles in bester Ordnung. Ich würde dir vorschlagen, zu einem Arzt zu gehen und dir ein anderes Schlafmittel verschreiben zu lassen, Liebling. Im übrigen finde

ich die ganze Geschichte so belanglos, daß man kein Wort mehr darüber verlieren sollte.»
Sie seufzte. «Wahrscheinlich hast du recht. Ich bin immer gleich so nervös.»
«Also, dann sei nicht mehr nervös. Geh heute nachmittag zu Vi und denk nicht mehr dran. Abgemacht?»
Sie sah ihn kurz an und lächelte. «Ich will's versuchen.»
«Für einen Spaziergang ist es zu heiß. Es ist ja ein Kilometer. Soll ich dir den Wagen dalassen? Ich kann ja mit dem Bus in die Stadt fahren.»
«Nein, sei doch nicht albern. Bei dieser Entfernung macht mir die Hitze nichts aus.»
«Wirklich nicht? Aber nimm ein Taxi, wenn es dir doch zu heiß wird.»
Es war gegen halb drei Uhr nachmittags, als Elizabeth an Vis Tür läutete. Vi öffnete und starrte sie fassungslos an.
«Es tut mir leid, Vi, daß ich so spät komme, aber ich mußte vorher noch in die Stadt. Es ... ist was los, Vi?» Angstvoll trat sie einen Schritt vor und faßte sie am Arm. «Ich sollte doch heute zu dir kommen, oder? Ich meine, du hast doch gestern abend angerufen und mich für heute nachmittag zum Tee eingeladen, oder?»
«Doch.» Vis Stimme klang sonderbar belegt. «Selbstverständlich. Komm herein. Ich war nur — ein wenig überrascht. Ich hatte nicht damit gerechnet, daß du kommen würdest.»
«Ich weiß, ich habe mich um eine halbe Stunde verspätet. Es ist eine ziemlich komplizierte Geschichte.»
«Dann sparen wir die Erklärung für später auf!» sagte Vi ruhig. «Komm herein, ich möchte dich Mrs. Oppenham vorstellen.» Sie war höflich, aber ohne die gewohnte Herzlichkeit. Ihr Verhalten war für Elizabeth rätselhaft.
Mrs. Oppenham war eine rundliche Frau; sie war etwas älter als Vi und von angenehmer Freundlichkeit. Nach den Begrüßungsworten sagte Elizabeth: «Sie wollen nach Südafrika reisen, Mrs. Oppenham, wie mir Vi sagte. Das ist ja herrlich. Vi», setzte sie, zu ihrer Schwiegermutter gewandt, hinzu, «es tut mir leid wegen des Buches, das du Mrs. Oppenham leihen wolltest, aber ich konnte es nirgends finden. Ich habe den ganzen Vormittag lang überall danach gesucht. Ich habe den ganzen Bücherschrank ausgeräumt. Zuletzt hab ich sogar Dan noch im Büro angerufen, aber er wußte auch nicht, wo es sein

könnte. Ich bin sicher, daß ich es nicht weiter verliehen habe. Es ist mir einfach ein Rätsel. Jetzt war ich eben in der Stadt, um es nachzukaufen, aber keine Buchhandlung hatte es vorrätig. Nun habe ich es bestellt, aber ich fürchte, es wird nicht so rechtzeitig kommen, daß es Mrs. Oppenham vor ihrer Abreise lesen könnte.»
Vi blickte sie prüfend an. «Es war kein besonders wertvolles Buch, Elizabeth», sagte sie, «obwohl es sehr interessant war.»
«Sicher. Dan und ich haben es beide mit Vergnügen gelesen, und es macht mich ganz krank, daß ich es verlegt habe.»
«Aber das ist doch wahrhaftig kein Grund zur Aufregung. Mrs. Oppenham fliegt erst Anfang des kommenden Monats.»
«Haben Sie Verwandte in Südafrika, Mrs. Oppenham?» fragte Elizabeth. Reibungslos glitt das Gespräch in andere Bahnen. Aber Elizabeth spürte mit feinem Gefühl, daß Vi den ganzen Nachmittag ihr gegenüber von erzwungener Höflichkeit war, und mehrere Male ertappte sie Vi dabei, daß diese sie scharf beobachtete. Es fiel Elizabeth schwer, in dieser gespannten Atmosphäre Konversation zu machen; deswegen war sie insgeheim froh, als sich Mrs. Oppenham verabschiedete. Sie stand ebenfalls auf und behauptete, aufbrechen zu müssen, sonst bekomme Dan sein Abendessen zu spät.
«Ich erwarte in fünf Minuten ein Taxi, meine Liebe!» sagte Mrs. Oppenham gefällig. «Darf ich Ihnen einen Platz anbieten?»
«Sehr freundlich von Ihnen, aber ich gehe so gerne ein Stück zu Fuß.» Elizabeth lächelte.
Das Taxi kam pünktlich, und als Mrs. Oppenham gegangen war, wandte sich Elizabeth an Vi.
«Irgendwas stimmt doch nicht, Vi, hab ich recht?» fragte sie ruhig. «Abgesehen von dem unauffindbaren Buch — ich muß dich irgendwie beleidigt haben. Aber was es auch sein mag, es ist gewiß nicht mit Absicht geschehen. Bitte, sag mir ehrlich, was ist!»
«Ich bin nicht empfindlich, Lib!» sagte Vi mit angestrengter Heiterkeit. «Wenn du nicht weißt, womit du mich beleidigt haben könntest, *hast* du mich auch nicht beleidigt.»
«Nein, Vi. Ich möchte es wissen. Bitte, sag es mir!»
Wieder warf Vi ihr einen forschenden Blick zu, dann sagte sie langsam: «Also gut. Ich verstehe den Vorfall selbst nicht, das heißt, ich glaube ihn zu verstehen, aber nun glaube ich das nicht mehr.»

Sie ging aus dem Zimmer und kam gleich darauf mit dem vermißten Buch wieder zurück und überreichte es Elizabeth, die es sprachlos anstarrte. Es war offenbar naß geworden; es war schmutzig und zerrissen.
Beide schwiegen. Endlich löste Elizabeth den Blick von dem ruinierten Buch und sah Vi an. «Aber — Vi, wie ist denn das passiert?»
Vi atmete tief aus, als hätte sie unbewußt den Atem angehalten; sie nahm Elizabeth das Buch aus der Hand und setzte sich hin.
«Nimm es mir nicht übel, meine Liebe», sagte sie leise. «Ich dachte, du hättest es in einem Ausbruch von Zorn getan. Bitte, verzeih mir!»
«Aber ... ich verstehe immer noch nicht ...»
«Offen gestanden, Lib, ich auch nicht. Als ich heute früh Milch und Zeitung vor der Tür holte, sah ich das Buch im Garten liegen. Anscheinend war es über den Zaun geworfen worden und wurde nachts vom Regen durchweicht. Ich konnte es mir ja selbst nicht vorstellen, daß du das getan haben solltest. Aber dann dachte ich, wer hätte sonst... Ach, nun sei nicht so traurig, meine Liebe, du mußt mir verzeihen.»
Elizabeth starrte sie an. Sie war totenblaß. Ihre Hände zitterten. Sie mußte sie verschränken, um sie still halten zu können. «Du brauchst dich nicht zu entschuldigen, Vi. Ich habe es getan. Ich muß es ja wohl getan haben.»
Sie bedeckte ihr Gesicht mit den Händen und dachte: Wenn ich nur schreien könnte! Vielleicht würde sich dann der Schreck lösen, der mir den Magen zusammenschnürt.
Als Dan an diesem Abend nach Hause kam, ging ihm Vi bis zur Garage entgegen und erzählte ihm, was geschehen war. Er saß noch im Wagen und sah auf seine Hände hinunter, die das Steuer umfaßt hielten. Endlich sah er zu ihr auf.
«Danke, daß du mit ihr heimgefahren bist, Vi!» sagte er. Er strich sich mit der Hand übers Haar. «Ich weiß nicht recht, was ich davon halten soll. Anscheinend ... stimmt da etwas nicht. Hat dir Lib die Geschichte von meinen Papieren erzählt?»
Vi nickte. «Ich gehe jetzt nach Hause, Dan, ich wollte es Lib nur ersparen, daß sie mit dir darüber reden muß. Sie ist ganz außer sich. Ich möchte nicht die Schwiegermutter spielen, die sich in alles einmischt, Dan. Aber Lib muß einen Arzt aufsuchen.»
«Ja», sagte er ernst, «das meine ich auch. Aber das muß doch

nichts Krankhaftes sein, Vi. Schlafwandeln ist nicht so ungewöhnlich. Sie regt sich über alles auf, was irgendwie schiefgeht. Wahrscheinlich ist es nur die Folge einer nervösen Anspannung, sonst nichts.»

Vi legte ihm stumm und liebevoll die Hand auf den Arm, dann ging sie.

Am nächsten Tag brachte Dan Elizabeth in Dr. Westons Sprechstunde. Weston untersuchte sie sorgfältig und stellte viele Fragen. Schließlich rief er Dan ins Sprechzimmer und lächelte beide ermutigend an. «Ich kann nichts Gravierendes finden, Mrs. Elton. Ihr Gesundheitszustand könnte etwas besser sein — eine natürliche Folge der Aufregungen. Sie nehmen das alles viel zu schwer. Es ist durchaus möglich, daß dieses Schlafwandeln eine unangenehme Nebenwirkung des Schlafmittels war, das Sie genommen haben. Ich verschreibe Ihnen ein anderes. Aber meine wichtigste Verordnung ist: Urlaub — völliges Ausrasten und Wechsel der Umgebung für mindestens zwei Wochen, vielleicht am Meer, läßt sich das machen?»

«Selbstverständlich, wenn Sie es für gut halten», erwiderte Dan.

«Aber, Dan...», fiel Elizabeth ein.

«Was denn, Liebling?»

«Ich ... ich kann doch nicht allein wegfahren. Ich habe keinen Funken Selbstvertrauen mehr.»

Dan legte seine Hand auf ihre. «Mach dir deswegen keine Sorgen, Lib. Ich nehme mir Urlaub. Alles, worum du dich kümmern mußt», erklärte er fröhlich, «ist, wohin du fahren willst.»

Er bekam vierzehn Tage Urlaub, und sie flogen an die Nordküste, nach Mackay. Von dort aus fuhren sie mit dem Schiff zu einer der zahllosen Inseln, die zwischen der Küste und dem siebzehnhundert Kilometer langen Korallenriff der Großen Barriere liegen.

Mit dem Wetter hatten sie Glück. Trotz der Regenzeit gab es nur ein paar trübe Tage. Und so konnten sie ausgiebig schwimmen, faul im Sand unter den Kokospalmen liegen und Bootsfahrten zu anderen Inseln unternehmen. Zweimal, an besonders schönen Tagen, fuhren sie zum Riff und stiegen nach Herzenslust zwischen den Korallen herum, die bei Ebbe in der ganzen Schönheit ihrer Farben und bizarren Formen aus dem Wasser ragten.

Wenn die Flut das Riff überspült hatte, sah man die unvorstellbare Belebtheit des Meeres: ein tausendfaches Wimmeln von Fischen — in jeder Farbe, in jeder denkbaren Zeichnung, von den irisierenden Spritzfischlein, die nicht viel länger als einen Zentimeter waren, bis zu den vier Meter langen, anmutigen, aber gefährlichen Haien, die wie Torpedos aussahen.
«Von denen schwimmt hier eine ganze Menge rum», sagte der Bootsmann, als man gerade die Rückenlinie eines Hais über Wasser sah.
«Da kommt man zur Überzeugung, daß der einzige sichere Platz zum Schwimmen ein Schwimmbecken ist!» bemerkte Dan.
«Ach, es ist nicht so schlimm, wenn man sich an ein paar vernünftige Regeln hält: Immer in Gesellschaft schwimmen, nie allein; nicht am frühen Morgen oder am späten Nachmittag, und vor allem nicht nachts. Meistens haben die Haie genug Fische zu fressen, aber wenn einer einen Menschen allein im Wasser sieht, dann kann man schon verstehen, daß er aus Neugierde hineinbeißt, um zu erfahren, woraus dieses schwimmende Wesen besteht. Insofern haben Sie recht, wenn Sie es für sicherer halten, im Becken zu schwimmen.»
In der sorglosen Atmosphäre inmitten anderer Urlauber fühlte sich Elizabeth bald erholt. Sie schlief besser, so daß sie manchmal keine von Dr. Westons Tabletten brauchte. Anfangs war sie in ständiger Angst gewesen, sie könnte etwas Peinliches oder Lächerliches tun. Aber als die Zeit verging und nichts Unangenehmes passierte, fing sie an, sich wirklich zu freuen. Dan machte nie eine Anspielung auf den Grund dieses improvisierten Urlaubs, und dafür war ihm Elizabeth von Herzen dankbar. Denn sie wußte, daß er doch daran dachte.
Am Morgen des letzten Tages, den sie ganz auf der Insel verbringen konnten, gingen sie noch einmal schwimmen. Wieder im Hotel zurück, hängten sie ihr Badezeug auf dem Balkon in die Sonne, um es bis zur Abreise am nächsten Vormittag gründlich trocknen zu lassen. Ein paar Minuten standen sie schweigend da und blickten über den Strand aufs Meer, wo noch mehrere Gäste schwammen, während andere weiter von der Küste weg segelten.
Dan sagte: «Ich glaube, Weston hat wirklich recht.»
Elizabeth sah ihn fragend an.
«Es hat dir gut getan, Liebling, fühlst du das nicht auch? Die

nervöse Spannung ist weg. Du hast dich erholt; du bist von Tag zu Tag gelöster geworden. Du bist nicht mehr das hilflose Mädchen, das ich hierhergebracht habe.» Er nahm ihre Hand. «Du bist wieder das Mädchen, das ich geheiratet habe. Es geht dir doch gut, nicht?»
Sie lächelte ihn an. «Es geht mir sogar sehr gut, Dan. Es war wunderbar — wirklich wunderbar.»
Am nächsten Morgen machten sie sich zum Frühstück fertig und Dan kämmte sich gerade vor der Frisierkommode, als Elizabeth aufgeregt seinen Namen rief.
«Hm?» Er wandte sich nach ihr um.
Sie setzte sich langsam auf die Bettkante und krallte die Nägel in die Handflächen.
Dan ließ den Kamm fallen und sprang schnell zu ihr, um sie bei den Schultern zu fassen. «Was ist los? Was ist denn?»
«Da, sieh mal, mein Badezeug!» Sie deutete auf den tropfnassen Badeanzug, der am Fußende ihres Bettes auf dem Boden lag. Und ihre Badekappe, das feuchte Badetuch und die Sandalen; sie waren feucht und sandig.
«Dan, wir haben doch gestern vormittag alles zum Trocknen aufgehängt, damit wir es einpacken können. Mein Badeanzug war gestern abend schon trocken, vollkommen trocken. Und jetzt ist er tropfnaß. Von Meerwasser. Ich muß — ich muß heute mitten in der Nacht zum Schwimmen gegangen sein.» Ihre Stimme brach. Sie klammerte sich an ihn. «O Dan, hilf mir, bitte, hilf mir!»
Er legte seine Arme um sie. «Gewiß, Liebling, ich helfe dir. Nimm es nur nicht so tragisch!» Als sie aufgehört hatte zu weinen, sagte er ruhig: «Schließlich ist doch weiter nichts geschehen, als daß du wieder im Schlaf rumgegangen bist.» Er legte einen Finger unter ihr Kinn und bog ihren Kopf zurück, so daß er ihr Gesicht sehen konnte. Er lächelte. «Du bist ein seltsames Mädchen! Die nichtigsten Kleinigkeiten werfen dich um.»
Sie versuchte, zurückzulächeln, obwohl sie wußte, daß Dan die Sache nicht so leichtnahm, wie er vorgab. Sie stand auf. Ihr Blick ging unwillkürlich zum offenen Fenster aufs Meer hinaus, das in der Morgensonne dalag. Es durchschauerte sie, wenn sie an die tödlich behenden, grauen Fischleiber dachte und an die Worte des Bootsmanns: «Niemals nachts schwimmen!» Dabei hätte er von Leuten gesprochen, die bei vollem

Bewußtsein waren und nicht von Schlafwandlern. Aber — —
mußte denn ein Schlafwandler nicht sofort erwachen, wenn er
ins kalte Wasser sprang?
Sie blieb unbeweglich stehen und starrte aufs Wasser hinaus.
Mit angespannten Nerven versuchte sie sich in die vergangene
Nacht zurückzuversetzen, um wenigstens den Schatten einer
Erinnerung herbeizuzwingen. Umsonst. Nein, sie konnte auch
gar nicht geschlafen haben, als sie zum Strand hinunter und ins
Wasser ging. Jeder Mensch wacht auf, sobald er ins kalte
Wasser kommt. Ebensowenig war sie damals im Schlaf bis zu
Vis Haus gegangen und hatte ihr das Buch über den Zaun
geworfen.
Mit einem Schlag wurde ihr bewußt, daß sie nie daran
geglaubt hatte, so etwas im Schlaf getan zu haben, auch wenn
sie es sich bis jetzt nicht eingestanden hatte. Aber jetzt wußte
sie, daß auch Dan nicht daran glauben konnte und Dr. Weston
noch viel weniger.
Mechanisch hob sie das nasse Badezeug auf. «Ich will das noch
mal hinaushängen. Vielleicht trocknet es, bevor wir packen
müssen.»
«Ach, sicher!» meinte Dan. Als sie vom Balkon zurückkam,
sagte er fröhlich: «Ich glaube, wir sollten jetzt zum Frühstück
hinuntergehen, sonst wird es zu spät.»
Ohne ihn anzusehen, antwortete sie: «Geh nur du. Ich kann
nicht.»
«Lib, du mußt etwas essen. Dann geht es dir vielleicht besser.»
Ein starrer Zug kam in ihr blasses Gesicht. «Es geht nicht ums
Essen; ich habe auch gar keinen Appetit. Ich kann den Leuten
im Speisesaal einfach nicht ins Gesicht sehen.»
«Aber warum denn nicht, mein Liebes?»
«Wenn mich heute nacht jemand gesehen hat? Die Leute müssen ja meinen, ich sei ...» Sie sprach den Satz nicht zu Ende.
«Wir leben in einem freien Land, Lib. Sicher ist es gefährlich,
nachts im Meer zu schwimmen. Aber Sturzflüge und Autorennen sind auch gefährlich und trotzdem betreiben die Leute
solche Sportarten. Was ist also dabei, wenn dich wirklich
jemand gesehen haben sollte? Es gibt kein Gesetz, das nächtliches Schwimmen verbietet. Und jetzt komm mit zum Frühstück!»
Sie schüttelte den Kopf. «Du hast schon recht, aber ich kann
jetzt nicht.»

Er nahm sie bei der Hand. «Bitte, Liebling, komm!» Dann versuchte er es mit einem Scherz: «Ich kann doch nicht ohne dich erscheinen, sonst meint man, wir hätten Streit. Außerdem habe ich einen Mordshunger.»
Sie entzog ihm ihre Hand. «Dann geh! Geh, wohin du willst, aber laß mich allein, bitte!»
Einen Augenblick lang stand er unschlüssig da. Dann sagte er ruhig: «Gut, Liebling.» Leise und höflich schloß er die Tür hinter sich.
Als er wieder zurückkam, saß sie noch auf der Bettkante und starrte vor sich hin. «Du warst nicht lange weg.»
«Natürlich nicht. Hast du alles gepackt oder ist noch was da, was du mir überlassen wolltest? In etwa einer halben Stunde müssen wir gehen.»
«Es ist alles fertig.» Ihre Stimme war wieder fest, aber sie klang müde, als strenge sie das Sprechen an. «Mein Badeanzug war noch ziemlich naß, aber ich hatte noch eine Plastiktüte, wo ich ihn reinstecken konnte.» Nach einer Pause sagte sie: «Ich glaube, ich gehe morgen zu Dr. Weston.»
«Ja, das ist vielleicht keine schlechte Idee.»
«Das meine ich auch», sagte sie tonlos. Dann stand sie plötzlich auf. «Dan, es tut mir leid, daß ich unfreundlich zu dir war. Es war abscheulich von mir.»
Er lächelte und legte seinen Arm um ihre Schultern. «Schon gut, Lib, ich habe es vergessen und du mußt es auch tun. Komm, schauen wir noch einmal zum Strand hinunter, wir sollten lieber daran denken, wie schön wir es hier hatten.»
Sie sah ihn an und zwang sich zu einem Lächeln. «Ja, sehr schön!» Es klang, als läge das Schöne unendlich weit hinter ihr.

5

Am nächsten Nachmittag fuhr Dan mit ihr zu Dr. Weston. Der Arzt hörte aufmerksam zu, als ihm Elizabeth von dem Vorfall auf der Insel berichtete und ihm dann zum erstenmal erzählte, daß sie einen Nervenzusammenbruch gehabt hatte. «Ich weiß, ich hätte Ihnen das schon früher sagen müssen», schloß sie, «aber ich hoffte so sehr, daß es nicht nötig sein würde.»
«Ich bin aus verschiedenen Gründen sehr froh, daß Sie es mir

gesagt haben, Mrs. Elton. Aber ein Zusammenhang zwischen diesem Nervenzusammenbruch, den der Autounfall bei Ihnen ausgelöst hatte, und den Vorfällen von Schlafwandeln muß durchaus nicht bestehen. Ich halte es sogar für äußerst unwahrscheinlich. Allerdings sind Sie dadurch in einen *circulus vitiosus* geraten: Sie machen sich viel zu viel Gedanken wegen dieses Nervenzusammenbruchs, belauern sich andauernd, und sind deshalb in einem so gespannten nervlichen Zustand, daß man geradezu von einem Nährboden für Erscheinungen wie Schlafwandeln und Gedächtnisstörungen sprechen kann.» Er warf einen Blick auf Dan. «Haben Sie schon einmal daran gedacht, einen Psychiater zu Rat zu ziehen?»

Elizabeth zuckte förmlich zurück. «Nein!» erwiderte sie und bemühte sich, die Schärfe ihrer Stimme zu unterdrücken. «Das heißt, ich — ich habe nicht daran gedacht, und ich habe das sichere Gefühl, daß das nicht notwendig ist. Ich weiß, daß alles, was ich brauche, ein wenig Zeit ist.»

Dan wandte den Blick von seiner Frau auf Dr. Weston. «Das ist auch meine Meinung, Doktor. Elizabeth braucht Entspannung und Geduld — eben Zeit, wie sie selbst sagt.»

Weston nickte. «Ich dachte auch gelegentlich nicht an eine psychiatrische Behandlung, sondern nur an die Stellungnahme eines Fachmannes. Selbstverständlich möchte ich Sie in keiner Weise drängen. Ich kann Ihnen auch versichern, daß ich keinen Grund zur Beunruhigung sehe.» Plötzlich lächelte er Elizabeth an. «Rundheraus gesagt, Mrs. Elton, Sie sind vollkommen normal. Und wenn Sie je daran zweifeln sollten, dann erinnern Sie sich an das, was Sie für unseren Jugendklub geleistet haben. Sie haben es fertiggebracht, die Eltern dieser jungen Leute zu gewinnen und die jungen Kerle selbst; und die sind gewiß oft genug mehr als schwierig. Das alles wäre Ihnen nicht gelungen, wenn Sie nicht normal wären. Sie dürfen nie vergessen, wie kritisch und unbarmherzig gerade diese Halbstarken urteilen.»

Sie unterhielten sich noch eine Weile über den Jugendklub und dann sagte Dr. Weston: «Ich verschreibe Ihnen jetzt ein Beruhigungsmittel, Mrs. Elton. Gegen Ende der Woche möchte ich Sie dann noch einmal sehen.»

Die Woche verlief mehr oder minder glatt. Wenigstens gab es keine größeren Katastrophen. Trotzdem war Elizabeth sehr unsicher und nervös. Die geringste Kleinigkeit, wie etwa ein verlegter Bleistift, verschlimmerte ihre Unsicherheit.

Auf Dr. Westons Wunsch begleitete Dan Elizabeth auch beim nächstenmal. Nach der Beratung wollte ihn der Arzt noch allein sprechen.

«Wie finden Sie sie, Doktor?» fragte Dan sofort.

Weston stand mit dem Rücken zu Dan; er steckte die Hände in die Hosentaschen und senkte den Kopf. Schließlich drehte er sich mit einem Ruck herum. «Sie ist körperlich vollkommen gesund, abgesehen von den Folgen der schweren seelischen Belastung. Sie hat Angst, Mr. Elton, gräßliche Angst. So ist es doch, oder? Sie hat Angst, daß sie verrückt wird!»

«Das scheint mir auch so. Aber, Weston, sicher...»

«Mr. Elton, ich habe den Eindruck, Ihre Frau braucht eine Hilfe, die ich ihr nicht geben kann. Selbstverständlich kann ich ihr Beruhigungsmittel verschreiben, die bis zu einem gewissen Grad wirken. Ich betone, daß ich keine unmittelbare Gefahr für Mrs. Eltons Geisteszustand sehe. Trotzdem sollte sie nach meinem Dafürhalten zu einem Psychiater gehen. Ich habe es vermieden, das Thema wieder vor ihr anzuschneiden, weil ich das letzte Mal sah, wie sehr sie dieser Vorschlag aufregte. Darum wollte ich mit Ihnen unter vier Augen sprechen.»

Dan nickte. «Ich bin vollkommen Ihrer Meinung, daß sie die Hilfe eines Psychiaters braucht. Aber ich habe das Gefühl, solange Elizabeth dagegen ist, würde ich es eher schlechter als besser machen, wenn ich sie dazu drängen wollte. Ich weiß, warum sie nicht will, Weston», sagte er ernst. «Es wäre das Eingeständnis, daß sie an einer geistigen Störung leidet, und irgendwie klammern wir uns doch an die kindliche Vorstellung, daß das Übel verschwindet, wenn wir nicht daran denken.»

Einen Augenblick sah es aus, als wollte ihm Michael Weston widersprechen, aber dann sagte er nur: «Ich verstehe. Die Entscheidung bleibt natürlich Ihnen und Ihrer Frau überlassen.» Seine bräunen Augen hinter der Hornbrille schauten ernst und besorgt. «Der Fall schlägt nicht in mein Fach, darum kann ich Ihnen auch nicht genau sagen, wie ernst der Zustand Ihrer Frau ist — aber ich weiß, daß sie eine beträchtliche Belastung zu ertragen hat. Ich muß Ihnen wohl nicht eigens sagen, daß sie Ihr Verständnis und Ihre Hilfe in jeder Weise braucht.»

Auf der Heimfahrt war Elizabeth sehr still. Erst als sie an diesem Abend zu Bett gingen, sprach sie aus, was sie offenbar

die ganze Zeit über beschäftigt hatte. «Dr. Weston hat dir wieder geraten, ich sollte einen Psychiater aufsuchen, nicht?»
«Unter anderem sprach er auch davon. Aber er betonte, daß nur du selbst das entscheiden kannst.»
«Natürlich hat er recht», sagte sie müde. «Ich sollte wohl.»
Dan drehte sich um und sah sie an. Dann sagte er zögernd: «Liebling, ich glaube, es geht dir doch besser. Und Weston hat immer wieder versichert, daß er es nicht für ernstlich hält. Wenn du dich nur mehr entspannen und besser schlafen könntest, dann würden diese Anfälle von Gedächtnisschwund vergehen. Da bin ich ganz sicher.»
Sie preßte ihre Hände zusammen. «Wie soll ich mich denn entspannen, und wie kann ich besser schlafen, wenn ich nie weiß, was ich getan habe und was nicht, was wirklich ist und was nur eingebildet? Du kannst sagen, was du willst, Dan, und der Doktor kann mir einreden, was er will — es ist kein Schlafwandeln, und es sind auch keine Anfälle von Gedächtnisschwund. Was ich tue und woran ich mich dann nicht mehr erinnere, das sind keine gewöhnlichen, keine normalen Dinge. Denk an damals, als ich meinte, Greta habe uns zum Abendessen eingeladen. Es waren Dinge, die überhaupt nicht wirklich vorgekommen sind. Das ist kein Gedächtnisschwund, ganz und gar nicht, und wenn die Leute noch so liebevoll darüber hinweggehen.»
«Aber der Gedanke, zum Psychiater zu gehen, erschreckt dich, nicht wahr?» fragte er liebevoll.
Sie wandte sich von ihm ab und setzte sich auf den Stuhl vor dem Toilettentisch. «Ja.»
«Dann würde es dir mehr schaden als helfen, meine ich. Warum stellen wir es nicht eine Weile zurück?»
Sie blickte starr auf ihre Hände, die den Rand des Toilettentisches umklammerten. «Du hältst mich für feig und dumm, weil ich den Kopf in den Sand stecke. Sicher denkt sich Michael Weston dasselbe. Es ist ja auch töricht von mir, zu tun, als sei ich nicht krank.» Sie starrte blicklos vor sich hin. «Ich habe nie über die Zeit in der Nervenheilanstalt gesprochen, und ich will dir auch jetzt keine Einzelheiten erzählen. Nur soviel, daß du meine Angst begreifst, daß du weißt, wie das war: als geisteskrank zu gelten und gesund werden zu wollen. An die allererste Zeit habe ich überhaupt keine Erinnerung mehr, aber dann fühlte ich mich gesund und normal. Beim Frühstück beobach-

tete ich die anderen Patienten und ich fand, daß ein paar schon ganz in Ordnung waren. Und wenn ich mich mit ihnen verglich, kam ich mir doch noch gesünder vor. Dann standen wir vom Tisch auf — und plötzlich frühstückten wir schon wieder. Ich wußte nicht, was in der Zwischenzeit geschehen war; ob es das gestrige Frühstück gewesen war oder das vor einer Woche. Vierundzwanzig Stunden oder mehr — einfach weg. Weggewischt, als seien sie nie gewesen. Ohne eine Vorstellung von dem, was ich getan oder angestellt hatte.»
Ein Schauder durchlief sie. «Du kannst dir nicht ausmalen, was für eine Qual das ist. Was hatte ich in diesen ausgelöschten Stunden gedacht? Oder hatte ich überhaupt nicht gedacht? War ich nur ein seelenloser Automat, der tat, was man ihm befahl? Stehen Sie auf, Miss Miller! In den Garten gehen, Miss Miller! Essen, Miss Miller! Gehen Sie zu Bett, Miss Miller! Woher sollte ich wissen, welches Ich siegen würde — das Ich, das dachte und plante und sich noch fürchten konnte oder das andere, das zwar lebte, aber nur wie eine Maschine? Es war, als schwebte ich am Rande des Nichts, und der leiseste Fehltritt ließe mich hinabstürzen. Und manchmal hatte ich das Gefühl, die Anstalt selbst würde mich über den Rand hinunterstoßen. Dann wurde ich von dem Bemühen, klar zu denken und normal zu handeln, so müde, daß ich fast meinte, es wäre um vieles leichter, den Kampf um das Gesundsein aufzugeben und einfach ins Nichts hinunterzugleiten.
Ich glaube nicht, daß es bei jedem so ist — aber es gab Tage, an denen ich diese armen, hilflosen Geschöpfe ohne Verstand beneidete. Gott verzeihe es mir, ich beneidete sie. Dann aber wurde ich wieder ganz krank vor Angst, ich könnte auch so werden und die Atmosphäre der Anstalt würde mich in die Umnachtung stoßen.»
Plötzlich sprang sie auf und ging eine Minute lang rastlos und ziellos durchs Zimmer. Sie sah Dan nicht an. Hätte sie es getan, so würde sie den Ausdruck in seinem Gesicht nicht verstanden haben.
Schließlich blieb sie wieder vor dem Toilettentisch stehen und betrachtete ihr blasses Gesicht im Spiegel. Ihre Stimme war ruhig und fest, als sie sagte: «Das ist der Grund, warum ich mich dagegen wehre, zu einem Psychiater zu gehen. Ich fürchte mich davor, daß der bloße Aufenthalt in einer Nervenheilanstalt mich ruinieren könnte. Ich habe Angst davor, daß ich sie

überhaupt nicht wieder verlassen könnte. Und wenn nun der Psychiater Anstaltsbehandlung anrät?»
Sie suchte Dans Augen im Spiegel, und er kam langsam durch das Zimmer. Als er hinter ihr stand, legte er die Hände auf ihre Schultern. «Keine Aufregung wegen des Psychiaters, Liebling!» Es gelang ihm, seiner Stimme einen beruhigenden Klang zu geben. «Vielleicht war der Urlaub zu kurz, um richtig zu wirken. Laß dir noch Zeit! Du weißt doch selbst, daß das, was du getan und wieder vergessen hast, wahrhaftig nur Kleinigkeiten waren. Ich glaube, die Sache wird von selbst wieder in Ordnung kommen. So laß es noch eine Zeitlang gehen und sieh zu, wie sich die Dinge entwickeln — außer du hast wirklich das Gefühl, du müßtest zu einem Psychiater. In diesem Fall wollen wir gleich morgen gehen.»
Sie seufzte unschlüssig, aber dann schüttelte sie den Kopf. «Ich will es nicht. Ich gehe nur, wenn ich muß. Ich möchte gern allein damit fertig werden. Aber ich dachte, vielleicht wolltest *du* es.»
«Ich möchte das tun, was für dich am besten ist, mein Herz. Wenn du dich später entschließen solltest, einen Psychiater zu Rate zu ziehen, wollen wir es tun. Wenn du es aber noch nicht willst, ist es mir auch recht. Und ich bin sicher, daß du aus eigener Kraft damit fertig wirst.»
Sie drehte sich zu ihm um und lächelte. «Du bist immer so voll Vertrauen, daß du beinahe auch mir Vertrauen gibst.»
«Beinahe? Das ist aber nicht genug.»
«Weißt du, mit meinem Vertrauen ist es nicht weit her. Aber Hoffnung, die gibst du mir bestimmt.» Sie glättete ihren Kragen; ihre Finger zitterten ein wenig. «Ich kann mir nicht vorstellen, was ich ohne dich täte.»
«Du hast mich ja. Und Mary ist auch noch da. Sie hat doch ganz gut für dich gesorgt, bis ich gekommen bin, nicht?»
Elizabeths Gesicht wurde weich. «Mary ist sehr liebevoll. Aber — aber ich hab ihr nicht allzu viel erzählt. Sie hat genug Sorge mit mir gehabt. Mehr möchte ich ihr nicht zumuten. O Dan», setzte sie in sachlicher Eile hinzu, bevor er eine Bemerkung machen konnte, «ich war ja heute vormittag in der Stadt. Das Buch, das uns Vi geliehen hatte und das ich neu bestellt habe, ist in der Buchhandlung eingetroffen. Ich habe es eingepackt und an Vi adressiert. Morgen gebe ich es dir mit, damit du es zur Post bringst, wenn du so gut sein willst. Ich halte es für

besser, das Buch mit der Post zu schicken, als es ihr persönlich zu bringen. Auf diese Weise ist es für uns alle weniger peinlich. Kommt es dir ungelegen? Wenn ja, kann ich es auf dem Bezirkspostamt aufgeben, irgendwann morgen.»
Dan sah sie nachdenklich an. «Nein», sagte er, «es kommt mir keineswegs ungelegen.»

Als Vi ein paar Tage später Elizabeth besuchte, war sie wie gewöhnlich voll Begeisterung über den Jugendclub; sie freute sich darüber, daß der Club nun ein dauerndes Heim und hinreichende Unterstützung von Privatleuten, von den Kirchen und anderen Organisationen gefunden hatte.
Als sie in die Küche hinausgingen, um das Teegeschirr abzuspülen — denn Vi bestand darauf, mitzuhelfen —, sagte Vi etwas zögernd: «Danke für das Buch, Libby. Es wäre zwar nicht nötig gewesen, daß du es ersetzt hast, aber ich glaube, ich verstehe dich ganz gut. Also danke!» Sie nahm Elizabeth bei der Hand und hielt sie einen Augenblick fest. Dann setzte sie eilig hinzu: «Nun hätte ich fast vergessen, dir die große Neuigkeit mitzuteilen: Ich verkaufe mein Haus und kaufe mir eine dieser Eigentumswohnungen in dem großen Block, der gar nicht weit entfernt ist.»
«Vi!» Elizabeth sah sie überrascht an. «Tust du das wirklich?»
«Freilich. Es ist im neunten Stockwerk, ich bin im Aufstieg begriffen.»
«Aber...», Elizabeth stockte.
«Aber was, meine Süße?»
«Ach ... ich kann es nicht so sagen. Vielleicht war ich überrascht, weil ich.. nun, weil ich selbst so etwas nicht gerne möchte. Nur eine Eigentumswohnung haben und kein bißchen Grund und Boden», sagte sie unbestimmt. «Und was ist mit deinem Garten, Vi? Wirst du den nicht vermissen?»
Vi lachte. «Ich glaube nicht, Lib. Ich bewundere hübsche Gärten außerordentlich, aber ich habe nie zu den Enthusiasten gehört, die stundenlang von Gartenpflege reden können. Offen gesagt, ein Kakteentopf befriedigt mein Verlangen nach Garten vollkommen.»
Elizabeth lachte. «Nun, ich hoffe, du wirst in deinem neuen Heim sehr glücklich. Ich bin schrecklich froh, daß du nicht weiter wegziehst. Wir hätten dich furchtbar vermißt.»
Vi lächelte ihr herzlich zu. «Ihr müßt euch die Wohnung bald

mal ansehen. Sie ist groß und sehr bequem, und der Ausblick ist wirklich sehr hübsch. Ich hoffe, die Höhe macht dich nicht schwindlig!» setzte sie spaßhaft hinzu.
Elizabeth lachte in sich hinein. «Und ich hoffe, daß der Lift nicht zu oft kaputt ist.»
Vi schlug in gespieltem Schrecken die Hände vors Gesicht. «Das ist ja eine reizende Aussicht, an die ich gar nicht gedacht hatte. Neun Treppen hoch!»
«Gutes Training.» Elizabeth öffnete die rechte Tür des Schrankes neben dem Spülbecken, schloß sie wieder und machte die linke Tür auf.
«Für Gemsen vielleicht, aber nicht für Witwen mittleren Alters. Was suchst du denn?»
«Das Spülpulver.» Sie nahm es heraus. «Ich habe vergessen, daß Dan heute das Frühstücksgeschirr gespült hat. Er hat das Spülmittel woanders hingetan.»
«Ich verstehe den Zusammenhang nicht.»
Elizabeth lächelte. «Nun, wenn *ich* das Spülmittel aufräume, tu ich es immer in das oberste Fach der rechten Schrankseite. Wenn Dan es aufräumt, tut er es mit tödlicher Sicherheit in das unterste Fach der linken Schrankhälfte. Das machen wir beide ganz unbewußt und automatisch — ja, ich bin sogar davon überzeugt, daß Dan gar nicht merkt, daß wir verschiedene Plätze haben. Aber oft belustigt mich die Vorstellung, daß jeder Mensch sagen könnte, wer in diesem Haus zuletzt Geschirr gespült hat.»
Vi sah sie aufmerksam an. «Lib, du bist doch glücklich mit Dan, nicht wahr?»
«Selbstverständlich.»
«Das freut mich sehr!» sagte Vi.
Als Elizabeth an diesem Abend Dan die Neuigkeit von Vi erzählte, sagte sie: «Vor Vi konnte ich es wohl nicht gut aussprechen, aber was mich am meisten überrascht hat, sind die Kosten. Die Eigentumswohnungen in diesem Block sind doch enorm teuer, Dan.»
Dan lachte. «Liebling, Ausgaben machen Vi keine Sorge. Sie hat eine Menge Geld. Ist es dir je aufgefallen, wie gleichgültig sie dem Geld gegenüber ist? Leute mit viel Geld imponieren ihr nicht, ich meine: sie machen ihr nicht deshalb Eindruck, weil sie Geld haben. Das ist ungewöhnlich, denn die meisten Menschen lassen sich vom Geld beeindrucken, auch wenn sie es bestrei-

ten. Vi hat wahrscheinlich gar keine Ahnung, wieviel Geld sie hat. Diese Art von gleichgültigem Verhalten können sich nur die leisten, die genug davon haben.»
Elizabeth sah ihn erstaunt an. «Ich habe ja nie darüber nachgedacht, aber es wäre mir auch dann nicht eingefallen, daß Vi Geld haben könnte.»
«Es ist ihr eigenes Geld», erklärte Dan. «Das heißt, sie hat es schon lange vor ihrer Heirat mit meinem Vater gehabt. Und glaub mir, es ist ein ganz schöner Haufen.»
Als sie zwei Wochen später nach dem Abendessen lesend im Wohnzimmer saßen, läutete das Telefon. Elizabeth stand auf und nahm den Hörer ab. Es war Vis Stimme, aber sie klang sonderbar verzerrt.
«Elizabeth, ist Dan da? Könnte ich ihn einen Augenblick sprechen, bitte?»
Elizabeth war verwirrt durch Vis Stimme; sie klang fast, als weinte sie oder kämpfte dagegen an. «Was ist, Vi? Ist etwas passiert?»
«Nein, meine Liebe, nein. Ich möchte nur eben mit Dan sprechen.»
«Bitte!» Elizabeth hielt Dan wortlos den Hörer hin. Sie blieb stehen und sah ihn an. Dabei wußte sie, daß etwas passiert war, und an Dans vorsichtigen Antworten erkannte sie auch, daß es sich um sie handelte.
Endlich sagte Dan: «Nein, Vi, ich bin froh, daß du es mir erzählt hast. Und, bitte, glaube nicht, es sei direkt gegen dich gerichtet gewesen. Es steckt überhaupt keine persönliche Absicht dahinter, es ist eine unbewußte Handlung, wie im Traum.»
Er legte den Hörer langsam auf und Elizabeth faßte seinen Arm. «Was gibt's, Dan, was ist passiert?»
«Nichts, Liebling!» sagte er geistesabwesend. «Nichts, was dich beunruhigen müßte.»
«Du wirst doch nicht erwarten, daß ich das glaube! Vi hat ja beinahe geweint. Warum wollte sie mit dir sprechen?»
«Ach, es war nichts Besonderes. Nur geschäftliche Schwierigkeiten im Zusammenhang mit dem Verkauf des Hauses.»
«Das ist doch nicht wahr, Dan. Es ist etwas, das mit *mir* zu tun hat. Bitte, sag es mir. Wenn du es nicht sagst, ist es noch viel schlimmer. Habe ich ... Vi schon wieder etwas getan? Und *was?*»

Er zauderte, sah sie an und seufzte. «Also gut, Liebling. Offensichtlich regt es dich noch mehr auf, wenn ich es dir verschweige. Also: Vi bekam mit der Nachmittagspost ein kleines Päckchen, auf dem dein Name als Absender stand. Sie machte es auf und fand darin ein Foto von sich; es war ganz in Stücke zerschnitten. Ein Foto wie das, das gewöhnlich auf unserem Klavier steht.» Sein Blick ging zum Klavier, aber da stand kein Foto mehr. «Du erinnerst dich doch, daß ich mit dem Ärmel dran hängengeblieben bin, kurz bevor wir in Urlaub fuhren. Ich hatte es heruntergerissen und das Glas zerbrochen.»
Elizabeth entgegnete starr: «Du meinst, ich ... aber das hätte ich doch nicht tun können. Das ist ja schlimmer als eine Beleidigung. Vi hätte ich das noch weniger antun können als allen anderen Menschen. Das Foto ist bestimmt noch in der Schreibtischschublade. Ich habe nur vergessen, einen neuen Rahmen zu kaufen, aber das Bild liegt noch drin. Es *muß* drinliegen, Dan. Geh doch hin und sieh selbst nach.»
Er ging zum Schreibtisch, machte die Schublade auf und durchsuchte sie.
«Nun», fragte sie und ihre Stimme klang ganz rauh vor Spannung, «es ist doch da, oder?»
«Nein, Lib», sagte er zögernd, «es ist nicht da.»
Sie ging zum Schreibtisch und sah selbst in die Schublade. Aber da war nur der leere, zerbrochene Rahmen. Sie starrte ihn lange an.
«Aber das kann ich doch nicht getan haben», flüsterte sie wieder. «Das habe ich nicht getan, Dan!»
«Lib», erwiderte er freundlich, «Vi sagte, sie habe deine Handschrift auf dem Packpapier erkannt. Und ich nehme an, daß sie deine Schrift doch kennt, oder?»
«Ich glaube es nicht!» Sie sprach leise, aber in ihrer Stimme lag ein Unterton von Heftigkeit. «Es ist nicht wahr. Es ist ein übler Scherz. Dan, bitte, fahre mich zu Vi. Ich möchte das Packpapier selbst sehen.»
«Reg dich doch nicht so auf, Liebling! Warte bis morgen.»
«Nein! Bis dahin kann Vi das Packpapier verbrannt haben oder es ist in den Müll gekommen, und dann kann ich niemandem mehr beweisen, daß das Ganze ein böser Streich war, und daß jemand anderer das Päckchen geschickt hat. Wenn du mich nicht zu Vi fährst, fahre ich selbst. Und wenn du mir die Schlüssel zum Wagen nicht gibst, gehe ich zu Fuß.»

Sie stand aufrecht und steif da und zitterte am ganzen Körper. Dan hatte sie noch nie so gesehen, und er sagte begütigend: «Ist recht, Liebling, ist recht. Ich fahre dich sofort hin.»
Vi war erschrocken, als sie die beiden sah. «Wieso, Libby, Dan! Ich habe doch nicht ...»
«Vi, ich möchte das Packpapier sehen. Bitte, sag nicht, daß du es schon verbrannt oder weggeworfen hast. Ich muß es sehen.» Es machte ihr sichtlich Mühe, sich zu beherrschen.
«Das Packpapier?»
«Das Papier, worin das Foto verpackt war. Ich möchte es sehen, weil die Schrift darauf nicht die meine sein kann. Ich habe das Foto nicht geschickt, Vi. So was hätte ich niemals tun können. Jemand, der wollte, daß du mich haßt, muß diese Gemeinheit begangen haben. Aber ich muß die Schrift sehen, damit ich ganz sicher bin.»
Vi sah Dan fragend an. Dan nickte. Sie ging hinaus und kam gleich darauf wieder. In der Hand hielt sie ein zusammengefaltetes, leicht zerknittertes Blatt braunen Papiers. Sie gab es Elizabeth.
Mit zitternden Händen breitete es Elizabeth aus und las die Adresse und den Absender genau. Dann legte sie das Papier auf den Tisch und ging ziellos im Zimmer umher. Ihr Gesicht war weiß wie Kalk, und sie taumelte ein wenig. Dan und Vi sprangen gleichzeitig zu ihr hin und halfen ihr in einen Sessel. Vi brachte ein Glas Wasser. Elizabeth trank ein bißchen und gab das Glas zurück.
Nach ein paar Augenblicken brach sie das Schweigen mit der Frage: «Kann ich das Foto sehen?»
Vi erwiderte unsicher: «Lib, bitte nicht ...»
«Ich möchte es aber sehen, bitte!»
Vi brachte es. Es war in eine Anzahl von Stücken zerschnitten, offenbar mit einer Schere. Die Art, wie es zerschnitten war, deutete auf grausame Wut. Elizabeth schaute es ein paar Sekunden an. Dann gab sie es zurück und stand auf. «Danke, Vi. Dan, fahre mich nach Hause, bitte!»
Sie wandte sich zur Tür. Dort drehte sie sich noch mal um und sah Vi an. «Es tut mir sehr leid, Vi. Ich hätte das — dabei deutete sie auf das Foto — bei klarem Verstand nicht getan. Bitte, hasse mich nicht!»
«Ich hasse dich nicht, Lib!» sagte Vi mit schwankender Stimme. «Wie könnte ich das denn?»

Elizabeth ging hinaus. Dan wartete und sah seine Stiefmutter an, als wollte er noch etwas sagen. Dann schüttelte er den Kopf und ging Elizabeth nach, zum Wagen hinaus.
Auf dem Heimweg sprach sie nicht; sie saß zusammengesunken in einer Ecke des Wagens. Zu Hause sagte sie tonlos: «Morgen gehe ich zu Dr. Weston und lasse mich bei einem Psychiater anmelden.» Ihre Stimme klang äußerst erschöpft, als koste sie jedes Wort eine schwere Anstrengung. Nicht einmal Dan hatte erwartet, sie so niedergeschlagen zu sehen.
«Ist recht, Lib», sagte er nur.
«Willst du mir einen Gefallen tun, Dan?»
«Natürlich. Was denn?»
«Man muß es Mary erzählen. Ich kann es nicht. Willst du es tun? Nicht heute; morgen vielleicht, jedenfalls bald.»
Er nickte. «Selbstverständlich, wenn du es möchtest.»
Am nächsten Morgen ging Elizabeth zu Dr. Weston, der sie bei einem Psychiater namens Barrow anmeldete. Er gab ihr einen Brief für ihn mit, in dem er ihren Fall, so wie er ihn kannte, darstellte. Nachdem Elizabeth wieder gegangen war, saß Michael längere Zeit nachdenklich da; er war durch diesen Fall sonderbar tief aufgewühlt. Für ihn war die Sache rätselhaft. Er konnte sich des unbestimmten Eindrucks nicht erwehren, daß da irgend etwas mitspielte, das noch niemand durchschaut hatte. Er nahm sich vor, später mit Dr. Barrow in Verbindung zu treten und ihn um seine Meinung zu fragen.
Als er mit ihm sprach, war der Psychiater unverbindlich, vorsichtig, aber — so dachte sich Michael Weston — beträchtlich interessiert.
«Es liegt eine heftige nervöse Spannung vor», sagte Dr. Barrow. «Es ist Hysterie, oder wenigstens neigt die Dame dazu. Im übrigen ist es noch etwas zu früh, um endgültige Schlüsse zu ziehen. Das einzige, was ich in diesem Stadium mit Bestimmtheit aussagen kann, ist dies, daß Mrs. Elton unter einem schweren seelischen Druck leidet.»
«Unter den bestehenden Umständen ist das leicht begreiflich», bemerkte Mike.
«Unter welchen Umständen?» fragte Dr. Barrow.
«Nun, was sie tut und woran sie sich nicht mehr erinnern kann. Sicher muß das jeden intelligenten Menschen unter schweren seelischen Druck setzen.»
«Ich verstehe», antwortete Dr. Barrow. «Ja, vielleicht kann

man so sagen. Ich habe ihr versuchsweise zu einem kurzen Aufenthalt in einer Nervenklinik geraten, aber Mrs. Elton wollte überhaupt nichts davon wissen; ihr Mann hat sie dann unterstützt. Sie hat eine tief eingewurzelte Angst vor jeder Nervenheilanstalt, und ich war im Moment nicht imstande, diese Angst zu beseitigen. Aber ich möchte diesen Fall gern aus größerer Nähe studieren.»
Nachdem er eingehängt hatte, dachte Weston darüber nach, daß also auch dem Psychiater gewisse Aspekte von Elizabeth Eltons Zustand rätselhaft waren.

6

In den ersten vierzehn Tagen besuchte Elizabeth Dr. Barrow auf seinen Rat viermal. Sie fand es verhältnismäßig leicht, mit ihm zu sprechen, wie er so da saß, ein älterer Herr mit silbergrauem Haar und freundlichen Augen. Man sah ihm seine unendliche Geduld und seine alles begreifende Toleranz an. Er stellte nur wenige Fragen, und einige davon schienen ihr ganz unwesentlich zu sein. Fast immer zog er sie in ein leichtes Gespräch. Sie redeten so ziemlich über alles: Wetter, Film, Bücher, Zeitgeschehen. Es war eine Unterhaltung, die viele Themen berührte.
«Es ist durchaus nicht einfach», sagte er zu ihr, «über die Dinge zu sprechen, um die es sich bei Ihnen handelt. Erst allmählich werden Sie merken, daß Sie mit mir reden können, aber Sie dürfen nicht meinen, daß Sie sich zu diesen Mitteilungen zwingen müssen. Lassen Sie sich Zeit.»
«Doktor, ich möchte Ihnen gern alles erzählen, was von Nutzen sein könnte. Glauben Sie mir, ich will mitarbeiten, aber ich fühle mich so ... so hilflos. Ich habe keine Vorstellung davon, was Ihnen voranhelfen könnte, weil die ganze Sache ein Rätsel für mich ist. Ich kann nicht einmal die Bruchstellen in meinem Tagesablauf finden, oder eine Erinnerung, die dieses geistige Ausgelöschtsein hinterlassen müßte.»
Er lächelte. «Quälen Sie sich nicht mit Versuchen, mir etwas zu erzählen, das in besonderem Zusammenhang mit Ihren Schwierigkeiten steht. Sprechen Sie nur über die Dinge, die Sie erschrecken oder beunruhigen oder über die, auf die Sie hoffen;

Dinge, die geschehen sind, die Sie gedacht und gefühlt haben, als Sie krank waren.»

Dan schlug vor, Vi zu bitten, sie möge kurze Zeit bei ihnen wohnen — als Gesellschaft für Elizabeth, während er tagsüber im Büro war. Aber Elizabeth sagte, sie wolle Vi nicht stören, noch dazu jetzt, wo sie den Trubel mit dem Umzug hatte. Und als er auf seinem Plan bestand, wandte sie sich scharf dagegen. «Willst du mich etwa bewachen lassen? Meinst du, man kann mich nicht mehr allein lassen?»
«Du weißt genau, Lib, daß es nicht so gemeint ist.»
Sie sah ihn einen Augenblick zornig an; dann schloß sie die Augen und seufzte — und der Zorn verflog. «Tut mir leid, aber ich bin anfällig dafür, alles falsch aufzufassen. Ich würde mich freuen, wenn ich Vi später hier hätte. Aber es wäre rücksichtslos, sie im Augenblick darum zu bitten. Erstens hat sie viel zu tun, zweitens könnte ich sie in meiner Nervosität vielleicht ebenso anfahren, wie ich es eben bei dir getan habe; sie würde erbittert fortgehen, und ich hätte ein wirklich reizendes Verhältnis zerstört. Du siehst», sie versuchte unbeschwert zu erscheinen und setzte hinzu, «es ist gescheiter, dich anzufahren als Vi. *Sie* könnte gehen, *du* aber nicht, denn du bist an mich gebunden.»
Gleich darauf verzerrte sich ihr Gesicht vor Angst. «Es war nicht fein von mir, dich daran zu erinnern. *In Freud und Leid.* Aber an diese Art von Leid hast du nicht gedacht. Ich auch nicht — obwohl ... *ich* hätte damit rechnen müssen, ich hätte nicht zulassen dürfen, daß du mich heiratest.»
Er ging durchs Zimmer auf sie zu und rüttelte sie sanft an den Schultern. «Elizabeth, Elizabeth, warum willst du dir immer selbst weh tun mit Dingen, die überhaupt nicht existieren? Du sprichst, als täte es mir leid, daß ich dich geheiratet habe. Ich will dir mal was sagen: Du bist das Beste, was je in mein Leben getreten ist. Und wenn ich das letzte Jahr noch einmal leben würde, so gäbe es nur *eine* Möglichkeit, dich nicht zu heiraten: daß mich einer erschießt. Sag also nie mehr solchen Unsinn!»
In den vierzehn Tagen, die auf den unseligen Vorfall mit dem Foto folgten, konnte Elizabeth nur mehr mit Hilfe von Dr. Westons Kapseln schlafen, und mit dem Essen hatte sie auch immer Schwierigkeiten. Die nervöse Spannung schien ihren Magen zu verengen; der bloße Gedanke an Nahrung stieß sie

ab. Sie verlor an Gewicht und hätte noch mehr verloren, wenn Dan sich nicht alle Mühe gegeben hätte, darauf zu achten, daß sie regelmäßig aß, wenn die Mahlzeiten auch klein waren.
Morgens, bevor er ins Büro fuhr, stellte er einen Plan auf, was sie zu Mittag essen mußte, und dann rief er am frühen Nachmittag an, ob sie ihren Lunch gegessen hatte. Wenn er keine Möglichkeit zum Anrufen hatte, fragte er sie am Abend. Gewöhnlich ließ er sich morgens zeigen, was sie mittags essen wollte, und abends sah er im Kühlschrank nach, ob der Lunch noch drin war.
«Ich traue dir nicht, weißt du. Du könntest mir ja irgendwas vormachen, um mich zu beruhigen», erklärte er.
Er bestand darauf, sie öfter auszuführen, zum Abendessen in einem Restaurant in der Stadt, oder um einen Film anzusehen oder eine Theateraufführung. Sie besuchten auch Freunde, obwohl es Elizabeth schwer wurde, ihre Aufmerksamkeit auf die Unterhaltung zu lenken.
Wenn sie sich später zu erinnern versuchte, fiel ihr nicht die geringste Kleinigkeit auf, die an jenem Donnerstag vormittag, zwei Wochen nach ihrem ersten Besuch bei Dr. Barrow, ungewöhnlich gewesen wäre. Beim Frühstück fragte Dan wie immer, was sie tagsüber treiben werde.
«Ich denke, ich werde vormittags im Garten arbeiten. Es ist kühler geworden, und das muß ich ausnützen.»
«Und», fragte er mit leichtem Lächeln weiter, «was ißt du zu Mittag?»
Sie rümpfte ein wenig die Nase. «Du legst großen Wert darauf, daß ich nicht verhungere, nicht wahr?»
Er grinste. «Ich möchte nur keine Schwierigkeiten mit dem Coroner bekommen. Sehn wir mal: Gartenarbeit macht Appetit; andrerseits darf es nichts sein, was dir viel Mühe macht.»
«Nun gut, so esse ich eben die andere Hälfte der Konservendose mit Steak und Gemüse, die ich gestern angebrochen habe. Das nimmt mir wirklich keine Zeit weg. Die Büchse ist ja schon offen.»
«Das ist vernünftig. Iß vielleicht auch ein Stück Toast dazu!»
Nachdem sie das Frühstücksgeschirr abgespült und im Haus Ordnung gemacht hatte, ging sie in den Garten und werkelte zufrieden zwei bis drei Stunden herum. Es war ein angenehmer Morgen, teils sonnig, teils bewölkt, und die Hitze wurde durch eine kühle Südostbrise gemildert. Sie fühlte sich erholter und

zufriedener als in den letzten zwei Wochen, obwohl sie am späteren Vormittag Kopfschmerzen aufsteigen spürte. Die Schmerzen wurden allmählich unangenehmer, und um die Mittagszeit legte sie das Gartengerät nieder und ging ins Haus, um ein Aspirin zu nehmen. In diesem Augenblick läutete das Telefon. Es war Vi, die mit ihr plaudern wollte. Sie unterhielten sich etwa zwanzig Minuten. In Elizabeths Kopf war noch ein dumpfer Schmerz. Als sie aufgelegt hatte, ging sie ins Schlafzimmer und holte sich zwei Aspirin. Sie hatte gerade die Verschlußkappe wieder auf das Aspirinfläschchen geschraubt, als an der vorderen Haustür die Glocke läutete. Den Besucher — einen Versicherungsvertreter — konnte sie erst nach zehn Minuten abwimmeln; da merkte sie, daß sie das Aspirin immer noch in der Hand hielt.
Halb belustigt und halb erbittert sagte sie laut zu sich selbst: «Wer hätte das gedacht, daß es mit solchen Schwierigkeiten verbunden ist, zwei Aspirintabletten zu nehmen?»
Sie warf einen Blick auf die Küchenuhr und da es Essenszeit war, beschloß sie, etwas zu essen und das Aspirin mit einer Tasse Tee zu nehmen. Sie seufzte leise, als sie die halbleere Konservendose aus dem Kühlschrank nahm. Sie hatte keinen Hunger, aber wenn sie dieses Zeug nicht aß, würde Dan sich beunruhigen. Natürlich hatte er vollkommen recht, sie mußte essen, auch wenn ihr nicht danach zumute war. Und sie wollte ihm nicht noch mehr Sorgen machen. Er hatte Kummer genug mit ihr.
Die Scheibe Toast, zu der Dan ihr geraten hatte, schien ihr kein schlechter Gedanke. Sie röstete den Toast, goß sich eine Tasse Tee ein und legte die zwei Aspirin einstweilen in die Untertasse, bis der Tee genug abgekühlt war. Dann aß sie das Fleisch und das Gemüse auf dem Toast. Mißmutig dachte sie daran, daß ihr Büchsennahrung nicht schmeckt; besonders, wenn die Dose schon einen ganzen Tag lang offen im Kühlschrank gestanden hatte. Die Kopfschmerzen schienen nachgelassen zu haben, obwohl sie das Aspirin nicht genommen hatte; statt dessen überfiel sie schwere Schläfrigkeit, und sie fror etwas.
Sie schälte sich gerade einen Apfel, den sie vor dem Teetrinken noch essen wollte. Plötzlich fühlte sie Schwindel und ein wenig Übelkeit. Erstaunt dachte sie: Du lieber Himmel, ich werde doch nicht etwa ohnmächtig werden!
Sie stand sofort vom Tisch auf. Sie hoffte, wenn sie noch ins

Schlafzimmer käme, um sich aufs Bett zu legen oder wenigstens ins Wohnzimmer auf das Sofa, dann würde dieses leichte Gefühl von Ohnmacht schon vergehen. Sie war aber erst an der Tür zwischen Küche und Eßzimmer, als sie spürte, wie die Woge der Bewußtlosigkeit sie verschlang. Sie griff noch nach dem Türpfosten, um einen Halt zu haben, aber da brach sie schon zusammen. Sie merkte, daß sie auf dem Boden lag, aber es war, als reiche der feste Boden nicht aus, um ihren Fall aufzuhalten. Sie fiel immer tiefer in die Dunkelheit.
Halbwegs kam sie wieder zu Bewußtsein mit der Wahrnehmung, daß sie jemand heftig an den Schultern rüttelte, und dann hörte sie auch Stimmen. Sie wünschte, die Leute sollten weggehen, weil sie nicht schlafen konnte, wenn man sie so rüttelte. Mit Mühe öffnete sie die Augen und nach den wenigen Sekunden, die sie brauchte, um ihren Blick scharf einzustellen, sah sie, daß es Michael Weston war, der sie rüttelte. Sie fand das etwas seltsam, aber es war ihr gleichgültig.
Wieder schüttelte er sie und dazu sagte er etwas, das sie nicht ganz verstand. Er hob ein leeres Fläschchen hoch, so eines, worin ihre Schlafkapseln waren, und sie fragte sich, was er damit wohl mache. Aber was es auch sein mochte, es interessierte sie wenig. Sie wollte nur weiterschlafen. Sie streckte sich aus und schloß die Augen wieder, aber der Arzt schlug sie mit der Handfläche ins Gesicht.
Die Härte des Schlages bewirkte, daß sie die Augen wieder öffnete und ihn ansah; sie war mehr ratlos als ärgerlich. Und nun erst sah sie auch Dan und einen anderen Mann neben dem Arzt. Sie hörte, wie Dan eindringlich zu Mike Weston sagte:
«Es können nicht viel gewesen sein, nicht mehr als drei oder vier, weil sie vor ihrem gestrigen Besuch bei Ihnen fast keine mehr hatte. Und Sie sagen, das neue Fläschchen sei noch voll?»
Weston nickte. «Ich habe sie gezählt.» Er sah, daß Elizabeth wieder bei Bewußtsein war, und beugte sich über sie. Er hielt ihr das Fläschchen vors Gesicht.
«Wie viele?» fragte er scharf. «Wie viele waren drin?»
Sie versuchte zu antworten und war überrascht, wie schwierig das Sprechen war. Und als sie ihre Stimme endlich hörte, klang sie unnatürlich tief und heiser.
«Vier», sagte sie und wunderte sich dumpf, warum er das wohl wissen wollte.

Weston atmete erleichtert aus. «Nicht genug!» flüsterte er Dan zu. «Selbst ohne ärztliche Hilfe hätten vier nicht ausgereicht. Helfen Sie mir, sie ins Bad zu bringen. Ich glaube, ich warte nicht, bis die Ambulanz kommt. Ich möchte das Zeug aus ihrem Magen heraus haben, falls es doch mehr waren, als sie meint.»
Die nächsten paar Stunden wechselten für Elizabeth zwischen Bewußtsein und Schlaf. Sie nahm Bewegungen wahr, Stimmen und Leute, die sie wachhalten wollten. Endlich ließ man sie allein. Sie schlief.
Sie wachte in einem Krankenhaus auf. Sie fühlte sich schlaff und erschöpft, hatte aber keine klare Erinnerung, wie sie da hereingekommen oder was ihr überhaupt geschehen war. Eine Krankenschwester war im Zimmer; sie kam ans Bett, als sie hörte, daß Elizabeth sich bewegte.
«Wie geht's Ihnen, Mrs. Elton?»
«Ich ... ich weiß nicht. Müde. Das ist alles.»
Sie suchte nach einem Anhaltspunkt. Warum war sie hier? Aber ihre Erinnerung war verschwommen und unbestimmt.
«Was fehlt mir? Was ist passiert?»
«Es geht Ihnen ganz gut, Mrs. Elton!» sagte die Schwester heiter. «Nur eine kleine Weile schön ruhig liegenbleiben. Der Arzt möchte Sie sehen.»
Sie verließ das Zimmer, und Elisabeth wehrte sich gegen das Bedürfnis, wieder einzuschlafen, weil sie jetzt klar empfand, daß da etwas nicht in Ordnung war; etwas Schreckliches, weshalb man sie hierhergebracht hatte. Es war sehr wichtig für sie, daß sie sich wieder erinnern konnte.
Michael Weston kam ins Zimmer, stellte sich einen Stuhl an ihr Bett und setzte sich. Den Mann im grauen Anzug, der zugleich mit dem Arzt hereingekommen war und unaufdringlich an der Tür stehenblieb, bemerkte sie kaum. «Wie geht's Ihnen, Mrs. Elton?»
Sie verzerrte das Gesicht ein wenig. «Mir ist so komisch; vor allem bin ich müde. Warum bin ich hier, Dr. Weston? Was stimmt nicht mit mir?»
Einen Augenblick glaubte sie, Unbehagen in seinem Gesicht wahrzunehmen. Dann lächelte er. «Jetzt geht's Ihnen ja gut», sagte er ermutigend. Er fühlte ihren Puls und setzte hinzu: «Wollen Sie mir nicht erzählen, was geschehen ist?»
«Aber ... woher soll ich das wissen? Ich weiß doch nicht, was geschehen ist.»

«Versuchen Sie sich zu erinnern. Es wird Ihnen schon einfallen, wenn Sie es versuchen.»
«Muß das jetzt sein? Ich bin so müde.»
«Fürchten Sie sich vor der Erinnerung?» Seine Stimme war plötzlich scharf geworden.
Sie sah ihn überrascht an. «Es ist alles wie verschwommen ...»
«Aber ein bißchen können Sie sich doch erinnern, auch wenn es nicht klar ist. Versuchen Sie es!» drängte er. «Erzählen Sie mir alles, woran Sie sich erinnern, seit Sie heute früh aufgestanden sind. Wir müssen es wissen.»
Elizabeth schloß die Augen; sie versuchte die Erinnerungsfetzen, die ihr in den Sinn kamen, zu ordnen. «Ich erinnere mich, daß Dan mich gefragt hat, was ich den Tag über tun wolle. Ich sagte, ich hätte im Garten zu arbeiten, weil das Wetter nicht mehr so heiß sei.» Der Rest der Erinnerung kam klar und schnell zurück.
«Ich habe», fuhr sie fort, «das Frühstücksgeschirr abgespült und Ordnung im Haus gemacht. Nachher bin ich in den Garten gegangen und habe dort eine Weile gearbeitet, bis ich Kopfschmerzen bekam. Gerade als ich ins Haus ging, um ein paar Aspirin zu nehmen, rief Vi an, und wir haben eine Zeitlang geplaudert.»
«Wie viele Aspirintabletten haben Sie genommen?»
«Gar keine. Zuerst habe ich telefoniert, und dann hab ich im Schlafzimmer zwei Tabletten geholt; aber bevor ich sie nehmen konnte, klingelte ein Versicherungsvertreter. Als er wieder ging, war es schon Essenszeit. Deshalb wollte ich warten und das Aspirin mit einer Tasse Tee nach dem Essen nehmen. Ich hatte keinen Hunger, aber ich hatte Dan versprochen, etwas zu essen.»
«Also nahmen Sie das Aspirin nach dem Essen? Und genau zwei Tabletten?»
Sie schüttelte den Kopf. «Ich *habe* sie überhaupt nicht genommen. Während ich aß, ließ ich den Tee abkühlen, um das Aspirin damit hinunterzuspülen. Aber noch bevor ich ganz zu Ende gegessen hatte, fühlte ich mich sonderbar: ganz schläfrig und ein wenig schwindlig und kalt. Ich fürchtete, ohnmächtig zu werden, und ich stand auf, um ins Schlafzimmer zu gehen und mich hinzulegen. Das ist alles, woran ich mich erinnere. Ich glaube nicht, daß ich noch aus der Küche herausgekommen bin, ehe ich bewußtlos wurde.»

«Aber später?» drängte Weston. «Sie erinnern sich doch, daß wir Sie aufweckten, bevor wir das Haus verließen, um Sie hierherzufahren?»
Sie runzelte die Stirn; es war mühsam, in die nebelhaften Geschehnisse Klarheit zu bringen. «Bevor ich hierhergefahren wurde? Da war etwas in unserem Schlafzimmer. Sie und Dan waren dabei, und Sie haben mich immerzu etwas gefragt.»
«Wonach habe ich Sie gefragt, Mrs. Elton?»
Wieder das ratlose Stirnrunzeln. Dann sagte sie langsam und zweifelnd: «Es ging wohl darum, wieviel Schlafkapseln in dem Fläschchen waren.»
Plötzlich sah sie ihn direkt an. Es war das erste Aufflackern der Bestürzung. «Warum fragen Sie mich das?» wollte sie wissen. «Und...»
Sie brach ab und starrte ihn in blindem Entsetzen an. «Das Fläschchen war leer», flüsterte sie. «Als Sie es in der Hand hielten, war es leer. Meinen Sie — ich habe vier Kapseln genommen? Das ist doch unmöglich. Warum sollte ich...»
Ihre Stimme erstarb, und es herrschte Stille im Zimmer. «Warum sollte ich das wohl getan haben?» fragte sie dumpf.
Mike Weston rückte etwas auf seinem Stuhl und beugte sich vor. «Sehen Sie, Mrs. Elton, Sie haben die Kapseln aus Versehen genommen, wahrscheinlich in der Meinung, es sei Aspirin.» Er sprach freundlich und tröstend. «Sie hatten Kopfschmerzen und fühlten sich elend. Unter diesen Umständen kann man sich schon mal irren.»
Ihre Augen forschten in seinem Gesicht. Sie schüttelte den Kopf. «Ich glaube nicht, daß mir das hätte passieren können. Aspirin — das sind Tabletten; und das andere sind Kapseln. Eine Verwechslung ist da kaum möglich.»
Mit zitternden Fingern zupfte sie an der Bettdecke, und Weston hörte die Verzweiflung in ihrer Stimme, als sie sagte: «Ich habe versucht, mich umzubringen, ist es nicht so?» Ihre Stimme brach, und sie wandte den Kopf ab. Tränen würgten sie, und sie war zu schwach, dagegen anzukämpfen. «Ich halte es nicht mehr aus!» schluchzte sie. «So kann es nicht weitergehen; ich weiß ja nicht mal mehr, was ich tue. Ich habe einen Selbstmordversuch gemacht und habe es nicht gewußt und kann mich auch nicht mehr daran erinnern. Woher soll ich denn wissen, was ich noch alles tue?»
Mike saß wortlos da; seine Augen ließen nicht von ihrem

Gesicht. Eine volle Minute lang ließ er sie weinen. Dann sagte er plötzlich: «Wieviel Schlafkapseln nehmen Sie gewöhnlich, damit Sie schlafen können?»
Sein barscher Ton ließ sie zusammenzucken; sie sah ihn wieder an. «Eine. Sie haben mir mal gesagt, wenn einmal eine einzige nicht ausreichen sollte, könnte ich ruhig noch eine nehmen. Aber das habe ich nie getan.»
«Richtig. Sie wissen also, daß Sie ohne Schaden zwei nehmen können. Wieviel würden Sie dann nehmen, Mrs. Elton, wenn Sie sich umbringen wollten?»
Sie dachte einen Augenblick nach. «Ich weiß nicht», sagte sie zweifelnd. «Ein ganzes Fläschchen, glaube ich, wenn ich eines gehabt hätte.»
Er nickte. «Genau. Sie haben Verstand, Mrs. Elton. Da Sie wußten, daß zwei Stück eine verordnete Menge sind, wären Sie nicht auf die Meinung verfallen, vier von diesen Dingern könnten Sie umbringen. Übrigens hatten Sie ein volles Fläschchen zu Hause!»
«Meinen Sie also, es wäre nichts passiert, auch wenn ich keine ärztliche Hilfe erhalten hätte?»
Lächelnd schüttelte er den Kopf. «Einem körperlich gesunden Menschen wie Ihnen wäre wirklich nichts Ernstliches passiert. Wahrscheinlich wäre Ihnen sehr übel geworden. Sie hätten schrecklich lange geschlafen und wären mit einem Riesenkater aufgewacht. Das ist alles. Sie haben sich nicht umbringen wollen, Mrs. Elton; nicht einmal in einer Art Gedächtnisschwund.»
Er beobachtete ihr Gesicht, während sie über seine Worte nachdachte; er konnte ihre verzweifelten Bemühungen, aus dem Nebel der vergessenen Zeit nach Bruchstücken von Erinnerung zu tappen, nahezu spüren. Dann sah er den Mann an der Tür an und ging zu ihm. «Nun?» fragte er ruhig.
Der Mann zuckte die Achseln; er lächelte schwach. «Keine verdächtigen Umstände.»
«Möchten Sie einige Fragen stellen?»
«Nein. Die Sache schlägt meines Erachtens nicht in unser Fach.» Er ging zur Tür, und Weston machte ihm auf. «Danke, Doktor. Gute Nacht.» Seine Augen streiften Elizabeth. «Viel Glück!» sagte er etwas rauh. «Das können Sie brauchen.»
Elizabeth sah Mike forschend an. «Wer war der Mann?» fragte sie besorgt. «Ich glaube, ich habe ihn heute schon einmal gesehen — zu Hause, mit Ihnen, bevor die Ambulanz kam. Ich

hätte ihn für einen anderen Arzt gehalten, wenn ich überhaupt noch an ihn gedacht hätte. Aber es ist keiner, nicht?»
«Nein», sagte Mike zögernd. «Er ist Detektiv. Aber Sie müssen ihn nicht mehr sehen oder mit ihm sprechen. Sie sind nicht von Interesse für ihn.»
«Polizei? Aber das versteh ich nicht. Warum .. wie ist er denn in die ganze Geschichte hereingekommen?»
«Ihr Mann war ziemlich durcheinander, als er nach Hause kam, Sie fand und nicht wußte, was passiert war. Das erste, was ihm einfiel, war, einen Arzt zu holen und die Polizei zu verständigen. Und nachdem die Polizei einmal eingeschaltet war, mußte sie ihre routinemäßigen Untersuchungen durchführen. Aber ich versichere Ihnen, daß das zu Ende ist.»
Nach einem Augenblick setzte er sich wieder an ihr Bett. «Versuchen Sie, sich zu erinnern, was Sie nach dem Essen getan haben!»
Sie runzelte die Stirn. «Gar nichts. Während des Essens fühlte ich mich benommen und schwindlig. Ich weiß noch, daß ich vom Tisch aufstand, um mich hinzulegen ...» Sie stockte und schloß die Augen. Ihre Gesichtsmuskeln waren angespannt, als sie sich bemühte, mehr aus ihrem Gedächtnis hervorzuholen. Dann öffnete sie die Augen wieder und schüttelte den Kopf. «Es hat keinen Zweck. Ich kann mich an nichts anderes mehr erinnern. Ich weiß nur, daß ich mir dachte, ich würde nicht mehr imstande sein, ins Schlafzimmer zu gehen und mich hinzulegen, bevor ich bewußtlos würde, und es wäre gescheiter, mich gleich auf den Boden zu legen. Dann erinnere ich mich, nach dem Pfosten der Küchentür gegriffen zu haben. Das ist alles. Ich muß dann bewußtlos geworden sein.»
«Nun, Sie müssen dann aber doch wieder zu Bewußtsein gekomen sein, weil Sie Ihr Lunchgeschirr abgespült und weggeräumt haben. Als ich auf den Anruf Ihres Mannes zu Ihnen kam, erzählte er mir, er habe keine Ahnung, wie lange Sie schon ohnmächtig seien, weil er nicht wußte, ob Sie überhaupt nichts zu Mittag gegessen oder ob Sie danach abgespült hätten.»
Elizabeth dachte zunächst stumm nach, dann fragte sie: «Können Sie mir genau sagen, wo und wie ich gefunden wurde? Hat Dan mich gefunden? Und wie? Ich weiß nur, daß es mitten am Tag war, als man mich zur Ambulanz hinausgetragen hat.»
«Es war so: Ihr Mann versuchte, Sie anzurufen, als er vom

Essen im Restaurant ins Büro zurückging. Als er keine Antwort erhielt, wurde er unruhig und entschloß sich, nach Hause zu fahren und nachzusehen, ob alles in Ordnung sei. Sie lagen auf dem Bett. Als es ihm nicht gelang, Sie aufzuwecken, rief er mich an.»
«Gut, das habe ich verstanden. Und wo war das leere Fläschchen mit den Schlafkapseln?» Sie fragte ruhig und überlegt.
«Das Fläschchen und ein halbes Glas Wasser standen auf dem Tischchen neben dem Bett.»
«Danke, Dr. Weston, wieviel Uhr ist es?»
«Gerade halb sieben.»
«Wo ist Dan?»
«Er wartet draußen. Ich konnte ihn überreden, wieder ins Büro zu fahren, nachdem wir Sie hierhergebracht hatten. Denn er hätte nur seine Nerven strapaziert, trotz unserer Versicherungen, daß Sie keineswegs in Lebensgefahr sind.» Er lächelte. «Ich bezweifle, daß er heute nachmittag sehr aufmerksam bei seiner Arbeit war. Auf jeden Fall war er wie aus der Pistole geschossen wieder hier, kaum daß das Büro geschlossen hatte. Es tut mir leid, daß ich ihn warten lassen mußte, aber ich wollte der Sache auf den Grund kommen.»
«Es tut mir leid, daß ich Ihnen nicht mehr helfen konnte. Kann ich Dan jetzt sehen?»
«Natürlich. Ich schicke sofort jemand nach ihm.» Er ging zur Tür und Elizabeth fragte ihn eilig: «Gibt es einen Grund, Doktor, aus dem ich heute abend nicht nach Hause dürfte?»
Er sah sie überrascht an. «Wieso, Mrs. Elton, glauben Sie, wir würden uns hier nicht richtig um Sie kümmern?» Er lächelte.
«So hab ich's natürlich nicht gemeint. Aber ich möchte gern nach Hause und ganz allein gelassen werden. Es geht mir doch ganz gut, nicht?»
Er zögerte. «Nun», gab er dann zu, «schwerkrank sind Sie nicht. Aber warum wollen Sie nicht diese Nacht hierbleiben? In der Frühe dürfen Sie dann nach Hause. Hier brauchen Sie sich um nichts zu kümmern, sondern können sich erholen und dürfen schlafen, während wir nach Ihnen sehen!»
«Ich mag nicht, daß man nach mir sieht. Ich mag keine Leute um mich.» Das Ansteigen ihrer Stimme war ein Zeichen dafür, daß sie die Beherrschung zu verlieren drohte. «Wie kann ich mich hier erholen, wenn allein die Tatsache, daß ich hier bin, mich ständig daran erinnert, *warum* ich hier bin? Morgen

kommen ohnehin die Folgen dieser Geschichte auf mich zu. Ich will diese Nacht schon heim.»
Mike stand einen Augenblick nachdenklich an der Tür. «Mal sehen, was Ihr Mann dazu meint. Wenn er einverstanden ist und Sie mir versprechen, sofort ins Bett zu gehen, dann dürfen Sie heim. Aber bedenken Sie», setzte er mit einer komischen Grimasse hinzu, «*ich* rede zuerst mit ihm, bevor Sie ihn gegen unser erstklassiges Krankenhaus beeinflussen können.»
Sie sank auf die Kissen zurück und lächelte. «Danke schön.»
Ein paar Minuten später kam Dan. Ein breites Grinsen ging über sein Gesicht, als er sie sah. Rasch ging er auf sie zu und küßte sie; sie legte ihre Arme um seinen Hals und klammerte sich an ihn, als ob seine Kraft sie vor den Wogen von Furcht und Schrecken retten könnte.
«Hallo, Liebling!» rief Dan mit erzwungener Fröhlichkeit. «Nur Ruhe! Kein Grund zur Aufregung!»
Sie ließ ihn los und legte sich aufs Kissen zurück. Es gelang ihr sogar, ihn anzulächeln — aber plötzlich verspürte sie einen sonderbaren Schauer: sie fühlte zum erstenmal, daß Dan sie nicht aus diesem Schrecken befreien könnte; nicht, weil er keine Kraft dazu hatte, sondern weil er das Furchtbare gar nicht verstand.
«Dr. Weston sagt, du darfst mit nach Hause!» sagte Dan freudig.
«Jetzt? Heute noch? Ach, bin ich froh! Ich weiß auch nicht genau, warum, aber heute abend noch nach Hause zu dürfen, ist mir unendlich wichtig.» Sie machte eine Pause. «Vielleicht weiß ich es doch. Dan, ich muß wieder zu Dr. Barrow — gleich morgen, wenn es irgendwie möglich ist. Er wird mich wohl in eine Nervenheilanstalt schicken, und zwar sofort, und ich glaube, er hat recht: Ich *muß* gehen. Aber vorher möchte ich noch einmal nach Hause. Kannst du das verstehen?»
«Sicher, mein Schatz!» sagte er, aber sie glaubte ihm nicht.
Eine Schwester kam herein, und Dan sagte: «Ich bin draußen im Wartezimmer, bis du angezogen bist.» An der Tür drehte er sich um: «Fühlst du dich gut genug, um mitzukommen?»
«Ganz sicher!»
Als die Schwester Elizabeth ins Wartezimmer führte, sprach Dan mit Dr. Weston. Nun wandte sich der Arzt an sie: «Mrs. Elton, Ihr Mann erzählte mir, Sie wollen wieder zu Dr. Barrow gehen. Ich freue mich darüber; ich wollte es Ihnen selbst schon

vorschlagen. Ich hätte ihn schon heute verständigt, aber er war auf einer Tagung in Melbourne und kann erst morgen früh zurückfliegen. Ich habe mir erlaubt, Sie morgen für halb zwei bei ihm anzumelden. Ist Ihnen das recht?»
«Ja, vielen Dank.» Sie gab ihm die Hand. «Und ich danke Ihnen auch für alles, was Sie für mich getan haben — besonders für Ihr Verständnis, und daß Sie mich heute abend noch nach Hause lassen.»
Er sah sie eine Weile an; er bemerkte, wie blaß und erschöpft sie war. «Es gibt Fälle», sagte er leichthin, «in denen Daheimsein wichtiger für die Gesundheit eines Patienten ist als alles, was ein Arzt tun kann. Das ist niederschmetternd für den Arzt, aber wahr. Gute Nacht, Mrs. Elton.»

Auf der Heimfahrt schwieg Elizabeth. Dan versuchte nicht, ein Gespräch zu erzwingen. Aber er hielt seinen Kopf so, daß er sie sehen konnte. Als sie ins Haus gingen, fragte sie gleichgültig: «Dan, warum hast du die Polizei gerufen?»
Er legte den Arm um ihre Schulter. «Es tut mir leid, Liebling. War der Mann von der Polizei lästig?»
Sie schüttelte den Kopf. «Mir kam er sehr rücksichtsvoll vor. Er hat gar nicht mit mir gesprochen. Aber warum hast du an die Polizei gedacht?»
«Ich habe vermutlich überhaupt nicht sehr logisch gedacht. Als ich dich bewußtlos vorfand, hatte ich keine Ahnung, was geschehen war. Daß ich die Polizei anrief, war wohl eine sinnlose Reaktion, die aus meiner Panikstimmung kam.» Er lächelte. «Schau, mein Herz, jetzt ist die Sache vorbei. Und heute nacht vergißt du alles. Am besten gehst du jetzt zu Bett und ich mache eine Art Abendessen und bringe es dir.»
«Ich habe keinen Hunger, Dan. Ich kann jetzt nichts essen. Ich will auch noch gar nicht ins Bett gehen, deswegen werde ich *dir* das Essen machen. Mir geht's wirklich sehr gut.»
«Nein, das wirst du nicht tun! Weston hat gesagt, du mußt sofort zu Bett gehen, und das hast du auch zu befolgen. Oh», setzte er gleichsam nachträglich als Einfall hinzu, «ich will erst im Schlafzimmer Ordnung machen — da ist wahrscheinlich noch ein arges Durcheinander. Setz dich so lange ins Eßzimmer.»
Sie lächelte ein wenig. «Du bist wirklich sehr lieb zu mir. Aber ich versichere dir, daß ich wirklich nicht hilflos bin; ich würde

mir auch gern eine Tasse Tee machen, während du mein Bett richtest. Ich mache für uns beide Tee.»
Sie ging in die Küche, füllte die Elektrokanne und schaltete ein. Dann sah sie sich eine Minute lang in dem freundlichen, vertrauten Raum um. Denn hier lag das Geheimnis verborgen, das geschehen war, als sie an dem Tisch da gesessen hatte. Sie dachte, der Anblick der Küche könne ihr helfen, etwas davon in ihr Gedächtnis zurückzurufen. Aber es kam keine Spur von Erinnerung. Langsam wanderte sie durch den Raum; sie überprüfte alle die Dinge, die sie getan haben mußte. Dr. Weston hatte doch gesagt, sie habe das Geschirr abgespült und die Küche sauber gemacht. In dieser Ohnmacht sollte sie gewohnte Arbeiten wie sonst ausgeführt haben? Das Tischtuch mit dem Schottenmuster war säuberlich zusammengefaltet und weggeräumt; die Teller, die sie benutzt hatte, standen auf ihren gewohnten Plätzen. Das Abtropfgestell stand auf seinem Platz im Schrank. Das Spülmittel ...
Ihre Hand verharrte am Riegel des offenen Schrankes; ein sonderbares Gefühl schnürte ihr den Magen zu: Das Spülmittel war nicht dort, wo sie es aufhob, nämlich im obersten Fach rechts. Langsam und zögernd machte sie die linke Schrankseite auf. Und da stand es. Im untersten Fach.
Langsam schloß sie beide Schranktüren und hielt sich an der Ecke des Schrankes fest. Wie sie Vi gesagt hatte: Dan tat das Spülmittel nach dem Abwaschen in das unterste Fach links. Sie stellte es aber immer in die oberste Schublade rechts. *Jeder könnte sagen, wer in diesem Haus zuletzt Geschirr gespült hat.* Das hieß, daß sie nach dem Essen das Geschirr *nicht* abgespült hatte. *Dan* hatte es getan. Warum aber hatte er zu Dr. Weston gesagt, Elizabeth müsse nach dem Lunch das Geschirr abgespült und die Küche aufgeräumt haben? Und warum hatte *er* das Geschirr abgespült? Sicher war es eine seltsame Handlungsweise, in verzweifelter Sorge um seine Frau Arzt und Polizei anzurufen, und sie dann bewußtlos liegenzulassen, um in der Küche Ordnung zu machen. Warum hatte er das getan? Und warum hatte er gelogen?
Sie war wie betäubt vor Verwirrung; sie konnte nicht mehr klar denken. Alles, was sie wirklich wahrnahm, war das Aufsteigen eines ungreifbaren Angstgefühls, und im Augenblick hatte sie keine Vorstellung davon, wo die Gefahr zu suchen sei. Dan hatte gelogen — aber sie wußte nicht, warum

und inwiefern das wichtig sein konnte. Wozu sollte er die Lüge gebraucht haben? Wo war der springende Punkt? Der Zweck des Ganzen? Aber wenn er keine bestimmte Absicht verfolgt hätte, hätte er sich doch nicht die Mühe gemacht, eine Lüge zu erfinden.
«Elizabeth! Ist was nicht in Ordnung?» Dans Stimme riß sie scharf aus ihrem Nachdenken. Aus der Kanne sprudelte wild das kochende Wasser auf den Schrank. Dan schaltete das Gerät sofort aus.
«Du fühlst dich schwach, nicht? Du bist ja so weiß wie ein Blatt Papier. Komm, ich bring dich ins Bett. Ich hab ja gewußt, daß du nicht länger aufbleiben solltest.»
Er streckte seine Hand nach ihr aus, aber sie trat instinktiv rasch zurück. «Rühr mich nicht an!»
Von diesem entsetzten Ton war er betroffen. Er starrte sie an. «Lib, was ... ich wollte dich doch nicht erschrecken.»
«Es ... tut mir leid.» Sie unterdrückte mit Mühe die blinde Panik, deren Ursache sie noch nicht begriffen hatte. «Ich hab ... dich nicht hereinkommen gehört, und das hat mich erschreckt. Ich hatte mich eben etwas schwindlig gefühlt, deshalb habe ich auch nicht gemerkt, daß der Kessel überkocht. Ich wische das Wasser auf.»
Sie zog ein Handtuch vom Gestell, aber er nahm es ihr aus den zitternden Händen. «Das Wasser wische *ich* auf. Du gehst jetzt ins Bett, sofort. Ich bringe dir eine Tasse Tee. Wenn du in fünf Minuten nicht liegst, brichst du zusammen.»
Als er zehn Minuten später ein Tablett mit zwei Tassen Tee ins Schlafzimmer brachte, lag Elizabeth schon im Bett. Sie setzte sich auf. Er gab ihr eine Tasse und rückte sich einen Stuhl an ihr Bett. «Fühlst du dich jetzt besser?»
«Danke, ja. Ich war nur kurze Zeit schwindlig. Dan», sagte sie langsam, «bitte, erzähl mir ganz genau, was passiert ist.»
«Was quält dich denn noch, Liebste? Es ist ja schon vorbei. Du mußt dich nur erholen und das Ganze vergessen.»
«Ich kann es aber nicht vergessen, Dan. Ich muß alles erfahren, was mir jemand darüber sagen kann.»
Er seufzte schwach. «Nun gut. Als ich nach dem Essen ins Büro zurückging, rief ich dich an, erhielt aber keine Antwort. Das hat mich sofort beunruhigt, weil du doch nichts davon gesagt hattest, daß du ausgehen wolltest. Ich fuhr nach Hause, um ganz sicherzugehen. Ich fand dich, versuchte dich aufzuwecken ...»

«Wo hast du mich gefunden?»
«Du hast auf dem Bett gelegen.»
«Unter der Bettdecke?»
«Nein, du warst ganz angezogen, nur ohne Schuhe.»
«Aha. Erzähl weiter!»
«Ich ... aber Lib, muß das sein?»
«Ich möchte es, Dan!» sagte sie ruhig und ausdruckslos.
«Ich bemühte mich, dich wachzukriegen, aber das ging nicht. Ich wußte nicht, was passiert war, darum rief ich Weston an und danach die Polizei. Dann fiel mir ein, daß ich bei der Einfahrt Mrs. Sykes von nebenan in ihrem Garten gesehen hatte, und ich lief hinaus und bat sie, zu kommen.»
«Auch das noch!» sagte Elizabeth ärgerlich.
«Wieso, Liebling, was hab ich denn da falsch gemacht?»
«Mrs. Sykes ist die größte Klatschbase in unserer Straße. Die Geschichte wird in allen Einzelheiten — und womöglich mit Zutaten — schon jetzt überall herumerzählt werden.»
«Das tut mir leid, Lib. An so was wie Klatsch habe ich gar nicht gedacht. Ich war zu sehr auseinander, und es war ja auch durchaus möglich, daß Mrs. Sykes mir hätte einen Hinweis geben können.»
Elizabeth bewegte resigniert eine Hand. «Nun ist es also passiert. So wichtg ist es auch wieder nicht. Wer ... wer hat das leere Fläschchen mit den Schlafkapseln zuerst entdeckt?»
«Weston. Er ahnte wohl, was mit dir los war, als er dich sah. Er suchte herum und entdeckte das Fläschchen.»
«Und was hast du getan, während du gewartet hast, bis er kam?»
«Nun, da hab ich eben Mrs. Sykes verständigt; sie half mir, dich ordentlich ins Bett zu legen, unter die Decke. Ich dachte nur an eines: Wenn man nicht weiß, was einem Menschen geschehen ist, dann ist es auf jeden Fall gut, ihn warmzuhalten.»
Es entstand ein kurzes Schweigen, dann fragte sie vorsichtig: «War die Küche in Ordnung, als du heimkamst?»
Er lächelte reumütig. «Ich muß leider gestehen, daß ich nicht darauf geachtet habe. Aber mir scheint, so wie sie war, als wir vorhin nach Hause kamen, so war sie auch mittags.»
Sie schlürfte gedankenverloren von ihrem Tee. «Das wundert mich. Ich kann mich nicht erinnern, abgespült zu haben.»
«Dann hast du also zu Mittag gegessen?»
«Ja. Aber das ist auch alles, woran ich mich erinnere. Dan»,

setzte sie hinzu und sprach dabei so langsam, als ob sie über jedes Wort zuerst nachdächte, «versuche dich zu erinnern, ob alles an seinem Platz war, ob ich nichts vergessen oder falsch gemacht habe. Es können auch Kleinigkeiten sein, die du vielleicht in Ordnung gebracht hast, ohne darüber nachzudenken. Hab ich nicht das Tischtuch auf dem Tisch gelassen oder das Spülmittel in den Kühlschrank getan oder das Wasser im Spülbecken stehen lassen? Bitte, versuch dich zu erinnern!»
Die Spannung in ihrer Stimme weckte seine Aufmerksamkeit.
«Wieso, Liebste? Ist das denn so wichtig?»
«Für mich *ist* es wichtig.»
Er dachte einen Augenblick lang nach; dann schüttelte er den Kopf. «Nun», sagte er fröhlich entschlossen, «ich gebe zu, daß ich in einer derartigen Verfassung war, daß es mir kaum aufgefallen wäre, wenn ein Seehund im Spülbecken geschwommen wäre. Um so weniger hab ich gemerkt, ob das Tischtuch aufgeräumt war. Und ganz bestimmt habe ich nichts in der Küche angerührt. Ich bin überhaupt ganz schnell durch die Küche gegangen, gleich nachdem ich heimkam, um nach dir zu sehen. So wie du jetzt alles vorgefunden hast, hast du es auch zurückgelassen.»
Mit angestrengter Wachsamkeit hatte sie sein Gesicht beobachtet, aber sie hatte nichts Ungewöhnliches wahrgenommen; keine Andeutung von Unsicherheit oder Zögern. Sie machte einen Moment lang die Augen zu. «Es ist nur ... weißt du ... dieses Auslöschen oder was es ist ... es muß gekommen sein, gerade als ich mit dem Essen fertig war. Es ist das erstemal, daß ich sicher sagen kann, wann es eingetreten ist; darum möchte ich wissen, ob ich ... ob ich während dieses Zustandes noch normal gehandelt habe.»
Sie schauderte, und Dan sagte beruhigend: «Denk nicht darüber nach. Erinnere dich, was Mike Weston gesagt hat: daß du bei deinen Kopfschmerzen das Aspirin mit den Kapseln verwechselt hast. Das ist doch sehr leicht möglich. Das kann jedem passieren. Vielleicht war es überhaupt keine Bewußtseinsstörung wie die anderen Male. Und auf jeden Fall kannst du morgen zu Dr. Barrow gehen, wenn du das noch willst.»
«Ich halte es für sehr nötig; für dringend nötig sogar.»
«Also gut, mein Herz.» Er stand auf und nahm ihre leere Tasse. «Jetzt ist doch alles wieder in Ordnung. Ruh dich aus und versuch zu schlafen.»

Als er hinausgegangen war, legte sie sich zurück und zog sich die Decke bis unters Kinn. Sie fühlte sich immer noch erschöpft und benommen. Die Erinnerungen des Tages rannen in wohltätig dumpfer Verwirrung zusammen wie ein impressionistisches Gemälde, das sie nicht deuten konnte. Sie war sogar zu müde, um zu begreifen, wovor sie eigentlich Angst hatte. Der Schlaf kam plötzlich; aber es war ein unruhiger Schlaf, der von bösen Träumen erfüllt war.

Als das erste Tageslicht die Schwärze der Nacht vertrieb, erwachte sie. Eine Weile lag sie zwischen Traum und Wachen. Sie spürte, daß etwas Entsetzliches auf sie lauerte, aber sie wußte nicht, ob es aus einem Traum kam oder aus ihrem wachen Bewußtsein. Allmählich wich der Schlaf ganz von ihr und sie erkannte, daß sich das Entsetzliche nicht mitsamt der Dunkelheit abstreifen ließ. Sie lag ganz still und nahm sich vorsichtig und überlegt alles vor, woran sie sich vom vergangenen Tag erinnern konnte. Langsam drehte sie den Kopf, um Dan anzusehen. Er lag neben ihr. Sein tiefes, gleichmäßiges Atmen zeugte von einem gesunden Schlaf. Er lag mit dem Rücken zu ihr, die Decke bis zum Hals hinaufgezogen, so daß sie nichts von ihm sah als den Jackenkragen des Schlafanzugs.

Dan. Er war ein Teil ihres Lebens, der größere und bessere Teil, hatte sie immer geglaubt. Ihn zu verdächtigen, kam ihr vor wie eine Verrücktheit, die in die verworrene Traumwelt der vergangenen Nacht gehörte. Gleich würde Dan aufwachen, sich zu ihr umdrehen und sie lächelnd fragen, wie es ihr gehe. Es war lächerlich, ja gemein, einem so gutmütigen und unkomplizierten Menschen so eine häßliche Hinterlist zuzutrauen.

Und doch — *sie* hatte das Spülmittel jedenfalls nicht aufgeräumt. Davon war sie überzeugt. Es gab nicht den geringsten Zweifel, daß Dan es weggeschlossen hatte. Er sagte zwar, er habe nichts angerührt — aber so eine Kleinigkeit konnte man schon einmal vergessen.

Aber wenn sie vom Augenblick der Ohnmacht bis zu dem Augenblick, wo Mike Weston sie weckte, ohne Bewußtsein gewesen war, dann mußte Dan das Geschirr abgespült haben. Und er leugnete es in voller Überlegung. In der vergangenen Nacht war sie noch zu angegriffen gewesen, um zu verstehen, warum er es leugnen wollte. Nun aber, am Morgen, glaubte sie die Erklärung gefunden zu haben.

Sie stand auf und zog sich an, bevor er erwachte. Sie kämmte gerade ihr Haar, als sie hörte, daß er sich rührte. Im Spiegel sah sie, wie er sich herumdrehte und sie suchte. Als er entdeckte, daß sie nicht da war, setzte er sich mit einem Ruck auf und rief scharf: «Elizabeth! Lib, wo — oh!» Jetzt hatte er sie gesehen; fuhr sich mit den Fingern durchs Haar. «Da bist du ja. Einen Augenblick lang war ich erschrocken.»
Erschrocken war er, dachte sie. Das war nicht gespielt. «Warum?» fragte sie.
«Nun, ich ...» Er sah sie an und rieb sich das Kinn. «Ich kam nicht viel zum Denken. Jedenfalls: Wie fühlst du dich? Und warum bist du schon aufgestanden? Du hättest noch im Bett bleiben sollen.»
«Ich bin aufgestanden, weil es Zeit dazu war. Ich bin nicht mehr müde. Mir geht's ganz gut.»
Unglaublich, daß sie mit ihm leicht und sachlich sprechen, ihn sogar anlächeln konnte, als wäre es an irgendeinem normalen Morgen und alles, was mit ihr nicht gestimmt hatte, sei ein leichtes Schwindelgefühl gewesen. Als ob nichts eingetreten wäre, was sich alles zwischen ihnen geändert hatte.
Während er sie ansah, blieb er noch einen Augenblick sitzen. Dann schwang er seine Beine über den Bettrand und stand auf. «Nun, wenn du sicher bist, daß es dir gutgeht, find ich das großartig. Ich will Vi nachher anrufen. Vielleicht kann sie heute vormittag rüberkommen und bei dir bleiben, bis ich zum Essen komme und dich zu Dr. Barrow bringe — oder willst du vormittags lieber zu Mary gehen? Oder soll ich zu Hause bleiben? Ich kann ja das Büro anrufen.»
«Auf keinen Fall. Und ich brauche auch nicht zu Mary zu gehen, und Vi braucht nicht zu mir zu kommen. Wirklich, Dan, das ist alles ganz unnötig.»
«Aber, Lib, nach dem, was ...» Er stockte, als er ihr Gesicht sah. «Ist recht, Liebling, du mußt es wissen.»

7

Dan war längst im Büro und Elizabeth hatte schon das Frühstücksgeschirr abgespült, als es an die hintere Haustür klopfte. Es war Mrs. Sykes, eine zu kurz geratene, magere Frau mit Augen, denen nichts entging. In ihrem Gesicht brannte unverhüllte Neugier.

«Hoffentlich störe ich Sie nicht, meine Liebe! Ich habe es mir lange überlegt, ob man Ihnen schon einen Besuch zumuten darf, aber dann hielt ich es doch für meine Nachbarschaftspflicht, nach Ihnen zu sehen. Es hat mich ja überhaupt gewundert, daß Mr. Elton Sie gestern abend schon wieder nach Hause bringen durfte — so wie Sie ausgesehen hatten, als man Sie wegbrachte! Ich finde wirklich, daß Sie noch viel zu elend sind, als daß man Sie allein lassen dürfte! Das sieht man Ihnen doch an! Bitte rufen Sie mich sofort, wenn Sie irgendwas brauchen! Ich hätte schon viel früher herüberschauen sollen, aber Sie wissen ja selbst, wie es am Morgen ist, da muß erst die ganze Familie . . .»

«Es ist sehr freundlich von Ihnen, daß Sie gekommen sind, Mrs. Sykes», sagte Elizabeth. «Ich weiß, daß Sie viel zu tun haben; aber ich kann Sie beruhigen, es geht mir wieder ganz gut. Meine ganze Krankheit war, daß ich sehr tief geschlafen habe. Ich kann es Ihnen ja ruhig sagen. Ich hatte aus Versehen statt Aspirin vier Schlaftabletten genommen.»

«Um Gottes willen! Vier Schlaftabletten! Aber da hätten Sie ja sterben können!»

Elizabeth lachte und hoffte, dieses Lachen würde in Mrs. Sykes Ohren nicht so gezwungen klingen wie in ihren eigenen. «So dramatisch war's nun auch wieder nicht.»

Mrs. Sykes sah sie verdutzt an, dann sagte sie nachdenklich: «Vier Aspirin. Sie nehmen aber viel Schmerztabletten!»

«Nicht mehr, als einem für schwere Migräne auf der Gebrauchsanweisung zugestanden wird», erwiderte Elizabeth lächelnd. Sie betete heimlich, Mrs. Sykes würde das nicht so schnell nachprüfen. Plötzlich kam ihr ein Gedanke. «Mrs. Sykes», sagte sie langsam, «Sie sahen doch gestern mittag meinen Mann nach Hause kommen. Es war mir so peinlich, mit ihm darüber zu sprechen — hat es lange gedauert, bis er mich fand?»

«Aber nein! Ich arbeitete im Garten, als er vorbeifuhr. Er kann kaum im Haus gewesen sein, als er schon hinauslief und mir über den Zaun zurief, ich solle kommen. Dann hat er gleich den Arzt verständigt und . . .» Sie zögerte und sah Elizabeth vorsichtig an.

«Und die Polizei, ja, ich weiß.» Und ungezwungen fuhr Eliza-

beth nach einem Augenblick des Schweigens fort: «Es ist mir nur so unangenehm, weil es in der Küche schrecklich ausgesehen haben muß. Ich hatte mich hingelegt, bevor ich das Geschirr abgewaschen und aufgeräumt hatte. Ich glaube, Sie waren wohl so lieb, alles sauber zu machen, und dafür möchte ich mich wirklich sehr bedanken. Es ist mir ...»
«Meine Liebe! Davon kann überhaupt keine Rede sein. Ich hätte es zwar gern für Sie getan, aber es war bereits alles blitzblank aufgeräumt. Ich dachte mir noch, wie schön, wenn eine so junge Frau soviel auf ihren Haushalt gibt. Das findet man heute nicht mehr oft. Ich sage Ihnen, diese jungen Mädchen von heute ...»
«Trotzdem möchte ich mich bei Ihnen bedanken. Es war sehr aufmerksam von Ihnen, daß Sie herübergekommen sind. Wenn Sie mich jetzt bitte entschuldigen wollen, ich muß telefonieren. Nochmals, vielen Dank!»
Als Mrs. Sykes — wenn auch zögernd — gegangen war, blieb Elizabeth in Gedanken versunken zurück. Dan hatte also das Geschirr nicht gespült. Sie konnte auf Mrs. Sykes Zuverlässigkeit bauen; sie beobachtete scharf, wenn sie einen Skandal witterte. Sie hätte erleichtert sein müssen, statt dessen fühlte sie die Angst wie einen dichten Nebel in sich aufsteigen: ungreifbar, durchdringend und wesenlos; sie konnte nicht dagegen ankämpfen. Gestern im Krankenhaus, als sie sich an Dan geklammert hatte, hatte es angefangen. Er hatte freundlich, aber energisch ihre Arme von sich gelöst und das Ganze ins Spaßhafte zu ziehen versucht. Jetzt wußte sie, daß sie bei dieser merkwürdigen Kälte zum erstenmal die Angst empfunden hatte.
Dan hatte das Geschirr nicht abgespült. Mrs. Sykes aber auch nicht. Also mußte sie es selbst getan haben, obwohl sie überzeugt war, daß sie sich vorher hingelegt hatte. Außer ...
Langsam ging Elizabeth aus dem Haus, die Straße hinunter, wo ein paar Häuser weiter Postarbeiter ein neues Telefonkabel verlegten. Gestern um die Mittagszeit hatten sie gerade auf der Höhe ihres Hauses gearbeitet.
Die drei Männer hockten auf die Sohlen gestützt und zerrten an einer Kabelrolle. Sie sahen überrascht auf, als Elizabeth guten Morgen sagte. Einer richtete sich sogar auf und legte einen Finger an den Rand seines Schutzhelmes.
«Entschuldigen Sie, daß ich Sie störe», fing sie unsicher an,

«aber Sie könnten mir vielleicht eine Auskunft geben. Ich wohne in dem blauen Haus mit dem weißen Dach, da vorne. Sie haben gestern mittag auf der gegenüberliegenden Straßenseite gearbeitet — hoffentlich sind Sie dieselben Männer...»
«Ja, doch», bestätigte der Arbeiter, der aufgestanden war, vorsichtig. «Worum handelt es sich denn, Lady? Ich weiß, daß wir ein Stück von Ihrem Fußweg aufgerissen haben, aber wir haben den Auftrag, das Kabel zu verlegen. Dafür sind wir nicht verantwortlich.»
Elizabeth lächelte kaum merklich. «Es geht nicht um den Fußsteig. Ich wollte Sie nur fragen, wieviel Autos Sie gestern beobachtet haben, als Sie vor unserem Haus gearbeitet haben. Die Wagen haben Sie doch alle mehr oder minder gestört...»
Die Männer wechselten einen raschen Blick. Elizabeth ließ sich nicht irremachen. «Es war ein ziemlicher Betrieb, der Arzt kam, die Ambulanz, sogar die Polizei. Ich war plötzlich krank geworden, eine Nahrungsmittelvergiftung wahrscheinlich.»
«Ah so, Lady!» sagte der Mann mitfühlend. «So was kann einen ganz schön hernehmen. Da ist es ja ein Wunder, daß Sie schon wieder auf den Beinen sind, auch wenn Sie noch ziemlich blaß aussehen. Was wollen Sie denn nun wissen?»
«Was für Fahrzeuge gekommen sind. Es können auch Lieferwagen oder Motorräder dabei gewesen sein. Gegen Mittag war ein Versicherungsvertreter bei mir, ein kleiner dicker Mann mit einem cremefarbenen Volkswagen. Dann kam mein Mann nach Hause, er fährt einen grauen Zephir. Das war zwischen halb zwei und zwei, glaube ich. Und dann kamen gleich darauf der Arzt und die Ambulanz.» Sie holte tief Luft für die Frage, auf die es ankam. «Erinnern Sie sich, ob zwischen dem cremefarbenen Volkswagen und dem grauen Zephir noch ein anderes Fahrzeug gekommen ist? Ich hatte nämlich Besuch erwartet», setzte sie erklärend hinzu und kam sich dabei selbst recht jämmerlich vor. Aber die Männer schienen nichts zu merken.
Jetzt standen die beiden anderen auch auf, als könnten sie so besser nachdenken. Sagt nein, bettelte Elizabeth stumm; bitte, sagt nein, niemand war da.
«Doch, Lady», erwiderte der Arbeiter nach einem Augenblick, «ich erinnere mich. Wir haben gerade Mittagspause gemacht, im Schatten von unserem Lastwagen. Das muß — ja, kurz vor eins muß das gewesen sein. Da fuhr einer vorbei. Erinnerst du dich, Joe?»

«Ja, das ist richtig, ich erinnere mich. War so'n Kerl im Overall, der ist in die Einfahrt reingefahren, als ob ...»
«So war's!» rief der Mann, der zuerst mit Elizabeth gesprochen hatte. «In einem blauen Kombi kam er. Ist das der, den Sie gemeint hatten, Lady?»
Elizabeth starrte den Mann an, ohne ihn zu sehen. Sie sah Dans Gesicht, wie er am vergangenen Abend zu ihr ins Krankenhaus gekommen war: lächelnd, selbstsicher und ungerührt. Und sie sah sein Gesicht bei den vielen anderen Vorfällen und erinnerte sich an seine unerschütterliche Selbstsicherheit: ‹Kein Grund zur Beunruhigung, Schatz, wir werden schon fertig mit dieser Sache. Eine Kleinigkeit!› Sie hatte diese Sicherheit für eine wunderbare Kraft gehalten! Sie hatte geglaubt, sie könnte sich anlehnen und davon anstecken lassen. Und er hatte sie noch darin bestärkt; fast hatte sie schon geglaubt, ihr Leben hänge von ihm ab. War er nur deshalb nie beunruhigt gewesen, weil er wußte, daß es in Wahrheit gar keinen Grund zur Beunruhigung gab, weil er selbst alle diese Vorfälle herbeigeführt hatte?
Der Telefonarbeiter ging rasch einen Schritt auf sie zu. «Ist Ihnen nicht wohl, Lady?»
Es kostete sie Mühe, ihren Blick auf ihn zu konzentrieren. «Doch, doch», sagte sie mechanisch. «Danke.»
«Aber es war Ihnen doch ein bißchen schwach, plötzlich? Kommen Sie, setzen Sie sich auf den Werkzeugkasten. Bob, hol die Wasserflasche, nein – nimm Tee aus meiner Thermosflasche!»
Er schob sie behutsam zu einem hölzernen Werkzeugkasten. «So, da bleiben Sie jetzt ein wenig sitzen, und wenn Ihnen wieder schwach wird, lassen Sie den Kopf auf die Knie fallen. Wir passen schon auf, daß Sie nicht umkippen. Und jetzt trinken Sie einen Schluck Tee; aber Vorsicht, der ist heiß! Wär ja besser, wir hätten einen Schnaps, aber damit kann ich leider nicht dienen.»
Elizabeth nahm den angeschlagenen Emailbecher mit dem dampfenden schwarzen Tee und schlürfte automatisch. Allmählich löste die heiße Flüssigkeit, die durch ihre Kehle rann, ihre Erstarrung. Eine bleierne Schwere blieb in ihrem Gehirn. Schließlich gab sie dem Mann, der besorgt vor ihr hockte, den Becher zurück.
«Vielen Dank», sagte sie ruhig. «Sie sind sehr freundlich. Es war zu dumm von mir, so plötzlich ...»

«Schon gut, Lady!» sagte der Mann erleichtert. «Kein Wunder, nach so einer Vergiftung ist man noch eine ganze Zeitlang ziemlich wackelig. Hatte schon Angst, Sie würden uns ohnmächtig. Die heiße Sonne ist auch nicht gut für Sie. Geht es jetzt wirklich wieder?»
Elizabeth stand auf. «O ja, es ist schon fast wieder in Ordnung.»
«Und der mit dem Lieferwagen war es, auf den Sie gewartet hatten? Also an einen anderen kann ich mich nicht erinnern...»
«Ja», sagte sie langsam, «ich glaube schon, daß es der war. Ist er lang im Haus geblieben?»
Der Arbeiter schob seinen Schutzhelm zurück und kratzte sich den Kopf. «Hm, das könnte ich nicht so genau sagen. Da hab ich nicht aufgepaßt.»
«Nein, natürlich nicht, und es ist ja auch nicht so wichtig», sagte Elizabeth schnell.
«Na», sagte einer der beiden anderen, «ich weiß noch, daß wir Mittag machten, als er kam, und wir gerade wieder zu arbeiten anfingen, als er aus dem Haus rauskam, also muß er wohl so zehn Minuten oder 'ne Viertelstunde gebraucht haben. Kann sein, auch ein bißchen länger.»
«Ich danke Ihnen sehr, Sie haben mir wirklich geholfen, und es tut mir schrecklich leid, daß ich Ihnen solche Scherereien gemacht habe.»
«Halb so schlimm. Fühlen Sie sich jetzt wieder okay?»
«Ja, vollkommen.»
Sie ging langsam zurück. Die Hitze brannte ihr im Rücken und unter den Füßen.
Ohne zu zögern ging sie sofort ins Schlafzimmer und öffnete das Schubfach in Dans Schrank, wo der khakifarbene Overall aufbewahrt wurde, den er manchmal zum Fischen oder zu Arbeiten im Haus und Garten anzog. Sie hatte ihn erst vorgestern frisch gewaschen und gebügelt eingeräumt. Soviel sie wußte, hatte Dan ihn seitdem nicht angehabt — außer er trug ihn gestern als Verkleidung. Ein Kerl im Overall hatten die Telefonarbeiter gesagt.
Der Overall lag nicht im Fach; er hing an einem Haken der Schranktür unter dem Bademantel. Er war ganz offensichtlich getragen worden. Elizabeth schloß den Schrank und setzte sich schnell auf den Bettrand; wie ihre Knie wieder weich wurden.

Dan. Dan. Lächelnd, unbeschwert, wie er über den Rasen auf den Gartengrill zuging und stehenblieb, als er ein nettes junges Mädchen allein sitzen sah. Dan, der vor dem Bürohaus auf sie wartete, als sie noch einmal versuchte, die Stellung zu bekommen, die man ihr verweigert hatte. Dan, der mit ihr Möbel aussuchte für ihr gemeinsames Haus. Dan, der die ersten Anzeichen von Gedächtnisstörungen fortlachte, der immer wieder versicherte, es sei nichts Schlimmes.
Derselbe Dan, der gestern verkleidet ins Haus kam, wahrscheinlich trug er auch eine dunkle Brille und einen Hut. Wer achtet schon auf einen Mann in Arbeitsanzug und Lieferwagen? Einen Kombi konnte man sich leicht leihen — wahrscheinlich hatte seine eigene Firma mehrere.
Er war heimgekommen, um das Geschirr abzuspülen und wegzuräumen, weil er sicher sein mußte, daß man keine Spuren von Speiseresten fand — von dem Steak und dem Gemüse, in das er vier aufgelöste Schlaftabletten gemischt hatte. Er hatte sie aufgehoben und ins Bett gelegt. Dann war er ins Büro zurückgefahren und hatte sie angerufen. Und als er keine Antwort bekam — natürlich vor Zeugen —, da hatte er Sorge geäußert und war ein zweites Mal heimgefahren.
Sie preßte die Hände vor die Stirn. Das war ja alles Wahnsinn. Ausgeburt ihrer Geisteskrankheit. Wie konnte sie Dan nur so verdächtigen?
Sie nahm die Hände vom Gesicht und starrte ihr Bild im Toilettenspiegel an. Trotz des Aufruhrs von Gedanken und Gefühlen wußte sie klar, warum ihr dieser Verdacht auf Dan gekommen war: sie hatte innerlich immer gewußt, daß sie noch denken konnte.
Sie hatte an eine ernsthafte Störung geglaubt, weil der äußere Schein dafür sprach, weil es keine andere Erklärung dafür gab. Aber die Vollständigkeit dieser «Gedächtnislücken» war ihr von Anfang an rätselhaft gewesen. Der Erinnerungsausfall war ja so absolut, daß sie sich nicht an die geringsten Einzelheiten entsinnen konnte. Und wenn Dan ihr die Tabletten ins Essen geschmuggelt hatte, was war dann mit allen anderen Vorfällen? Der vergessene Anruf, das zerschnittene Foto und die Einladung bei den Suttons — gemeine Streiche? Oder Bausteine eines zielbewußten Plans?
Sie saß lange auf dem Bettrand.
Unter allen angeblichen Bewußtseinsstörungen war keine

einzige, die Dan nicht inszeniert haben konnte. Die Einladung bei den Suttons — er brauchte nur eine Karte zu tippen und etwas wie Gretas Unterschrift darunter zu kritzeln, später die Karte zu vernichten und einfach behaupten, er habe sie gar nicht gesehen. Auch die Geschichte mit den zu Hause vergessenen Papieren war einfach: ein fingiertes Telefongespräch in Miss Bollingtons Gegenwart. Und es war eine Leichtigkeit für ihn, nachts aus dem Haus zu gehen und Vi das Buch über den Zaun zu werfen, während sie selbst in tiefem Schlaf unter der Wirkung der Schlafmittel lag; er hatte sie ja förmlich dazu gezwungen. Er mußte nur ihre Schuhe aufs feuchte Gras drücken, ihren Mantel herausnehmen und achtlos über den Stuhl werfen und sie am Morgen fragen, warum sie nachts aufgestanden sei. Er mußte nur ihren Badeanzug genommen und ins Meer getaucht haben, während sie fest schlief ...
Wenn sie über das zerrissene Foto nachdachte, stieß sie immer wieder an eine unüberwindliche Mauer. Das konnte Dan nicht getan haben. Die Adresse auf der Verpackung zeigte ihre Handschrift. Und da war ja auch — ganz tief unten in einer Schicht ihres Bewußtseins — immer eine undeutliche Erinnerung gewesen, daß sie diese Adresse auf einen Bogen Packpapier geschrieben hatte. Aber die Erinnerung war so fern, daß es schwer war, sie zurückzurufen. Sie schloß die Augen und durchforschte angestrengt alle Gänge, die sie in die damalige Situation zurückführten. Dann ging sie zum Ankleidetisch und rückte gedankenlos die Gegenstände darauf herum.
Etwa zwei Wochen, bevor Vi das zerschnittene Foto bekommen hatte, war das mit dem Buch passiert. Elizabeth hatte ihr daraufhin ein neues Buch gekauft und zugeschickt ... Das heißt, sie hatte es verpackt und die Anschrift darauf geschrieben und Dan mitgegeben, daß er es aufgab. Ein Kinderspiel, die Verpackung zu wechseln, eine neue Adresse zu schreiben und das alte Packpapier aufzuheben. Das Papier mit Elizabeths Handschrift.
Mit Ausnahme des letzten Falles, der Überdosis Schlaftabletten, war alles Bisherige leicht einzufädeln gewesen. Es erforderte nur eine gewisse Kühnheit, rasche Auffassungsgabe und eine fast unmenschliche Unbarmherzigkeit. Sie strich sich mit der Hand übers Haar. In all dem Durcheinander von Gedanken und Gefühlen stieß immer wieder etwas an die Oberfläche: die Frage, warum Dan das getan haben sollte.

Aber auch diese Frage löste nur unerklärliche Angst aus. Er konnte es getan haben. Und er konnte es weiter tun.
Ruhelos wanderte sie im Zimmer herum und versuchte, Klarheit in ihre Gedanken zu bringen. Wenn sie recht hatte mit ihrem Verdacht, dann bedeutete das, daß er sie als geistesgestört hinstellen wollte. Warum? Das alte Gefühl hilfloser Angst würgte sie, als ihr einfiel, daß Dan kurz vor ein Uhr kommen würde, um sie zu Dr. Barrow zu fahren. Und Dr. Barrow würde ihr sicher die Einweisung in eine Anstalt empfehlen. War das der erste Schritt, sie für geisteskrank zu erklären und auf unbestimmte Zeit in eine Irrenanstalt zu sperren? Alle behördlichen Versicherungen, daß man niemand gegen seinen Willen festhalte, waren gut und schön, solange man nicht selber drinsaß.
Wenn Dan diese Vorkommnisse alle absichtlich herbeigeführt hatte, dann war sie in einem mit soviel Geschick gesponnenen Netz gefangen, daß es kein Entrinnen gab. Alle, sogar sie selbst, mußten ja an eine ernsthafte Geistesgestörtheit glauben. Sogar der Psychiater. Es war ihm zwar anzumerken, daß er vor einem Rätsel stand; aber der Verdacht, getäuscht zu werden, war ihm nie gekommen. Hätte Dan nicht zuviel riskiert, wenn er es soweit trieb, daß sie in eine Anstalt kam? Kam man dort nicht schnell dahinter, daß sie zwar in einer schlechten nervlichen Verfassung, aber keineswegs krank war? Nein, Dan war kein Narr; das konnte nicht sein Ziel sein. Es mußte etwas viel Raffinierteres, Teuflischeres sein.
Gestern abend, als sie das Spülmittel auf dem falschen Platz gefunden hatte, hatte sie in jähem Entsetzen gefürchtet, Dan habe sie umbringen wollen. Aber jetzt wußte sie, daß es kein Mordversuch gewesen sein konnte. Dan mußte gewußt haben, was Dr. Weston dann so nachdrücklich aussprach: vier von diesen Kapseln konnten nicht tödlich wirken. Nein, auch diese Geschichte war nur dazu bestimmt gewesen, allen zu zeigen, wie unberechenbar, ja gefährlich sie bei einem «Ausfall des Bewußtseins» handeln konnte.
Mein Gott, was tu ich da? rief sie in Gedanken. Wie kann ich Dan so verdächtigen. Dan, der alles getan hat, mir zu helfen! Und warum? Nur weil das Spülmittel nicht auf dem richtigen Platz stand und weil die Telefonarbeiter einen Kombifahrer gesehen haben. Kann es nicht ein Handwerker gewesen sein, der sich in der Adresse geirrt hatte? War das nicht bei weitem

wahrscheinlicher als ihre phantastischen, grausamen Verdächtigungen? Waren es nicht alles nur Alpträume?
Sie sank auf den Stuhl vorm Frisiertisch und barg den Kopf in den Händen. Sie saß lange so; endlich stand sie auf und ging mit schleppenden Schritten ins Bad, um sich kaltes Wasser übers Gesicht laufen zu lassen. Was quälte sie sich? Es war doch alles so einfach, grauenvoll einfach: entweder war sie geisteskrank oder Dan verfolgte einen gemeinen Plan. Sie würde es bald herausfinden. Schon beim nächsten Vorfall mußte sie es doch herausbekommen. Und inzwischen mußte sie weiterleben, als sei nichts geschehen; sie durfte nicht daran denken.
Als Dan nach Hause kam, fragte sie ihn unverfänglich: «Du, hast du mir deinen Overall nicht zur letzten Wäsche gegeben? Ich wollte die Tasche an deinem Bademantel nachnähen, dabei hab ich ihn gefunden.»
Sie wartete gespannt auf seine Antwort. Aber er erwiderte ohne Zögern: «Doch, du hast ihn gewaschen, aber ich brauchte ihn vorgestern abend, als ich den Reifen am Wagen auswechselte.»
Das stimmte; jetzt erinnerte sie sich wieder. Und sie wußte nicht mehr als zuvor.
Als Dr. Barrow sie fragte, ob sie nicht doch für zwei Wochen in eine Privatklinik gehen wolle, antwortete sie: «Ja, Doktor. Ich brauche es und ich will es auch. Noch heute, wenn das möglich ist.»
Wenn ihn diese plötzliche Bereitwilligkeit überraschte, ließ er es sich zumindest nicht anmerken. Er sagte nur: «Gut, ich will das sofort in die Wege leiten», und nahm den Hörer auf.
Am selben Abend erhielt Dr. Barrow Besuch von Michael Weston.
«Es tut mir leid, daß ich Ihre kostbare Zeit beanspruche», sagte Weston, als ihn der Psychiater in sein Arbeitszimmer führte.
Dr. Barrow lächelte. «Ich habe zufällig einen freien Abend.» Er bot Zigarren an und nahm sich selbst eine, als Mike dankend ablehnte. «Ich nehme an», fuhr er fort, während er das abgebrannte Streichholz sorgfältig in den Aschenbecher legte, «ich nehme an, Sie kommen wegen der Patientin, die Sie mir überwiesen haben. Wegen Mrs. Elton.»
Mike beugte sich etwas vor. «Ja. Der Fall ist mir ein Rätsel, das muß ich als Feld-, Wald- und Wiesenarzt zugeben. Aber er ist so interessant, daß ich gerne Ihre Meinung hören möchte.»

Dr. Barrow zog schweigend an seiner Zigarre. «Für eine hieb- und stichfeste Diagnose ist es immer noch ein bißchen zu früh», sagte er gelassen. «Ich habe Mrs. Elton zur Beobachtung in eine Anstalt eingewiesen und hoffe, daß wir nach ihrer Entlassung ein wenig mehr wissen als im Augenblick.» Er warf einen raschen Blick auf Weston. «Ihrer Ansicht nach war die Geschichte von gestern kein ernsthafter Selbstmordversuch?»
«Nein. Die Dosis reichte doch gar nicht aus; das muß sie auch gewußt haben.»
«Mhmm.»
Mike sah ihn überrascht an. «Halten *Sie* es etwa für einen Selbstmordversuch?» fragte er scharf.
«Weder noch. Ich schließe nur die Möglichkeit nicht ganz aus. Ich habe Mrs. Elton eine Woche lang nicht gesehen. In dieser Woche muß sich etwas ereignet haben — etwas von großer Bedeutung. Vielleicht ist sie nicht damit fertig geworden.» Er hob eine Hand. «Fragen Sie mich nicht, *was* das war. Ich weiß es selbst nicht. Ich habe das Gefühl, daß sie darüber nicht mit mir sprechen will. Vielleicht später. Vielleicht komme ich auch selbst darauf. Jedenfalls habe ich das sichere Empfinden, daß sie mir etwas verschweigt. Außerdem ist sie in einem Zustand, den man schon beinahe als Schock bezeichnen könnte.»
«Ist das verwunderlich? Wäre es für Sie nicht auch ein Schock, eines Tages aufzuwachen und zu hören, daß Sie eine Überdosis Barbiturat oder Nembutal oder sonst so ein verfluchtes Zeug genommen haben, ohne daß Sie sich im geringsten daran erinnern können? Entschuldigen Sie...»
«Selbstverständlich. Aber ich glaube, daß diese Sache nicht so einfach ist. Der ganze Fall ist nicht einfach. Aber was ihn noch schwieriger macht, ist Mrs. Eltons Widerstand. Ich bin mir eigentlich erst seit heute darüber im klaren, daß sie nicht mitarbeitet. Solange sie uns nicht erzählt, was sie quält, sind uns die Hände gebunden.»
Mike sah den Psychiater erregt an. «Dr. Barrow, ich kenne Mrs. Elton sehr gut, nicht nur als Patientin. Ich — es fällt mir schwer, zu glauben, sie sei nicht vollkommen normal.»
Dr. Barrow hatte die Augen auf einen Bleistift geheftet, den er in der Hand hielt. Jetzt hob er den Blick zu Mike. Er sah ihn lange und nachdenklich an. Mike sagte später, er habe ihn angesehen, als halte er ihn selbst für psychiatrisch behandlungsbedürftig. «Wollen Sie behaupten, daß das, was Mrs.

Elton getan hat, von normaler Geistesverfassung zeugt? Selbst wenn man einmal ganz außer acht läßt, daß sie sich nicht mehr daran erinnern kann!»
Michael Weston nickte. «Ich weiß, ich weiß. Aber ich werde den Gedanken nicht los, meinetwegen auch das Gefühl, daß irgendwas nicht stimmt an dieser ganzen Geschichte.»
Dr. Barrow schwieg einen Augenblick. Dann lachte er. «Das ist bei psychiatrischen Fällen immer so.»
Mike lächelte gequält. «Sie mißverstehen mich. Lassen Sie es mich anders formulieren: Wenn Sie sich alle diese merkwürdigen Geschichten wegdenken, finden Sie auch dann noch etwas an Mrs. Elton, was auf Geisteskrankheit oder geistige Störungen hinweist? Mit anderen Worten, würden Sie sie dieser Dinge für fähig halten, wenn Sie nicht wüßten, daß sie vorgekommen sind?»
«Es ist sehr schwer, auf solche Hypothesen zu antworten», entgegnete Dr. Barrow unschlüssig. «Und in diesem speziellen Fall bringen uns Vermutungen schon gar nicht weiter. Halten wir uns an die Tatsachen. Eine Tatsache ist Mrs. Eltons Verhalten, sind die Vorfälle. Man kann sie nicht wegdenken.»
«Aber abgesehen von diesen Vorfällen», beharrte Weston. «Was für Hinweise auf geistige Störungen haben Sie gefunden?»
Der Psychiater zögerte mit der Antwort. «Eine nicht unbeträchtliche Hysterie», sagte er langsam, «und schwere seelische Spannung.»
«Und das ist alles?» fragte Mike. «Abgesehen davon und von allen Vorfällen von Gedächtnisstörungen halten Sie sie also für normal? Ich will damit diese Vorfälle nicht bagatellisieren...»
«Was heißt schon normal? Wenn es so etwas wie normal überhaupt gibt, kann ich Ihre Frage bejahen.» Dr. Barrow lächelte. «Ich halte sie für eine intelligente junge Frau. Für sehr intelligent sogar.»
Mike stand auf. Er hatte den Eindruck, daß der Psychiater mehr wußte, als er sagen wollte. Nachdenklich senkte er den Kopf. «Es berührt einen so, weil es eine der Ungerechtigkeiten des Lebens ist. Sie ist ein feiner Kerl. Gute Nacht, Doktor. Und nochmals vielen Dank, daß Sie mir Ihre Zeit geopfert haben!»
Dr. Barrow dachte noch über das Gespräch nach, nachdem Mike gegangen war. Mit zusammengekniffenen Augen überlegte er, ob Dr. Westons Interesse an dem Fall wirklich rein beruflicher

Natur war. Ein unverheirateter junger Mann konnte bei einer Frau wie Elizabeth Elton leicht den Kopf verlieren. Dazu mußte er nicht einmal jung und unverheiratet sein, dachte er ironisch.

8

Elizabeth blieb zwei Wochen in der Klinik. Erst als sie sich ausruhen konnte, merkte sie, wie erschöpft und müde sie gewesen war. Sie hatte schon den bloßen Gedanken an eine Nervenheilanstalt gehaßt und gefürchtet; jetzt war sie erleichtert, daß sie sich nicht mehr mit dem Alltag herumschlagen mußte.
Noch ein paar Tage, dann würde sie Angst vor der Entlassung haben; Angst vor der Forderung, daß sie sich und der Welt beweisen mußte, daß sie ein normaler Mensch war. Aber im Augenblick war sie noch zu müde, um sich darüber Sorgen zu machen. Es würde alles anders aussehen, wenn sie sich erst erholt hätte. Von Anfang an hatte Dan gesagt, es werde ihr wieder ganz gutgehen, wenn sie sich nur erholt habe.
Dan. Dan. Dan.
Wie das Schrillen eines Weckers ging das Wort in ihrem Kopf um; unheimlich und nicht abzustellen. In der ersten Woche durfte er sie nur einmal besuchen, denn Dr. Barrows Anordnung für die erste Woche gestattete nur je einen Besuch von Dan und Mary.
Dan und Elizabeth hatten in dem freundlichen Aufenthaltsraum der Klinik gesessen, als er sie zum erstenmal besuchte; sie hatten sich wenig zu sagen gehabt. Sie mußte sich anstrengen, um die Erinnerung an diese klägliche Unterhaltung zurückzurufen. Daß Mary täglich anrufe, um sich nach ihr zu erkundigen, und Vi ihm angeboten habe, in der Zwischenzeit seinen Haushalt zu führen. Das habe er abgelehnt, sei aber nun jeden Abend bei ihr zum Essen. Sehr nett von ihr, hatte Elizabeth gemurmelt. Und natürlich komme Mrs. Sykes alle Augenblicke angerannt und zeige sich besorgt um sein Wohlergehen, was aber nichts als ein schnöder Vorwand sei. «Am liebsten wäre es ihr, sie würde mich mal mit einer tollen Blondine antreffen. Aber in der Beziehung muß ich sie leider schwer enttäuschen.» Elizabeth hatte pflichtschuldig auf den Scherz hin

gelächelt und ihm recht gegeben, daß Mrs. Sykes eine Nervensäge sei. Es waren Dans Hände. Sie mußte sie immerzu ansehen, obwohl sie befürchtete, er könnte es merken. Schlanke, wohlgepflegte Finger. Sie waren etwas unruhig, das waren sie immer schon gewesen — aber er beherrschte diese Unruhe. Sicher hatten sie ein wenig gezittert, wenn er bei ihr saß und sich mit ihr unterhielt, während er irgendeine Teufelei ausheckte oder ihr die Folgen eines von ihm inszenierten Vorfalls ausreden wollte.

Nach der ersten Woche durfte er sie jeden Abend besuchen; da fiel ihnen das Gespräch schon etwas leichter. Er schien es nicht zu merken, daß sie viel zurückhaltender war als früher. Vielleicht hielt er das für die Folge der Behandlung. Auch Mary und Vi besuchten sie. Vi erzählte begeistert vom Jugendclub, der ständig mehr Zulauf bekomme. Weston bringe es sogar fertig, junge Gangster und solche, die auf dem besten Wege waren, welche zu werden, von der Straße hereinzuholen. Und sie drängte Elizabeth, sich wieder aktiv am Club zu beteiligen. «Die Jungen mögen dich, und das ist das Wichtigste.» Elizabeth lächelte über Vis Eifer und versprach, mit den Ärzten darüber zu reden.

Aber am wichtigsten kam Elizabeth der erste Besuch ihrer Schwester vor; denn sie war der einzige Mensch, dem sie sich mit ihrer Angst anvertrauen konnte. Mary konnte auch als einzige beurteilen, ob diese Angst begründet war; sie selbst war einfach zu verwirrt und erschöpft, um noch objektiv zu sein. Und es war leichter, mit Mary zu sprechen, als mit Dr. Barrow, für den jedes Wort zum Beweismittel seiner Diagnose wurde. Trotz allen Vertrauens, das sie zu ihm als Arzt hatte, vergaß sie das nie; bei keinem Gespräch mit ihm.

Es war ein Nachmittag, als Mary kam: schlank und unnahbar und so unauffällig elegant wie immer. Sie gab sich alle Mühe, ein lebhaftes Gespräch mit Elizabeth zu führen, aber es gelang ihr nicht. Nach einigem nichtssagenden Geplauder fragte Elizabeth, ob Mary sich die Klinik ansehen wolle. «Die Zimmer sind sehr hübsch eingerichtet, und der Garten ist ganz entzückend.»

«Ja, gern, Lib!» Mary lächelte freundlich und stand auf.

Sie gingen in den Garten, wo auch andere Patienten mit ihren Besuchern waren. Aber auch hier hatte Elizabeth das Gefühl, daß Mary nicht aus ihrer Reserviertheit zu locken war.

«Möchtest du mein Zimmer mal sehen? Ich bin so gern dort! Obwohl ich überall herumgehen darf.»
Mary warf ihr einen raschen Blick zu. «Ja freilich, gern möchte ich dein Zimmer sehen, Lib.»
Elizabeth ließ sie vorausgehen und machte die Tür hinter sich zu. «Du siehst, es ist wie ein ganz normales Gästezimmer.» Sie lachte gezwungen. «Bitte — nicht mal Gitter vor den Fenstern.» Plötzlich sah sie Mary voll an. «Mary», sagte sie und war verzweifelt, weil ihre Stimme so atemlos klang und ihr das Herz fast hörbar hämmerte. «Mary, ich glaube nicht, daß ich die Schlaftabletten genommen habe. Ich glaube ...»
Sie hatte es falsch angefangen und wußte nicht mehr weiter. Seit sie hier war, hatte sie darüber nachgedacht, daß sie mit Mary über ihre Angst und ihren Verdacht sprechen mußte, aber jetzt wußte sie nicht, wie sie sich ausdrücken sollte.
«Libby, findest du nicht, daß es am besten wäre, die ganze Geschichte einfach zu vergessen? Es ist doch vorbei!»
«Aber Mary, ich muß mit dir darüber reden! Ich muß es irgend jemandem erzählen, weil — Mary, ich glaube nicht, daß ich diese Tabletten genommen habe. Oder daß ich sie mit Aspirin verwechselt oder einfach wieder alles vergessen habe. Ich glaube, daß sie in der Dose mit dem Gemüse waren, die ich zu Mittag gegessen habe.»
«Lib, kein Mensch denkt, du hättest Selbstmord begehen wollen», beruhigte Mary sie freundlich. «Es war ein unglücklicher Zufall, wie er jedem von uns passieren kann. Du darfst dich nur nicht so darüber aufregen. Wie sollst du dich denn erholen, wenn du diese Geschichte nicht vergißt und ...»
«Aber Mary, vielleicht bin ich überhaupt nicht krank. Bitte, hör mich doch an!»
«Natürlich bist du nicht krank, mein Herz. Du brauchst Erholung und Ruhe; dann geht es dir schon wieder gut.»
Elizabeth bemühte sich, ebenso ruhig wie ihre Schwester zu sprechen. «Man denkt, ich hätte das Geschirr von meinem Mittagessen abgespült, aber ich habe es nicht getan.» Sie redete plötzlich schneller, aus Angst, Mary könnte das Gespräch abbrechen. «Ich kann es gar nicht abgespült haben, weil das Spülmittel auf einem anderen Platz ... Das ist jetzt zu kompliziert. Ich erkläre dir das später, aber jedenfalls muß Dan das Geschirr abgewaschen haben, obwohl er das Gegenteil behauptet.»

Sie hielt inne und sah Mary gespannt an. Aber im Gesicht der Schwester waren nur Verwirrung und Unbehagen zu lesen.
«Ist das denn so wichtig, Libby?»
Der Sturzbach ungeschickter Worte war an Mary wie an einer Felswand heruntergelaufen. Wahrscheinlich hatte sie nicht mal richtig hingehört.
Elizabeth machte noch einen verzweifelten Anlauf. «Ich meine, daß Dan — er hat die Schlaftabletten ...»
Mutlos brach sie den Satz mittendrin ab. Plötzlich hatte sie klar erkannt, daß ihre Erklärungen nicht nur nutzlos, sondern sogar gefährlich waren. Mary glaubte so fest an ihre Geisteskrankheit, daß sie eine derartige Anschuldigung gar nicht ernst nehmen konnte; sie würde sie nur als weiteres schlimmes Zeichen der Krankheit bewerten. Niemand würde ihr glauben. Vielleicht — weil sie recht hatten?
Unwillkürlich wich Elizabeth einen Schritt zurück, als sei sie gegen eine Mauer gerannt und vom Aufprall zurückgeworfen worden. «Mary», flüsterte sie kaum hörbar. Dann schloß sie die Augen, um das Grauen zu verbergen, das sie verraten mußten.
Mary legte einen Arm um die Schultern der Schwester. «Komm, Lib», sagte sie sanft, «gehen wir wieder hinunter. Sonst meinen die Leute, ich hätte dich entführt. Außerdem darf ich gar nicht lange bleiben.»
Sie ging auch gleich darauf. Elizabeth stand am Fenster und sah ihr nach; sie weinte.
Es wäre beinahe komisch, dachte sie bitter, wenn es nicht so furchtbar wäre. Ich habe soviel darüber nachgedacht, daß ich es gar nicht mehr erwarten konnte, Mary alles zu erklären. Und dabei glaubt sie nicht einmal soviel an mich, daß sie mir erstmal zuhört. Und plötzlich glaube ich selbst nicht mehr daran. Ich konnte mich nicht verständlich machen; nun ist es, als wäre es auch unverständlich.
Allmählich beruhigte sie sich wieder. Es dauerte Tage. Aber dann hatte sie sich mit allem abgefunden und faßte sogar wieder Vertrauen und Hoffnung. Hatte nicht Dr. Barrow von Anfang an eine geistige Störung bei ihr vermutet? Und hatte er ihr nicht fest versichert, daß er sie davon heilen könne? Sie erholte sich. Die Angst verschwand. Sobald sie die Dinge unvoreingenommen betrachtete, fand sie auch keinen Grund mehr, Dan zu verdächtigen. Und als sie nach zwei Wochen nach

Hause zurückkam, war sie eigentlich völlig überzeugt davon, daß ihre Angst nichts als eine Wahnvorstellung gewesen war: eine Folge ihrer Erschöpfung. Und im Grunde war es doch nur logisch, daß man in diesem Zustand auch mal ein Ding dorthin räumt, wo es sonst nur der Ehepartner hinstellt — sie hatte sich eben sehr elend gefühlt. Und dann hatte sie in ihrer Benommenheit das Aspirin mit den Schlaftabletten verwechselt.
Es war nicht leicht, aber es war doch einfacher als sie zu hoffen gewagt hatte: das Leben draußen wieder aufzunehmen. Vi wollte noch ein paar Tage bei ihr bleiben, und diesmal nahm Elizabeth es bereitwillig an. Und etwa eine Woche später ging sie auch an einem Abend mit Vi in den Jugendclub. «Schau nur mal mit vorbei und sag guten Abend!» schlug Vi vor. «Du wirst sehen, wieviel sich geändert hat. Es sind viel mehr junge Leute da und auch viel mehr Eltern und andere Erwachsene. Es herrscht einfach mehr Betrieb.»
Bald war Elizabeth wieder in die Tätigkeit für den Club eingespannt. Nach einem Dienstplan teilten sich jeden Abend mindestens zwei Erwachsene in die Aufsicht. Sie griffen zwar so wenig wie möglich ein, aber sie waren da. Noch immer galt Mike Westons erster Grundsatz, daß die Gesetze, die sich die jungen Leute selbst geben, am ehesten befolgt werden. Jetzt gab es neben Tischtennis, Pfeil- und Wurfspielen auch eine gut ausgestattete Turnhalle, in der ein- bis zweimal in der Woche Turn- und Boxunterricht erteilt wurde. An den anderen Tagen arbeitete dort die ebenfalls neugegründete Theatergruppe.
Welchen Ruf die jungen Leute hatten, die hierherkamen, war gleichgültig; die Hauptsache war, daß sie sich im Club anständig aufführten. Einige hatten schon mit der Polizei zu tun gehabt, andere wurden von besorgten Sozialhelfern oder Eltern hergebracht.
Und Elizabeth erfuhr an sich selbst, daß Mike Weston recht hatte: man lebte mit den jungen Leuten und nahm teil an ihrem Schicksal. Wenn einer sich aus dem Schlamassel herausgearbeitet hatte, war man stolz und überschätzte dabei wahrscheinlich die Rolle, die man selbst gespielt hatte. Und wenn einer von denen, die einem sympathisch waren, enttäuschte, litt man darunter.
Eines Abends brachte ein junger Polizist Richard Rogerson, den siebzehnjährigen Sohn wohlhabender, achtbarer Eltern. Er

war das einzige Kind, und es hatte ihm an nichts gefehlt; auch nicht an Verstand und gutem Aussehen. Er schien alles zu besitzen und manches sogar im Überfluß. Wie die Liebe der Eltern.
Der Constable wandte sich an Vi und Elizabeth, die an diesem Abend Aufsicht hatten. «Könnte ich wohl mit Dr. Weston sprechen?»
«Tut mir leid», sagte Vi und warf einen Blick auf den Jungen neben ihm, «aber Dr. Weston ist heute abend nicht hier. Vielleicht ...»
«... geschieht ein Wunder und er ist doch da!» lachte Mike Weston, der in diesem Augenblick von der Straße hereingekommen war. «Womit kann ich dienen, Constable?»
«Ich hätte gern mal mit Ihnen persönlich gesprochen — die Damen dürfen aber ruhig dabei sein ...»
Mike grinste und besah sich den jungen Burschen in Pullover und Blue jeans. «Tag! Wie heißen Sie?»
«Richard Rogerson.»
«Also kommen Sie, Richard, vielleicht haben Sie Spaß an Tischtennis oder Pfeilwerfen. Ich werde Sie mal einführen.»
Mike war nach ein paar Minuten wieder zurück. «Nun, Constable, was hat er denn angestellt?»
Der Constable erzählte, was er über Richard wußte: die Geschichte einer normalen, gutbürgerlichen Kindheit und Jugend. Bis auf die vergangenen Monate. Da wurde es plötzlich die Geschichte von Schlägereien, unbefugter Benutzung fremder Autos, Saufgelagen und von Einbrüchen — «spaßeshalber».
«Man könnte ihn für einen nichtsnutzigen Lümmel halten», fuhr er fort, «aber ich kenne ihn ein bißchen, und ich habe das Gefühl, daß was Gutes in dem Jungen steckt. Ne ganze Menge sogar. Der braucht nur die richtige Hilfe. Seine Eltern liegen irgendwie schief. Behaupten, er sei in schlechte Gesellschaft geraten und verführt worden und was weiß ich alles. Die decken ihn, wo sie nur können, und der gute Junge muß nie für etwas Verantwortung übernehmen. Manchmal denke ich schon, der macht das alles nur, um gegen soviel Schutz und Duldsamkeit aufzumucken.» Er lächelte verlegen. «Ich quatsche wie ein Professor, aber ich hab soviel Gutes über den Club gehört und da dachte ich, ich bringe ihn mal hierher. Wenn er von der schiefen Bahn abspringen möchte, wird es höchste Zeit für ihn. Vielleicht ist es sowieso schon zu spät.»

«Wobei haben Sie ihn denn heute abend erwischt?» fragte Mike.
Der Polizist zögerte. «Ich setze meine Stellung aufs Spiel, wenn das herauskommt. Ich hätte ihn mit auf die Wache nehmen müssen. Aber ich dachte, wenn der Junge ins Gefängnis kommt, dann ist es aus mit ihm. Da kann er bloß noch dazulernen.»
Er griff in die Tasche und zog eine automatische 32er heraus. Weston und die beiden Frauen starrten wortlos auf die Waffe. «Er wollte in ein Geschäft einbrechen, dabei hab ich ihn geschnappt. Wir hatten eine kleine Keilerei und er richtete das Ding da auf mich. Natürlich war es nur Bluff; er hatte gar keine Munition dabei. Aber er hat versucht, einzubrechen, und er hatte eine Waffe bei sich. Vermutlich hatte er sie ein paar Tage vorher in einem Sportgeschäft gestohlen. Das reicht für ein paar Wochen Knast.»
«Sie riskieren sehr viel, Constable, wenn Sie die Sache nicht melden!» sagte Mike.
Der Polizist sah ihn offen an. «Das weiß ich.»
Mike nickte. «Gut, Richard ist uns willkommen, sooft er will und solange er hier niemanden aufwiegelt. Im übrigen wissen wir drei von nichts, außer daß uns ein aufgeschlossener junger Polizeibeamter einen jungen Mann in den Club brachte.»
Der Constable lächelte und steckte die Pistole wieder in die Tasche. «Danke, Doktor!»
Er wandte sich zum Gehen, und Mike fragte noch: «Was machen Sie mit der Pistole?»
«Ich komme sowieso am Fluß vorbei.» Er griff an seine Mütze und ging.
Richard Rogerson war anders als die anderen Halbstarken, das erfuhren sie schon bald. Er hatte gute Manieren und war so ruhig, daß man ihn schon fast als scheu bezeichnen konnte. Niemand erwähnte je die Umstände seines Eintritts in den Club, obwohl der junge Constable von Zeit zu Zeit hereinkam und alle begrüßte und sich nach Richard erkundigte. Richard hatte sich gut eingelebt. Bald stellte sich heraus, daß ihm besonders harter Sport lag: Boxen, Buschwandern und Felsklettern. Eines Tages erschienen auch seine Eltern, um sich darüber zu beklagen. Boxen sei zu gefährlich, er könne leicht eine Verletzung davontragen.
Mike beruhigte sie und versicherte ihnen, daß Unterricht und

Übungen ständig durch sachverständige Kräfte überwacht würden.
«Mir scheint, dieser Club animiert die jungen Leute überhaupt nur zu solchen Sachen. Diese Einstellung gefällt mir nicht. Diese Jagd nach Sensationen vereitelt nur den Start in ein anständiges Leben.» Mr. Rogerson machte kein Hehl aus seiner Abneigung gegen den Club.
«Sie haben vollkommen recht», erwiderte Mike. «Wenn man diese Sucht nach dem Sensationellen nicht in gesunde Bahnen leitet, geraten die jungen Menschen sogar in die Gefahr, sich ein anständiges Leben völlig zu verbauen. Sie suchen die Gefahr und geraten dabei mit dem Gesetz in Konflikt.»
Mr. Rogerson hob leicht eine Braue und sagte: «Sie sprechen von gesunden Bahnen, Doktor. Halten Sie Boxen für eine gesunde, förderliche Betätigung?»
In Mikes Augen zuckte es ärgerlich. «Wenn Sie Richard den weiteren Besuch unseres Clubs verbieten wollen, dann ist das selbstverständlich Ihr Recht. Aber ich fände es schade. Wissen Sie, wir wollen den jungen Leuten, die zu uns kommen, die Herausforderung bieten, nach der sie suchen. Wir fördern Tätigkeiten, die ihnen etwas abverlangen — körperliche und geistige Anstrengungen, Selbstvertrauen, Verantwortung und Treue. Sie werden schon von den Geländemärschen gehört haben, die wir mit einzelnen Gruppen unternehmen . . .»
«Ich habe davon gehört», fiel Mrs. Rogerson ihm ins Wort, «und ich finde sie ganz unnötig überanstrengend.»
«Ja», gab Mike zu; er beherrschte seinen Zorn nur mühsam, «diese Märsche verlangen viel von den jungen Männern, und ich glaube, deshalb sind sie auch so beliebt. Außerdem wird bei uns niemand gezwungen.»
Das Ehepaar Rogerson verließ den Club weder beeindruckt noch überzeugt. Aber sie verboten ihrem Sohn wenigstens nicht, weiter hinzugehen.
Richard hatte sich eigentlich mit allen im Club gut angefreundet, mit den Gleichaltrigen wie mit den Erwachsenen. Aber besonders eng schloß er sich an Mike an. Er wollte Arzt werden, und sie unterhielten sich bei den ausgedehnten Wanderungen und Klettertouren oft über seine Zukunft. Richard schien es geschafft zu haben. In der Schule rückte er wieder vor, und ein paar Monate nach seinem Eintritt in den Club sagte Mike zu Elizabeth: «Ich glaube, der junge Polizist hatte recht.

Richard hat sich wirklich aufgerappelt, obwohl es schon ziemlich spät war. Das Risiko hat sich gelohnt.»
Der Jugendclub füllte Elizabeths Zeit und Gedanken aus. Sie hätte nicht gewußt, wie sie ohne diese Tätigkeit über die ersten Wochen nach der Entlassung hätte hinwegkommen sollen. Es war ein Zustand der Schwerelosigkeit, in dem sie sich befand. Schwebend zwischen Halbträumen und Halbwahrheiten, zwischen unerklärlicher Angst und vernünftiger Hoffnung. Welcher Verrücktheit, welchem verdrehten, überreizten Denken war ihr Verdacht gegen Dan entsprungen? Diesen liebenswerten, aufmerksamen Mann, von dem sie nur hörte: «Komm, Schatz, das Geschirr laß *mich* abwaschen, du siehst müde aus!» Oder: «Was hältst du davon, heute Mary zu besuchen? Ich hol dich auf dem Heimweg ab.» — «Ruf Vi an, ob sie heute abend mit uns in der Stadt essen will.» — «Im Regent läuft ein neuer Film, soll ein gutes Lustspiel sein — wollen wir uns den nicht ansehen?» Dan, wie er immer gewesen war. Ihr Interesse am Jugendclub teilte er nicht; er zog sie sogar manchmal ein bißchen mit ihrer sozialen Ader auf, aber er redete ihr nicht drein und ließ sie gewähren. Im Grunde interessierte er sich nur für ihr Wohl. Und doch ...
Manchmal hörte sie noch ein Echo jener warnenden Stimme in sich, die sich nach dem Vorfall mit den Schlaftabletten geregt hatte.
Noch intensiver als früher versuchte sie sich über jede Kleinigkeit ihres Tagesablaufs Rechenschaft zu geben. Abends vor dem Einschlafen ging sie ihrem Tag Stück für Stück nach. Dan war ins Büro gefahren, und sie hatte ihm von der vorderen Haustüre aus nachgewinkt. Von der vorderen? Warum, sonst fuhr er doch vom Gartenausgang weg — ja, richtig, er hatte noch an seinem Wagen herumgebastelt und war dann im Rückwärtsgang auf die Straße hinausgefahren. Und dann hatte sie die Zeitung hereingeholt und auf den Kühlschrank gelegt und das Frühstücksgeschirr abgewaschen. Danach hatte sie die Zeitung mit ins Wohnzimmer genommen und etwa eine halbe Stunde gelesen. Hatte sie wirklich gelesen? Doch, sie konnte sich an verschiedene Artikel erinnern. Dann hatte sie die Böden gesaugt und einen Kuchen gebacken. Während der Kuchen in der Backröhre war, hatte sie die Wohnzimmerfenster geputzt. Mary hatte angerufen, und sie hatten zwanzig Minuten telefoniert. Danach hatte sie zu Mittag gegessen ... Nein, das kann

doch nicht der ganze Vormittag gewesen sein. Dan war etwa um Viertel nach acht Uhr weggefahren, um halb eins hatte sie gegessen ... da fehlte doch noch eine Stunde! Sie setzte sich halb auf im Bett. Diese wohlbekannte Übelkeit stieg in ihr empor. Was hatte sie nach Marys Anruf getan? Endlich erinnerte sie sich: Mrs. Sykes war herübergekommen; und wenn die zu reden anfing, verging leicht eine Stunde. Elizabeth legte sich wieder hin; ihre Hände zitterten vor Erleichterung.
Und nach dem Mittagessen ... So ging es jede Nacht, wenn sie die gefürchteten Erinnerungslücken suchte.
«Kennst du Springbrook, Schatz?» fragte Dan eines Abends.
Elizabeth schüttelte den Kopf. «Nein, nur dem Namen nach. Ich weiß nicht mal richtig, wo es liegt.»
Er lächelte. «Ich vergesse doch immer wieder, daß du nicht aus Queensland stammst. Springbrook liegt in den Bergen hinter der Gold Coast. Sehr hübsch. Soweit das Land gerodet ist da oben, haben sie gute Almwirtschaft. Mir gefällt es jedenfalls; ich bin ja auch kein Landwirt und muß mich nicht plagen. Es ist eine wildromantische Landschaft; Berge, Wälder und Wasserfälle. Verstehe gar nicht, daß ich dir das noch nicht gezeigt habe. Wir könnten nächstes Wochenende hinfahren, wenn du Lust hast. Es ist ruhig und friedlich dort; wir könnten uns mal richtig erholen und ausmarschieren.»
«Das klingt ja verlockend.» Sie lächelte abwesend. «Mal aus der Stadt herauskommen ...»
Er sah sie erstaunt an. «Lebst du nicht gern in der Stadt?»
«O doch. Ich war immer in der Stadt. Aber manchmal tut einem Tapetenwechsel gut und Weite und keine Menschen ...» Sie sprach den Satz nicht zu Ende und lächelte. «Nun guck nicht so entgeistert, Dan! Ich bin kein Einsiedler. Aber manchmal, wenn ich mich nicht so richtig wohl fühle, dann sehne ich mich nach den Dingen, wie du sie beschrieben hast: Wiesen und Berge, Wasserfälle und Ruhe und Frieden.»
«Na, prächtig!» sagte er fröhlich. «Dann freut es mich besonders, daß mir der Einfall gekommen ist. Ich will gleich mal da oben anrufen, ob wir übers Wochenende in einem Hotel unterkommen.» Er schwieg und sah sie plötzlich nachdenklich an. «Was hast du damit gemeint: nicht so richtig wohl fühlen?»
Sie sah ihn nicht an. «Ach ...» Sie zuckte die Achseln. «Mir ist die ganze Zeit, als warte ich nur darauf, daß etwas passiert.»

Sie schwiegen beide. Dann fragte er: «Und was?»
Sie sah auf ihre Hände. «Ich weiß es nicht. Deswegen ist es ja so furchtbar. Ich weiß es nicht.»
Er starrte sie einige Sekunden lang an. Dann drehte er sich um und ging zum Telefon. «Ich bestelle die Zimmer.»
Nach ein paar Minuten kam er wieder und nahm ein Trockentuch, um Elizabeth beim Abwaschen zu helfen. «Alles geregelt. Wir werden ein herrliches Wochenende haben und ganz in Natur schwelgen. Hoffentlich macht das Wetter mit. Du, da fällt mir eben ein: eigentlich könnten wir doch schon Freitagabend fahren, gleich nach Büroschluß!»
Elizabeth schüttelte den Kopf. «Das können wir nicht. Am Freitag kommt Vi zum Abendbrot. Weißt du das nicht mehr?»
«Ah ja, das hatte ich jetzt ganz vergessen. Ach, eigentlich ist es ohnehin hübscher, bei Tag zu fahren. Das ist eine sehr schöne Strecke. Obwohl Vi ja nicht böse wäre, wenn wir die Einladung verschieben würden. Wir hätten eben ein bißchen länger Urlaub dadurch.»
«Ich möchte Vi aber wirklich nicht gern ausladen.»
Dan sah sie an. «Du magst Vi sehr, nicht wahr?»
«Ja, sehr.»
Er lächelte. «Eigentlich merkwürdig», sagte er nachdenklich.
«Was?» Elizabeth drehte sich vom Spülbecken her nach ihm um. «Was ist denn daran so merkwürdig?»
«Ach, nichts!» sagte er schnell. «Es ist nur — Vi und ich haben uns immer glänzend verstanden. Aber *dich* hat sie viel lieber als mich.»
Es war etwas Spöttisches in seinem Gesicht und in seiner Stimme. Aber dann redete er gleich wieder von Springbrook, und daß sie öfter übers Wochenende hinfahren könnten, und Elizabeth glaubte, daß sie sich das Spöttische vorhin nur eingebildet hatte.
Als Vi am Freitagabend kam, trat Dan gerade aus der Haustür. Sie kam den Gartenweg herauf. «Hallo, Vi!» begrüßte er sie. «Komm rein! Ich will nur mal nachsehen, ob Post im Briefkasten ist.»
«Ich hätte gern für dich nachgesehen, aber du hast ja in deiner niederträchtig-argwöhnischen Art ein Vorhängeschloß dran.»
Er lachte. «Dabei ist es gar nicht dazu bestimmt, die Neugier von Stiefmüttern zu vereiteln, sondern nur, um diesen Bälgern

von der Straße einen Strich durch die Rechnung zu machen. Die halten es für den größten Spaß, dem Nachbarn die Post zu klauen.»
Er machte den Briefkasten auf. «Na, sogar ohne Vorhängeschloß hätten diese hoffnungsvollen Posträuber heute einen mageren Tag gehabt. Zu dumm!» setzte er stirnrunzelnd hinzu. «Ich habe einen wichtigen Brief erwartet.»
«Hallo, Vi! Wie schön, daß du da bist!» Elizabeth sprang die Stufen herunter. «Dan? Du siehst so bedrückt aus. Nun kommt schon rein, das Essen ist gleich fertig!»
Während sie ins Haus gingen, sagte Vi: «Dan ist bedrückt, weil er den Brief von seiner tollen Blonden noch nicht bekommen hat.»
Elisabeth lachte. «Ach, der Brief von der Bank war noch nicht da, Dan?»
Er nickte und erklärte Vi: «Nun denk bloß nicht, wir hätten unser Konto überzogen! Aber ich Idiot habe gestern in der Bank ausgerechnet den Bogen Papier vergessen, auf dem ich zu Hause ein geschäftliches Problem ausgeknobelt hatte. Ich mußte vor dem Schalter lange warten, und da ging ich alles noch mal schnell im Kopf durch. Natürlich hab ich das Blatt am Schaltertisch liegen gelassen. Ich rief vom Büro aus an, und der Kassier versprach mir, es sofort in einen Umschlag zu stecken und zuzuschicken. Das ist jetzt wirklich dumm, weil wir morgen in aller Frühe wegfahren wollen. Wenn es übers Wochenende regnet — bei unserem fabelhaften Briefkasten — zerweicht die ganze schöne Rechnung. Na ja, lebenswichtig ist es ja auch nicht gerade; da muß ich den ganzen Zimt eben noch mal durchrechnen. Drei Stunden Sisyphusarbeit...»
«Du bist mir aber ein Optimist vor dem Herrn! *Wenn* es regnet, und *wenn* der Briefkasten Wasser durchläßt, und *wenn* der Brief unleserlich wird... Und wie wäre es, *wenn* du mir den Schlüssel zu deinem großartigen Vorhängeschloß geben würdest? Dann *käme* ich nämlich morgen vorbei und *nähme* deine Post mit nach Hause, damit sie trocken bleibt.»
«Wirklich? Das wäre fein. Es ist natürlich nur pure Faulheit, aber ich sollte die Berechnung für Montag haben und möchte unser Wochenende nicht mit Bürokram verpatzen.»
Er zog sein Schlüsselbund aus der Tasche, aber Elizabeth sagte: «Gib doch Vi den Reserveschlüssel — er liegt auf dem Tisch in der Diele. Unterm Aschenbecher. Das ist einfacher, als deinen Schlüssel vom Schlüsselring zu nehmen.»

Vi steckte den Schlüssel in ihre Handtasche; die Tasche stellte sie auf den kleinen Dielentisch. «Ich verspreche dir, jeden Brief unter Wasserdampf zu öffnen, der nach einer feschen Blonden aussieht», sagte sie zu Elizabeth.
Alle lachten, und Dan ermahnte seine Stiefmutter: «Aber hoffentlich machst du auch die Briefe auf, die nach einem großen, dunkelhaarigen Bel ami aussehen!»
Sie verbrachten eine vergnügten Abend, und Elizabeth dachte noch vor dem Einschlafen, daß sie in den letzten Stunden glücklicher gewesen war als seit Monaten. Dr. Barrow hatte vor ihrer Entlassung gesagt, sie könne ihrem Leben jetzt mit Zuversicht entgegensehen. Vielleicht hatte er recht. Er wußte, daß sie ihm etwas verschwieg; deshalb war es für ihn schwierig, wenn nicht fast unmöglich gewesen, ihre Verfassung richtig zu beurteilen.
Am nächsten Morgen, kurz nach Sonnenaufgang, fuhren sie weg. Sie erlebten, wie allmählich alles aufwachte: die Straßen der Stadt waren noch wie ausgestorben, aber in Southport und Surfers Paradise herrschte schon reges Strandleben. Und von da ging die Fahrt landeinwärts den Bergen zu. Am Fuß des Gebirgszuges stellte sich heraus, daß sie die Bergauf-Zeit der Einbahnstraße versäumt hatten und eine halbe Stunde warten mußten. Sie nützten die Zeit zum Frühstück aus dem Picknickkorb. Auf einem Baumstamm sitzend schauten sie einer Quelle zu, die sich ihren Weg durch die Kieselsteine bahnte. Auf den Wiesen lag noch der Tau; hie und da blitzte er in der Sonne auf wie Diamanten.
Es war ein herrlicher Morgen mit klaren Farben, grün, blau und golden. Dans Bedenken wegen des Regens waren grundlos. Sie sprachen kaum etwas. Auf der Fahrt war Dan wie aufgezogen gewesen, aber jetzt schien er ganz zufrieden dazusitzen und den Vögeln zuzuhören und das kleine Rinnsal der Quelle zu beobachten. Elizabeth sah zum Himmel, dessen Blau noch dunkler leuchtete als das der Berge. Heute kann ich alles vergessen, dachte sie, ich kann alles Furchtbare wirklich vergessen. Ich kann mich wieder freuen. Es ist schön, zu leben. Es ist ein Augenblick, den man nicht vergißt: die Bäume, die Vögel und ihr Singen, der tiefe Frieden. Sie lächelte und öffnete ihre Handtasche, um ihren Kamm herauszunehmen. Das Lächeln verschwand. Reglos hielt sie die offene Handtasche in den Händen. Dann wandte sie langsam den Kopf zu Dan.

«Dan, hast du den Briefkastenschlüssel an deinem Schlüsselbund?»
Er war ganz versunken damit beschäftigt, kleine Zweige in winzige Stückchen zu brechen und nacheinander ins Wasser zu werfen. «Mmm», machte er abwesend. Dann aber machte ihn der Ton ihrer Stimme aufmerksam, und er sah sie an. «Ja, natürlich. Ich gab doch Vi den Reserveschlüssel. Warum fragst du?»
«Bitte, sieh nach!»
Er wollte etwas sagen, aber dann bemerkte er ihren verstörten Gesichtsausdruck und griff in die Tasche, um den Schlüsselbund herauszuholen. Er hielt ihn ihr hin. «Der Schlüssel ist dran, siehst du. Ist doch alles in Ordnung.»
«Nein. Der Reserveschlüssel, den wir Vi geben wollten, liegt in meiner Handtasche.»
Sie schwiegen. Endlich sagte Dan mit wenig überzeugender Stimme: «Tja, da wird eben gestern abend deine Handtasche auch auf dem Tischchen in der Diele gestanden haben und Vi steckte den Schlüssel aus Versehen in die falsche Tasche. Oder so ähnlich.»
Elizabeth klappte ihre Handtasche zu. «Dan, tu doch nicht wieder so, als sei gar nichts passiert! Ich kann fast alles leichter ertragen als diese Selbsttäuschungen.»
Sie stand auf und packte mechanisch das Frühstückszeug in den Picknickkorb. Noch einen Augenblick zuvor, dachte sie, habe ich geglaubt, alles sei gut.
Wortlos half Dan ihr beim Einpacken und trug den Korb zum Wagen hinüber. «Jetzt können wir bald rauffahren», sagte er, als sei nichts gewesen.
Elizabeth, die aus dem Fenster gestarrt hatte, drehte sich zu ihm um. «Hinauffahren?» fragte sie ausdruckslos.
Sie mußte an den Schlüssel denken. Das war wieder eine Kränkung für Vi. Es sah aus, als wolle sie sagen, ich will nicht, daß du unsere Post siehst, ich traue dir nicht. Warum ausgerechnet immer gegen Vi?

9

Wie in geheimem Einverständnis erwähnten während der zwei Tage, die sie in den Bergen verbrachten, beide den Schlüssel nicht mehr. Aber trotz Dans Versuch, so unbeschwert zu sein, als sei nichts passiert, war das Wochenende verpatzt. Als sie am Sonntag abend heimkamen, nahm Dan wortlos die Post aus dem Briefkasten. Am nächsten Morgen, als er ins Büro fuhr, fragte er, ob er sie bei Dr. Barrow anmelden solle.
«Nein», sagte sie gleichgültig, «ich bin ohnehin am Freitag bei ihm bestellt, dann sage ich es ihm. Die paar Tage werden kaum etwas ausmachen. Nachher rufe ich Vi an und entschuldige mich. Sie wird sich doch gefragt haben, was mit dem Schlüssel geschehen ist.»
«Lib», sagte Dan, «du mußt nicht meinen, daß sich Vi etwas Schlimmes denkt. Sie versteht das doch.»
«Dann versteht es wenigstens einer von uns», sagte Elizabeth bitter. Als sie anrief und den Apparat in Vis Wohnung läuten hörte, spürte sie wieder jene Beklemmung im Magen, die einem Brechreiz schon sehr nahe war. Vi meldete sich mit merkwürdig tonloser Stimme. Elizabeth atmete rasch tief ein.
«Vi, du hast dich sicher gewundert, wohin der Schlüssel zu unserem Briefkasten gekommen ist. Ich habe ihn unterwegs in meiner Handtasche gefunden. Wie er da hineingekommen ist, weiß ich nicht — das heißt, ich erinnere mich nicht mehr daran. Es tut mir ... so leid.»
Vi erwiderte sehr liebenswürdig: «Meine liebe Libby, deshalb bin ich doch nicht beleidigt, das darfst du nicht meinen.»
«Aber du hast doch gewußt, was geschehen war, als der Schlüssel nicht mehr in deiner Handtasche war, nicht? Und darum hast du auch gestern abend nicht angerufen.»
Vi zögerte. «Nun ja, ich habe nicht angenommen, daß ich den Schlüssel verloren haben könnte. Aber das ist doch jetzt gleichgültig, es hat ja nicht geregnet. Sicher habt ihr ... sehr schönes Wetter gehabt in den Bergen.»
«Vi», fing Elizabeth an, aber dann versagte ihre Stimme. «Ich verstehe das alles nicht. Ich weiß nicht, was mit mir ist. Ich habe so eine Angst.»
«Reg dich nicht auf, Lib. Du mußt dich zur Ruhe zwingen. Schließlich darfst du doch nicht erwarten, daß du mit einem Schlag völlig geheilt bist. Und wegen so einer Kleinigkeit ...»

Eine Kleinigkeit, dachte Elizabeth. Genau, wie Dan sagt. Meinen sie wirklich, ich glaube das?
Als hätte sie Elizabeths Gedanken gehört, fragte Vi: «Wo ist denn Dan? Warum hat er mich denn nicht angerufen?»
«Er ist ins Büro gefahren, und ...»
Vi ließ einen Laut der Entrüstung hören. «Dem werde ich aber was erzählen!» sagte sie mehr zu sich selbst als zu Elizabeth. «Wenn es dir recht ist, komme ich auf eine Stunde zu dir», sagte sie. «Außer, du hast was anderes vor.»
«Ich würde mich sehr freuen, wenn du kämst, Vi.»
«Dann geh ich gleich los, Lib?» setzte sie unsicher hinzu.
«Ja?»
«Hast du ... hast du die heutige Morgenzeitung gelesen?»
«Nein, noch nicht.»
«Dann weißt du also das von Richard noch gar nicht.»
«Von Richard? Welchen Richard meinst du?»
«Richard Rogerson, Lib; der aus dem Club.»
Richard. Sie hörte Mike Weston sagen: «Der junge Polizist hatte recht. Das Risiko hat sich gelohnt.»
«Nein, nicht Richard!» rief sie aus. «Vi, was hat er getan?»
«Nicht das, was du meinst, Lib. Michael Weston hat mit vier Jungen am Wochenende eine Klettertour gemacht — die Ostwand des Mt. Tibrogargan.»
Elizabeth schloß die Augen und sah vor sich die glatte, senkrecht abfallende Ostwand des Berges, der die merkwürdige Gestalt eines buckligen, grübelnden Affen hatte.
«Sie waren ungefähr fünfundzwanzig Meter im Fels, als Richard abstürzte», fuhr Vi fort. «Sein Seil muß nicht ordentlich festgebunden gewesen sein — ich weiß es nicht genau, ich verstehe nichts davon. Richard ist schwer verletzt; nicht lebensgefährlich, aber sehr schwer.»
«Was für Verletzungen?»
«Ich weiß keine Einzelheiten, Lib. Dr. Weston rief mich gestern abend an und bat mich, es dir zu sagen. Aber ich wollte euch gestern abend nicht mehr stören.»
«Aber er muß dir doch ... doch etwas über die Art der Verletzungen gesagt haben?»
«Die Rogersons haben natürlich ihren Arzt gerufen. Aber Dr. Weston steht in engster Verbindung mit den behandelnden Ärzten. Einen Arm hat er sich gebrochen und mehrere Rippen. Der Kopf und die inneren Organe sind gottlob heil geblieben.

Aber das Schlimmste ist, daß er wahrscheinlich ein Bein verliert...»
Elizabeth dachte daran, daß die Rogersons Boxen als gefährlich und das Buschwandern als sinnlose Anstrengung verurteilt hatten, und sie sagte: «Seine Eltern werden sehr böse sein. Vi, ich möchte ins Krankenhaus gehen. Nicht um ihn zu besuchen, denn was könnte ich ihm schon sagen, aber um seine Eltern zu sehen. Ich glaube, ich sollte ihnen sagen, wie schwer es auch mich trifft.»
«Dann laß mich mitgehen, Lib. Der Gedanke, daß du allein hingehst, ist mir unbehaglich. Ich bin in einer Viertelstunde bei dir. Wartest du auf mich?»
«Selbstverständlich.»
Die Rogersons waren im Krankenhaus; sie sahen blaß und übernächtigt aus. Mrs. Rogerson hatte geweint. Sie wollten gerade gehen, als Vi und Elizabeth kamen.
«Mrs. und Mr. Rogerson, wir arbeiten in dem Jugendclub, dem Richard angehört», sagte Elizabeth schnell.
Das Ehepaar war sichtlich widerstrebend stehengeblieben. Mr. Rogerson sagte nur: «Ach!» Elizabeths ausgestreckte Hand übersah er, und sie ließ ihren Arm wieder sinken.
«Bitte, wie geht es Richard?»
Mrs. Rogerson wandte den Blick ab. Ihr Mann sagte förmlich: «Man hat heute früh sein Bein amputiert. Es geht ihm so gut, wie man unter diesen Umständen erwarten kann.» Dann nahm er den Arm seiner Frau, und sie gingen die Stufen zum Ausgang hinunter.
Vi legte den Arm um Elizabeths Schulter. «Komm, Lib, gehen wir nach Hause!»
Als sie auf die Straße hinaustraten, sagte Elizabeth wie betäubt: «Ich habe nicht einmal gesagt, daß es mir leid tut. Sie hassen uns.»
«Meine Liebe, sie hassen jetzt die ganze Welt. Später werden sie einsehen, daß sie trotz allem noch dankbar sein müssen, daß er am Leben geblieben ist.»
«Ich möchte wissen, ob Richard das auch so empfindet.»
«Natürlich.» Vi schluckte. «Du hast den Jungen sehr liebgewonnen, nicht?» fragte sie nach einer kleinen Pause.
Elizabeth nickte. «In ihm steckt etwas — etwas, das mir von Anfang an das Gefühl gab, aus ihm könnte ein so feiner Mann werden, wie man ihn sich nur wünschen kann.» Sie lächelte leise

und fast wehmütig. «Ich habe mir oft gedacht, wie schön es sein müßte, einen Bruder zu haben, der viel jünger wäre als Mary und ich. So einen Bruder wie Richard hätte ich mir gewünscht. Und nun...»
«Es wird nicht leicht für ihn sein, Lib, das will ich nicht behaupten. In der ersten Zeit wird er sicher Stunden haben, in denen er sich wünscht, der Felsbrocken wäre ihm auf den Kopf gefallen statt auf sein Bein. Aber es wird schon noch werden; er kann trotzdem noch ein gutes und erfülltes Leben haben. Er wird seine Behinderung überwinden, gerade weil etwas in ihm steckt.»
«Für Mike Weston muß es schrecklich sein», sagte Elizabeth.
«Ja.» Vi sah sie nachdenklich an; aber alles, was sie sagte, war: «Da kommt ein Taxi.»
Vi blieb bei ihr, bis Dan nach Hause kam. Als sie ihm die Geschichte von Richard erzählten, sagte er ärgerlich: «Vi, das finde ich aber sehr unüberlegt von dir, Elizabeth wieder so aufzuregen. Du kannst dir doch denken, daß sie schon wegen des Schlüssels ganz verstört war.»
«Dan!» protestierte Elizabeth. «Ich mußte das von Richard wissen. Aus der Zeitung hätte ich es ohnehin erfahren. Es war sogar sehr gut für mich, an das Leid anderer Menschen denken zu müssen. Dann nimmt man sich selbst nicht mehr so wichtig.»
Er hob die Augenbrauen und zuckte die Achseln. «Nun gut, Liebling, wenn es dir geholfen hat, ist's ja recht. Ich wollte nicht unfreundlich sein, ich war nur besorgt. Der Junge tut mir leid und ich verstehe, daß du dich seinetwegen aufgeregt hast, weil dir alles, was diesen Club betrifft, so wichtig ist. Aber er ist ja jung, er wird schon darüber hinwegkommen. Und jetzt seid nicht mehr so niedergeschlagen, ihr beiden. Wir können ja doch nichts daran ändern. Was haltet ihr von einem Abendessen in der Stadt?»
Die Sorge um Richard drängte auch während der nächsten Tage Elizabeths persönlichen Kummer in den Hintergrund. Nach zwei Tagen erklärten die Ärzte Richard für «außer Gefahr» und Michael durfte ihn besuchen, weil Richard es verlangt hatte. Aber sonst erhielt noch niemand außer seinen Eltern Besuchserlaubnis. Weston, dessen Stimme gefaßt, aber müde klang, als er Elizabeth anrief, erzählte, Richard nehme sein Unglück tapfer und verständig hin. Er wolle ohne Krücken

gehen lernen, mit einer Prothese. Er denke schon an neue Sportarten. Mehr denn je sei er entschlossen, Arzt zu werden.
«Er weiß, daß es nicht leicht wird für ihn», sagte Mike. «Er gestand mir, daß er sich zuerst gewünscht habe, tot zu sein; aber jetzt habe er das Gefühl, mit allem fertig zu werden. Und das glaube ich ihm auch.»
«Und ... seine Eltern?» fragte Elizabeth stockend.
«Bis jetzt bemühen sie sich sehr, mir aus dem Weg zu gehen.»
Etwa zehn Tage nach dem Unfall waren Elizabeth und Vi am Abend im Club, als die Rogersons hereinkamen. Vi sah überrascht von dem Theater-Manuskript auf, das sie als Leiterin der Spielgruppe las.
«Was führt Sie her, Mrs. und Mr. Rogerson? Wie geht es Richard?»
«Es sind noch Sachen von Richard hier», sagte Mr. Rogerson schroff. «Turnschuhe, Tennisschläger und so weiter. Wir wollen sie holen.»
Mike Weston und Elizabeth hatten gerade mit den Mitgliedern der Foto-Gruppe einen Plan besprochen. Als sie die Stimmen hörten, kamen sie her. «Mr. Rogerson, meinen Sie nicht, es wäre besser, noch etwas zu warten? Hat Richard gesagt, er wolle nicht mehr zu uns kommen?» gab Mike freundlich zu bedenken.
«Das muß er wohl nicht erst ausdrücklich sagen!» erwiderte Mr. Rogerson wütend. «Wir möchten es Richard ersparen, von diesem Club noch einmal zu sprechen oder auch nur daran zu denken. Der Club hat sein Leben ruiniert. Hier hat er nichts mehr zu suchen, auf keinen Fall. Mir ist jedenfalls», setzte er mit bitterem Hohn hinzu, «kein Boxer bekannt, der nur ein Bein hatte.»
«George, nicht!» bat Mrs. Rogerson heiser.
Er legte eine Hand auf ihren Arm. «Verzeih, meine Liebe! Sie und Ihr verfluchter Club!» schrie er Weston an. «Diese großen Töne, was der Club für die jungen Leute tut, wie er das Gute in ihnen weckt, wie er ihren Charakter bildet! Und was hat er für unseren Jungen getan? Zum Krüppel hat er ihn gemacht, umgebracht hätte er ihn beinahe! Alles wegen Ihrer verrückten Idee, die Jungen müßten ihr Leben aufs Spiel setzen, weil das nach Ihrer Meinung zu aufrechten Staatsbürgern erzieht!»
Mike stand schweigend da.

«Klettertouren!» fuhr Mr. Rogerson fort. «Was erreicht man damit? Nichts, nicht die verdammteste Kleinigkeit! Und kommen Sie mir nicht damit, daß es ein ‹Ansporn› sei, und lauter so abgedroschenem Quatsch. Verrückte Klettertouren und Gewaltmärsche und Boxen — solche Dinge sollen eine bessere Erziehung sein als ein anständiges Elternhaus und elterliche Fürsorge? Das einzige Unglück meines Jungen war, daß er immer wieder in schlechte Gesellschaft geriet.»
Er atmete schwer vor Zorn. «Sie ermuntern diese jungen Leute — Kinder, die es noch nicht besser verstehen — zu sinnlosen Wagnissen, nur zu Ihrer eigenen Befriedigung. Sie bringen sie dazu, ihr Leben um einer Sensation willen aufs Spiel zu setzen, nur damit Sie vor der Öffentlichkeit als Wohltäter der Menschheit dastehen. Und warum? Ich will Ihnen sagen, warum! Es ist gut fürs Geschäft, nicht wahr, Doktor? Jeder denkt, was für ein feiner Kerl Sie sein müssen, und das bringt Ihnen Patienten. Es ist Ihre Art der Werbung.» Es war so still im Raum, daß die Geräusche des Straßenverkehrs von draußen und die der Stimmen aus der Turnhalle, wo man von dem Besuch der Rogersons nichts wußte, seltsam laut und aufdringlich erschienen. Dann sagte Mike: «Ich hole Ihnen Richards Sachen.»
Als Mr. Rogerson noch einmal etwas sagen wollte, trat Elizabeth einen Schritt vor: «Ich bin der Ansicht, daß Sie genug gesagt haben.» Ihr Gesicht war blaß, und ihre Augen blitzten zornig. «Ich bin sogar der Ansicht, daß Sie zuviel gesagt haben, und daß es an der Zeit ist, Ihnen reinen Wein einzuschenken.»
«Mrs. Elton», sagte Mike, «lassen Sie das!»
«Nein!» Sie schüttelte den Kopf. «Ich weiß, was Richards Unglück für Sie bedeutet, Mr. Rogerson, und ich kann Ihre Erregung gut verstehen. Ich habe Richard auch gern, wir alle. Und es ist wahr, daß er durch den Club den schrecklichen Unfall erlitt. Aber täuschen Sie sich nicht» — sie sah vom Vater zur Mutter —, «Richard ist nicht in schlechte Gesellschaft geraten. *Er* selbst ist die schlechte Gesellschaft gewesen, in die andere Jungen gerieten, *er* war der Anführer.»
«George», sagte Mrs. Rogerson und nahm ihren Mann beim Arm, «ich bleibe nicht hier stehen und höre zu, wie diese Leute meinen Sohn beschimpfen. Komm, ich habe genug gehört.»
«Nein», sagte Elizabeth erregt, «es tut mir leid, aber Sie haben noch *nicht* genug gehört. Wissen Sie, wie oder warum Richard zum erstenmal in diesen Club kam?»

Sie gaben keine Antwort, aber sie zögerten, wegzugehen.
«Natürlich wissen Sie es nicht. Sie halten Bergsteigen für gefährlich, für Wahnsinn. Aber ist es nicht viel wahnsinniger und gefährlicher, einen bewaffneten Einbruch zu verüben?»
Die Rogersons starrten sie an.
«Ihr Sohn hat ein Bein verloren. Das ist furchtbar für einen so lebensfrohen jungen Mann.» Ihre Augen füllten sich plötzlich mit Tränen, aber unbeirrt fuhr sie fort: «Wäre er nicht in den Club eingetreten, so hätte er wahrscheinlich noch beide Beine. Aber er wäre mit Sicherheit im Gefängnis; er hätte Verbrechen begangen, und würde sie sehr wahrscheinlich weiter begehen. Er wäre bei einem Kugelwechsel ums Leben gekommen oder er hätte jemanden erschossen. Sind Sie sicher, daß Ihnen das lieber gewesen wäre?»
Mr. Rogerson sagte sehr langsam: «Wovon reden Sie denn da?»
«Richard wurde an einem späten Abend von einem jungen Polizisten in den Jugendclub gebracht. Der Beamte setzte damit seine Stellung aufs Spiel. Er hatte ihn allein ertappt — *allein*, nicht in Gesellschaft von Verführern —, wie er in ein Geschäft einbrechen wollte. Richard hatte eine Pistole bei sich. Und als der Polizist ihn festhalten wollte, versuchte er die Waffe zu gebrauchen.»
Mrs. Rogerson flüsterte: «Das ist nicht wahr.» Sie sah das erstarrte Gesicht ihres Mannes und blickte dann wieder auf Elizabeth. «Das ist doch nicht wahr?» Als niemand antwortete, sagte sie dumpf: «Ich glaube, ich muß mich setzen.»
Mike half ihr auf einen Stuhl, während Mr. Rogerson immer noch reglos dastand und das, was um ihn herum vorging, gar nicht zu bemerken schien. Endlich sagte er: «Wenn das wahr ist, warum brachte der Polizeibeamte Richard hierher? Schließlich hat er doch Eltern. Warum brachte er ihn nicht zu uns?»
Elizabeth sah ihn an und auf einmal verflog der Zorn über das, was er gesagt hatte. Sie hatte nur noch Mitleid. Ruhig erklärte sie: «Er war schon mehrere Male vorher zu Ihnen zurückgebracht worden.»
Mr. Rogerson hob jäh den Kopf, als wolle er eine hitzige Antwort geben, aber dann hob er nur eine Hand und ließ sie hoffnungslos sinken. Er wandte sich ab.
«Es tut mir leid», sagte Elizabeth, «aber die Wahrheit ist manchmal brutal, und trotzdem muß man sie erfahren.» Dann

fuhr sie freundlich fort: «Es war nicht der Club, der Richard besserte, sondern es war sein eigener klarer Verstand. Der Club gab ihm nur Möglichkeiten, wieder zu sich selbst zu finden.»
Mrs. Rogerson, die jetzt wieder gefaßter aussah, stand auf. «George, wir sollten gehen. Die Situation, in die wir diese Leute gebracht haben, ist peinlich genug.»
Er nahm ihren Arm und sah Mike an. «Ich glaube, ich muß mich entschuldigen...»
«Damit würden Sie mich nun wieder in eine peinliche Situation bringen!» sagte Mike lächelnd. «Ich bitte Sie nur noch um eines: Lassen Sie Richard niemals wissen, daß Sie die Sache von der Pistole erfahren haben.»
Er begleitete sie bis zur Tür und sagte: «Wir schicken Ihnen Richards Eigentum. Gute Nacht.»
Mr. Rogerson drehte sich auf der Türschwelle um. «Nein, Richard kann es sich selbst holen, wenn er wieder zu Hause ist.»
Kurz danach gingen Elizabeth und Vi. Auf dem Weg zur Bus-Haltestelle fragte Elizabeth: «Habe ich irgend etwas Unvernünftiges gesagt? Sie waren so ungerecht und gemein gegen Weston, daß ich die Beherrschung verloren habe. Das hätte nicht vorkommen dürfen – aber es war doch richtig, oder? Bitte, sag mir die Wahrheit.»
«Selbstverständlich war alles richtig, Lib.»
Einen Augenblick schloß Elizabeth die Augen und seufzte. «Und wenn ich wie eine Irre geredet hätte, würdest du es mir natürlich nicht sagen. Verzeih, Vi. Ich hätte nicht fragen sollen.»
Vi hörte die Müdigkeit in ihrer Stimme. «Aber ich habe dir wirklich die Wahrheit gesagt, mein Herz. Ich wünschte, du würdest dich nicht so aufregen wegen...»
«Heute haben wir Glück!» unterbrach Elizabeth sie. «Da steht mein Bus und deiner kommt auch schon.» Sie stieg rasch ein, winkte Vi durchs Fenster zu und war verschwunden.
Violet Elton stieg mit einem sehr ernsten Gesicht in ihren Bus.

Am nächsten Tag, gerade nach Mittag, rief Dan Elizabeth aus dem Büro an. Seine Stimme klang aufgeregt.
«Hör zu, Liebling! Die Firma möchte mich auf eine Woche geschäftlich nach Melbourne schicken. Ich soll schon am Sonn-

tag fliegen, damit mir der ganze Montag für die Arbeit bleibt. Was meinst du dazu, wenn du mitkämest? Ohne dich mache ich's nicht, das habe ich dem Chef schon erklärt. Hättest du Lust?»
«Lust? Es wäre wunderbar... aber am Sonntag schon... da können wir nicht mehr lange überlegen!» sagte sie atemlos.
Er lachte. «Was gibt es denn da zu überlegen? Du hast doch selbst gesagt, es wäre wunderbar, also — dann müssen wir noch alles vorbereiten. Ich muß damit rechnen, fast den ganzen Tag beschäftigt zu sein, und... also der Gedanke, daß du allein in einer fremden Stadt herumläufst... Ich meine, das wäre ziemlich langweilig für dich», setzte er schnell hinzu, aber sein Ton verriet, daß er «gefährlich» für das richtigere Wort gehalten hätte.
«Ich dachte», fuhr er fort, «es wäre eine gute Idee, Vi als Gesellschaft für dich mitzunehmen. Was meinst du?»
«Ach, das wäre sehr schön, Dan, aber...»
«Dann ruf sie an und lade sie ein — ich meine wirklich ‹einladen›. Denn bei diesem Ausflug bin *ich* der Gastgeber. Sicher können wir es uns leisten», lachte er, als Elizabeth ihn unterbrechen wollte. «Danach wolltest du doch fragen, nicht?»
«Ja.»
«Es geht ganz gut. Meine Unkosten zahlt ja die Firma. Außerdem ist die Geschichte das Geld wert; die Abwechslung müßte dir guttun. Vielleicht kannst du dann eher die Sache mit dem armen Jungen vergessen, die dir so zugesetzt hat. Jetzt hör mal: Zuerst rufst du Vi an, und wenn sie mitkommen kann, rufst du Dr. Barrow oder Dr. Weston an und fragst, ob sie mit der Reise einverstanden sind. Hernach rufst du wieder bei mir im Büro an, damit ich der Firma Bescheid geben kann. Hast du in der Eile alles verstanden?»
«Na weißt du!» lachte Elizabeth. «Ich bin zwar ein bißchen durcheinander vor Freude, aber ich habe schon kapiert und telefonieren kann ich auch noch.»
«Fein! Ruf mich sofort an, wenn du alle anderen Telefonate erledigt hast.»
«Selbstverständlich», sagte sie lächelnd, «sofort! Weißt du, ich war ein einziges Mal in Melbourne, und das vor vielen Jahren. Ich freue mich so!»
Sie lächelte noch, als sie schon eingehängt hatte. Aber plötzlich meldete sich eine warnende Stimme in ihr. Wollte ihr Dan

wirklich eine Freude machen oder wollte er ihr einen neuen
Streich spielen? Schicken große Firmen ihre Buchhalter auf eine
einwöchige Geschäftsreise? Wohl kaum.
Wenn er alle bisherigen Vorkommnisse herbeigeführt hatte,
dann war wohl auch dies nur eine Falle. Und wenn sie diesmal
einen Beweis fand, dann waren auch alle anderen Fälle bewiesen. Hier und jetzt würde sie die Wahrheit erfahren.
Das war so entscheidend, daß ihr vor Aufregung die Hände
zitterten, als sie den Hörer abhob, um Vis Nummer zu wählen. Auf einmal merkte sie, daß sie Vis Nummer vollkommen
vergessen hatte, obwohl sie ihr so geläufig gewesen war wie
ihre eigene. Sie legte den Hörer wieder auf die Gabel, um im
Telefonbuch nachzusehen. Sie blätterte herum und hatte
Mühe, sich daran zu erinnern, an welcher Stelle des Alphabets
das E kam. Als das Telefon in Vis Appartement zu klingeln
begann, sah sie auf ihre Uhr. Es war zwanzig Minuten nach
zwölf. Vor etwa fünf Minuten hatte sie mit Dan gesprochen.
Sie wußte selbst nicht, ob sie froh oder erschrocken war, als
sich Vi meldete. Ja, sie komme gern mit, sie liebe Melbourne
und freue sich darauf, mit Elizabeth die Stadt zu besichtigen.
Und wenn das junge Paar abends ausgehe, könne die «alte
Dame» Bekannte von früher besuchen oder ins Theater
gehen ... Sie wolle sofort zu Elizabeth herüberkommen und
dann könnten sie Pläne machen.
«Oh, und noch was, Vi», setzte Elizabeth hinzu. «Dan läßt dir
sagen, daß du für die ganze Reise unser Gast bist.»
«Ihr werdet euer sauer verdientes Geld doch nicht an mich
verschwenden! Nein, meine Liebe, ich hätte nur halb soviel
Freude, wenn ihr alles bezahlen wolltet.»
«Aber Dan besteht unbedingt darauf.»
Vi lachte auf. «Sehr lieb von dir, die Anregung ihm zuzuschreiben. Auf jeden Fall reden wir noch darüber.»
Als Elizabeth einhängte, dachte sie darüber nach, daß Vi
offenbar nicht glaubte, der Gedanke, sie einzuladen, gehe von
Dan aus. Und es sah ihm auch wirklich nicht ähnlich.
Dr. Weston sagte herzlich, er sehe keinen vernünftigen Grund,
warum Elizabeth die Reise nach Melbourne nicht unternehmen
sollte, besonders wo Mrs. Elton senior dabei sei. Er hielt den
Plan für ausgezeichnet und wünschte ihnen allen gute Reise.
Lachend setzte er hinzu, Melbourne werde hoffentlich den
üblen Ruf seines Wetters diesmal nicht wahrmachen.

Elizabeth bedankte sich und hängte ein. Sie saß da und fragte sich, woher sie nun den Mut nehmen sollte, der Sache auf den Grund zu gehen. Sie rief Dan wieder an.

Nach einem beklommenen Augenblick hörte sie seine fröhliche Stimme: «Hallo, Liebling, ich dachte schon, du hättest vergessen, mich wieder anzurufen. Wie bist du zurechtgekommen?»

Erleichterung überströmte sie mit einer Heftigkeit, daß beinahe ihre Knie nachgaben. Ihre Ängste, diese dummen, grundlosen Ängste, die wilden Phantasien — alles löste sich in Dans unbekümmerter Stimme auf. Sie hätte lachen und weinen mögen und wußte nicht, was sie zuerst tun sollte.

«Lib?» Dans Stimme klang jetzt forschend. «Hast du Dr. Barrow angerufen und erfahren, wann du zu ihm kommen sollst?»

«Wann ich zu ihm kommen soll?»

«Ja. Deshalb rufst du doch an, nicht?»

Sie zuckte zusammen. Es war wie ein scharfer Stich, wie wenn sie sich verbrannt hätte.

Langsam sagte sie: «Ich rufe wegen der Reise nach Melbourne an.»

Es folgte eine kurze Stille. «Reise nach Melbourne? Lib, wovon sprichst du da?»

In Elizabeths Ohren dröhnte ein dumpfes Brüllen. «Du hast mich vorhin angerufen», sagte sie mechanisch, als leiere sie etwas auswendig Gelerntes herunter. «Du hast gesagt, die Firma möchte dich auf Geschäftsreise nach Melbourne schicken, und Vi und ich sollten mitkommen. Ich sollte Vi anrufen, um sie zu fragen. Dann sollte ich Dr. Weston oder Dr. Barrow anrufen, um zu hören, was sie dazu meinten.»

Wieder gab es eine Pause. Elizabeth drängte inständig: «Dan, du hast mich doch angerufen, nicht wahr?»

Er antwortete so, wie man ein verschrecktes Kind beschwichtigt. «Ja, natürlich habe ich dich angerufen, Liebling, aber ... nun, du hast es anscheinend durcheinandergebracht. Macht nichts, reg dich nicht auf!»

Sie sagte scharf, beinahe hysterisch: «Warum hast du mich dann angerufen? Wovon hast du gesprochen?»

«Nun, eigentlich habe ich nur angerufen, um zu erfahren, ob du heute oder erst morgen bei Dr. Barrow bestellt bist. Du warst selbst nicht sicher, und darum schlug ich dir vor, Dr. Barrow anzurufen und dann wieder mich, weil Dr. Barrow wünschte, ich sollte bei der nächsten Beratung dabei sein. Erinnerst du dich?»

«Und das war alles? *Alles*, wovon wir gesprochen haben?»

«Vielleicht haben wir auch sonst no ... mir fällt ein, daß ich dich fragte, was du tust, und ich machte dir den Vorschlag, Vi anzurufen und sie einzuladen. Und .. ja, jetzt erinnere ich mich: daß wir mit Arbeit eingedeckt seien, weil der Generaldirektor und zwei Abteilungsleiter auf einer Tagung in Melbourne sind. Ich glaube, das war alles.»

«Ich verstehe.» Das Brüllen in ihren Ohren schwoll an.

«Elizabeth», sagte er schnell, «du meinst ... du meinst doch nicht wirklich, ich hätte dir vorgeschlagen, wir sollten nach Melbourne reisen? Das wäre ein übler Scherz gewesen. So was kannst du mir doch nicht zutrauen! Schau, Lib, Tom Forsyth war im Büro, als ich dich anrief. Wenn du willst, kannst du ihn fragen.»

«Nein», sagte sie matt. Wenn Dan log, dann hatte er auch dafür gesorgt, daß man ihm die Lüge nicht nachweisen konnte. Es war ja einfach, eine Nummer, wie etwa die automatische Zeitansage zu wählen und dann in Gegenwart von Tom Forsyth einen Monolog zu führen. «Nein», wiederholte sie mit Mühe, «natürlich hast du das nicht getan. Es ist nur, daß ... ich mich nicht erinnern kann.»

Vielleicht war dies die Wahrheit; vielleicht hatte sie Dans Anruf wirklich falsch verstanden. Vielleicht wußte sie nun wieder nicht mehr als vorher.

«Reg dich doch nicht auf darüber!» drängte Dan. «Ich halte es für eine gute Idee, Vi oder Mary zu dir zu bitten.»

«Vi kommt sowieso.» Sie wollte schon den Hörer auflegen, als ihr etwas einfiel. «Dan?»

«Ja?»

«Wie spät war es, als du mich angerufen hast?»

Er zögerte einen Augenblick, als sei ihm klar, daß er sich mit der Antwort verraten könne. Aber zu lügen würde er nicht wagen, weil sie den anderen Buchhalter fragen konnte.

«Es dürfte zwischen elf Uhr fünfzehn und elf Uhr dreißig gewesen sein», sagte er.

«Danke!» sagte sie mechanisch. «Ich wollte es nur wissen.»

«Hör zu, Lib, nimm es dir nicht so zu Herzen! Versprichst du mir das?»

«Mir geht es ganz gut», anwortete sie und hängte ein.

Zwischen Viertel vor elf und zwölf Uhr war sie mit Greta Sutton aus gewesen, die sie mit dem Auto abgeholt hatte, um mit ihr ins Einkaufszentrum der Vorstadt zu fahren. Nach den Einkäufen hatten sie in einer Imbißstube Kaffee getrunken. Elizabeth war gerade nach Hause gekommen und hatte die gekauften Lebensmittel auf den Küchentisch gelegt, als Dan angerufen hatte. Nun brauchte Greta nur ihre Zeitangaben zu bestätigen, um vor aller Welt den Beweis zu liefern, daß Dan log.
Sie stand von dem Stuhl neben dem Telefon auf. Das Sausen in ihren Ohren wurde schlimmer. Ihr wurde schwarz vor den Augen.

10

Als sie wieder bei Bewußtsein war, lag sie auf dem Wohnzimmerboden. Eine grobe Wolldecke war über sie ausgebreitet, und Vi kniete neben ihr. Sie rieb ihr die Hände und sagte, daß sie noch liegenbleiben müsse, bis Dr. Weston da sei.
«Oh!» Elizabeth versuchte sich aufzusetzen, fühlte sich aber schwindlig und legte sich freiwillig wieder zurück. «Aber Vi!» protestierte sie. «Du hättest Dr. Weston nicht rufen sollen. Ich bin doch nicht krank. Es war nur eine Ohnmacht.»
«So, und eine Ohnmacht ist für eine junge Frau wohl das Natürlichste von der Welt!»
«Ach...»
«Laß dir so was ja nicht öfter einfallen! Das ist sehr schlecht für mein Herz. Da komme ich ins Haus und finde meine Lieblingsschwiegertochter leblos auf dem Boden ausgestreckt. Das kostet mich mindestens zehn Jahre meines Lebens!»
Elizabeth lächelte schwach. «Das tut mir aber leid.»
«Was war denn, Lib?» fragte Vi.
Elizabeth sah in ihr besorgtes Gesicht und zögerte. Wenn sie es Vi oder irgend jemand erzählte — was konnte sie dann beweisen? Greta Sutton konnte ihre Aussage bekräftigen, aber was war damit geholfen? Man würde es für einen dummen, ja grausamen Streich halten, aber würde man ihr deshalb auch alles andere glauben? Wer Dan kannte, wußte, daß er nicht besonders feinfühlig war und ein wenig leichtsinnig und

gedankenlos. Viel wahrscheinlicher war, daß man ihre Bezichtigungen als einen weiteren Beweis ihrer Geisteskrankheit auslegte.

Und was noch schlimmer war: Sobald sie mit jemandem darüber sprach, erfuhr Dan, daß sie ihn durchschaut hatte. Und das konnte für sie gefährlich werden.

«Irgendwas ist passiert, nicht wahr?» fragte Vi ruhig, aber beharrlich. «Meinst du nicht, es wäre besser, wenn du es mir erzähltest? Hast du etwas vergessen? Hängt es mit der Reise nach Melbourne zusammen?»

Elizabeth schloß einen Moment lang die Augen. «Dachtest du dir gleich, daß mit dieser Reise etwas nicht stimmt?»

«Nein. Bestimmt nicht. Aber als ich dich fand, fragte ich mich natürlich, warum du gerade neben dem Telefon bewußtlos geworden warst. Und da fiel mir ein, daß du ja Dan im Büro anrufen solltest. Du hast ihn angerufen und dann stellte sich heraus, daß er von nichts wußte, nicht wahr?»

Elizabeth nickte. «Er sprach von dir, von den Ärzten, von Melbourne, aber alles in ganz anderem Zusammenhang. Ich...»

Die Hausglocke läutete schrill. Vi sprang auf. «Das ist Dr. Weston. Bleib bloß liegen, ich mache auf!»

«Ich will hier nicht wie ein hilfloser Invalide liegen. Hilf mir hoch, Vi. Es geht wirklich schon.»

«Kommt nicht in Frage. Ich will nicht verantwortlich sein, wenn dir etwas zustößt.»

«Sehr richtig, Mrs. Elton», sagte Mike Weston, der schon unter der Tür stand. «Verzeihen Sie, daß ich hier hereinging, aber ich wußte ja nicht genau, was geschehen war.»

Er ließ sich neben Elizabeth auf die Knie nieder. «Was machen Sie denn für Geschichten, Mrs. Elton? Ihre Schwiegermutter hat ganz recht, bleiben Sie still liegen.» Er lächelte.

Sie legte sich auf das Kissen zurück, das ihr Vi unter den Kopf geschoben hatte. «Es ist mir so unangenehm, daß ich diesen Wirbel verursacht habe. Dabei ist das ganz unnötig. Ich bin doch nur ohnmächtig geworden.»

«O ja!» Weston fühlte ihr den Puls. «Und ohnmächtig wird man ja schon mal, nicht wahr?»

Elizabeth sagte nichts darauf. Er hockte auf den Absätzen und sah sie nachdenklich an. Dann nickte er, als sei es zu einem wortlosen Einverständnis zwischen ihnen gekommen.

«Gut, zunächst wollen wir uns mal damit begnügen, festzustellen, ob Sie sich beim Fallen verletzt haben.»
Als er schließlich sein Stethoskop wegsteckte, sagte er: «Sie haben sich den Kopf angeschlagen, aber das ist nicht weiter schlimm. Kommen Sie, wir legen Sie auf die Couch. Wahrscheinlich wird Ihnen jetzt ein bißchen schwindlig, aber das hat nichts zu besagen.»
Vi half ihm, Elizabeth auf die Couch zu betten, und er ging noch einmal zum Telefon zurück, um seine Tasche vom Boden aufzuheben. Dabei krachte es scharf unter seinen Füßen. «Was — ach, das tut mir aber leid! Ich habe eine Schallplatte zertreten, Mrs. Elton. Sie sollen zwar angeblich unzerbrechlich sein, aber zum Draufstehen sind sie wohl doch nicht geeignet.»
Er bückte sich und hob die Trümmer auf. «Es tut mir furchtbar leid. Bitte, entschuldigen Sie vielmals! Natürlich besorge ich Ihnen die Platte wieder!»
«Ach, das macht überhaupt nichts, wirklich nicht», entgegnete Elizabeth. Aber wie sollte er verstehen, daß die schönste Schallplatte gleichgültig wurde, wenn einem die Welt zertrümmert worden war und man nur noch vor einem Haufen Schutt stand. «Außerdem war es meine Schuld. Ich hätte sie nicht auf dem Boden liegenlassen dürfen. Ich wollte heute vormittag Musik hören», sagte sie mehr zu sich selbst als zu den anderen. Tiefe Hoffnungslosigkeit war plötzlich in ihrem Gesicht. «Das Leben kam mir wieder lebenswert vor. Immer, wenn ich besonders glücklich oder unglücklich bin, brauche ich Musik. Sie hebt mich in den Himmel oder sie wärmt mich in der Dunkelheit und ...» Sie bemerkte Vi und Mike, die sie besorgt ansahen, und setzte hastig hinzu: «Also — ich wollte die Platte auflegen, als Greta Sutton anrief — und ich Trottel habe sie auf dem Boden liegen gelassen.»
Weston zog ein Notizbuch heraus und notierte sich den Plattentitel und die Nummer. «Eine Schubert-Symphonie! Das ist eine meiner Lieblingsplatten! Sie sind wirklich sehr nachsichtig, Mrs. Elton. *Ich* wäre ziemlich sauer geworden, wenn mir die jemand kaputtgemacht hätte. Aber ich werde gleich heute sehen, daß ich sie wieder bekomme.»
Er steckte das Notizbuch umständlich in die Tasche. Dann fragte er im gleichen Tonfall: «Vielleicht können Sie mir jetzt erzählen, warum Sie ohnmächtig wurden?»
Sie schilderte ihm kurz dasselbe, was sie Vi erklärt hatte. Er

hörte aufmerksam zu, ohne eine Zwischenfrage zu stellen, und beobachtete sie genau. Als sie fertig war, sagte er nur: «Aha.» Dann blieb er ein paar Minuten reglos sitzen. Schließlich erhob er sich und sagte: «Nun, die Hauptsache ist, daß Sie heute keine Aufregungen mehr haben, dann kommt das schnell wieder in Ordnung.» Er sah Vi fest an. «Mrs. Elton . . .»
«Ich bleibe hier, Doktor», versicherte ihm Vi. «Soll ich Dan anrufen, Lib, daß er früher nach Hause kommt?»
«Nein!» rief sie so heftig, daß die beiden sie erstaunt ansahen. Und sie setzte schnell hinzu: «Er hat schon genug Kummer mit mir. Ich möchte ihn nicht noch mehr beunruhigen. Wenn er heimkommt, erzähle ich es ihm selbst.»
Als Dr. Weston gegangen war, fragte Elizabeth ihre Schwiegermutter: «Vi, wärst du böse, wenn ich mich ein wenig ins Schlafzimmer legen würde und dich bäte, mich allein zu lassen?»
Vi strich ihr zärtlich über die Wange. «Natürlich nicht!» Sie führte Elizabeth in das andere Zimmer und half ihr beim Hinlegen. «Ruh dich aus, solange du willst. Vielleicht kannst du ein bißchen schlafen.» Dann ging sie schnell hinaus. Elizabeth sollte nicht sehen, daß sie weinte.
Vi hatte die Vorhänge zugezogen. Elizabeth lag in dem halbdunklen Raum und starrte zur Decke. Sie versuchte, das Geschehene zu begreifen. Aber sie war noch zu betäubt, um alles zu erfassen. Hier, in diesem Haus, in diesem Raum hatte sie mit einem fröhlichen, liebenswürdigen Mann gelebt, der einen so teuflischen Plan gegen sie betrieb.
In den wenigen Stunden, bis er vom Büro nach Hause kam, mußte sie die Kraft gewinnen, ihm unter die Augen zu treten. Sie mußte ihre Angst vor ihm verbergen, heute, morgen, und wieviel Tage und Nächte noch? Daran durfte sie jetzt nicht denken. Sie mußte sich an das Nächstliegende klammern: heute und morgen weiterleben, als sei nichts geschehen.
Und sie mußte überlegen, was sie von ihm zu befürchten hatte. Offenbar wollte er ihr weder körperlich etwas zuleide tun, noch ihre amtliche Einweisung in eine Irrenanstalt bezwecken. Warum also, um Gottes willen: warum tat er es überhaupt? Von Anfang an, seit jener Geschichte mit der Einladung bei den Suttons, hatte er planvoll und überlegt den Eindruck zu erwecken gesucht, daß sie ernsthaft geistig gestört sei. Er konnte diese ganzen Anstrengungen und die damit verbunde-

nen Wagnisse nicht ohne eine feste Absicht unternommen haben. Was immer diese Absicht war — sie konnte sich nicht *direkt* gegen sie richten. Er *gebrauchte* sie zu irgendeinem Zweck. Aber wozu?
Wortlos betete sie, seine Absichten zu durchschauen, bevor es zu spät war. Sie lag lange so da und grübelte. Endlich stand sie auf, kämmte sich und legte ein frisches Make-up auf. «Ich bin nicht krank», flüsterte sie ihrem Spiegelbild zu.
Ohne zu wissen, was sie tat, legte sie den Lippenstift wieder in die Schublade zurück. Sie starrte ihr Gesicht im Spiegel an. Die Schatten unter den Augen, die eingefallenen Wangen unter den Backenknochen und der gespannte Zug um den Mund: das alles verriet, daß die vergangenen Monate einen Tribut gefordert hatten, den kein Make-up wegzaubern konnte.
Ich bin gesund, dachte sie; sie sagte es sich immer und immer wieder vor. Ich habe meine fünf Sinne beisammen, mein Verstand ist in Ordnung und ich bin normal. Alles, was ich in den letzten Monaten ertragen mußte, hat mich nicht um den Verstand bringen können. Wäre der Nervenzusammenbruch wirklich der Beginn einer geistigen Auflösung gewesen, dann hätte ich das nicht ausgehalten.
Die Angst, geisteskrank zu sein, hatte sie lange wie ein unheimlicher Schatten verfolgt. Es wirkte fast betäubend, sich jetzt umzudrehen und zu entdecken, daß der Schatten verschwunden war. Eine neue Angst war an seine Stelle getreten. Aber diese Angst war wenigstens greifbar. Der Schmerz über die Enttäuschung, über den Verrat ihrer Gefühle — er war furchtbar und befreiend zugleich.
Mit einem Ruck löste sie sich von ihrem Spiegelbild und ging aus dem Zimmer. Auf der Schwelle blieb sie einen Augenblick stehen und sah sich noch einmal um. Es war, als müsse sichtbar hinter ihr liegen, was sie jetzt abgestreift hatte: dieses verworrene Durcheinander von Gefühlen, das ihre Ehe gewesen war. Aber der Raum blieb fremd und ohne eine Spur davon. Freilich, dachte sie bitter. Das Kostbare, an das sie geglaubt hatte, es war nur eine leere, schillernde Seifenblase gewesen.
Sie ging zu Vi in die Küche, die lächelnd aufsah und sagte: «Ich wollte eben zu dir reingucken und fragen, ob du Tee möchtest. Wahrscheinlich hast du gar nicht zu Mittag gegessen.»
Elizabeth lächelte zurück. «Nein, ich glaube nicht, daß ich was gegessen habe. Aber ich hab auch gar keinen Hunger.»

«Trotzdem solltest du was essen. Du siehst jetzt schon wieder viel frischer aus. Komm, trinken wir eine Tasse Tee zusammen.»
Elizabeth setzte sich gehorsam hin und sah Vi zu, wie sie den Tee aufstellte. Arme Vi, dachte sie. Sie hat Dan gern, obwohl sie Fehler an ihm sieht, die ich nie gesehen habe. Wieviel Kummer muß es ihr machen, daß er sich eine geisteskranke Frau aufgehalst hat. Und trotzdem ist sie so unbeirrbar lieb zu mir.
«Jetzt war ich schon so oft bei euch, aber wo ihr den Tee aufbewahrt, weiß ich immer noch nicht. Kannst du mir ...»
Sofort stand Elizabeth auf und gab Vi den Tee aus dem Schrank. Sie legte ihre Hand auf Vis Schulter. «Du bist ein Schatz! Und ich lasse mich von dir bedienen wie eine Kranke. Dabei geht es mir wieder ganz gut. Und» — sie warf einen Blick auf die Küchenuhr — «ich werde mir bald überlegen müssen, was ich meinem hungrigen Mann zu Abend vorsetze.»
Sie sagte es ganz fröhlich; ihre Hände bewegten sich ruhig bei den gewohnten Griffen. Und dabei dachte sie: Einmal muß die Verstellung beginnen. Am besten gleich und gründlich.
Dan fuhr Vi nach Hause, als er vom Büro heimgekommen war. Vi hatte Einspruch erhoben, sie könne sich doch auch ein Taxi nehmen, aber Elizabeth lachte sie aus. «O Vi! Meinst du wirklich, ich werde alle fünf Minuten ohnmächtig, sobald man mich alleinläßt? Dan soll dich nur nach Hause fahren!»
Als der Wagen vor dem Appartementhaus hielt, sagte Vi: «Dan, dieses Mädchen hat Mut für drei. Es ist durchaus möglich, daß sie mit ihrer Tapferkeit und ihrer Kraft doch noch damit fertig wird. Gib die Hoffnung nicht auf!»
Er sah sie an, ohne zu antworten. Sie drückte ihm liebevoll die Hand und stieg aus.

Während der folgenden zwei Wochen zweifelte Elizabeth manchmal, ob sie es durchhalten könne. Wenn Dans wahres Ziel darin bestand, sie verrückt zu machen, dann hatte er jetzt mehr Aussicht auf Erfolg als je. Sie spürte selbst, wie die ständige Anspannung an ihr zehrte und ihre seelische Verfassung sich ständig verschlechterte. Ein paarmal kam es zu hysterischen Ausbrüchen; sie waren so heftig und unerwartet, daß ihr klar wurde, wie rasch sie dem Zusammenbruch entgegentrieb. Es geschah das erstemal, als die Teekanne nicht zu

finden war, bis Dan sie schließlich auf dem Rücksitz des Autos entdeckte. Er lachte darüber, aber Elizabeth brach in Tränen aus: sie schlug nach ihm und schrie, sie habe die Kanne nicht dorthin getan, sie habe es nicht getan. Dan bändigte sie schließlich mit Gewalt. Er hielt ihr mit der einen Hand beide Arme hinter dem Rücken fest und preßte ihr die andere auf den Mund.
Nach einer Minute war dieser Anfall vorüber, aber sie war zutiefst erschüttert und bestürzt davon. Wenn sie so plötzlich ihre Selbstbeherrschung verlieren konnte, dann konnte sie Dan auch einmal etwas ins Gesicht schreien, was sie verriet.
Er fühlte, daß die Spannung in ihrem Körper nachließ und gab sie frei. «Verzeih, aber es mußte sein», sagte er und führte sie zur Couch. «Komm, es ist besser, wenn du dich jetzt eine Weile hinlegst.»
Sie schüttelte den Kopf und sah ihn nicht an. «Ich bin wieder ganz ruhig. Entschuldige, daß ich so eine Szene gemacht habe.»
«Ist ja auch meine Schuld. Ich wollte dich nicht aufziehen wegen dieser dummen Teekanne. Ich hab mir wirklich nichts dabei gedacht, als ich lachte», meinte er versöhnlich.
Wirklich nicht? dachte sie bitter. Jedenfalls nichts Schlimmeres als du dir sonst immer denkst, wenn du mir deine teuflischen Streiche spielst.
Laut sagte sie: «Natürlich nicht. Ich bin eben zerfahren.»
Zum zweiten hysterischen Ausbruch kam es ein paar Tage später in der Stadt, wo sie Einkäufe machte. Sie ging über einen Zebrastreifen und von hinten kam ein Auto – nahe, aber nicht gefährlich nahe. Sie hatte den Wagen nicht kommen hören; sie bemerkte ihn erst, als er schon hinter ihr war. Sie schrie auf und rannte die letzten Schritte auf den Fußsteig zu, stürzte sich durch die Menge der Passanten und stieß dabei auf einen bulligen Mann im Overall, der sie festhielt.
«Hoppla, Lady! Was'n los?»
«Er hat mich beinahe überfahren! Er wollte mich umbringen!» schluchzte sie. Und merkte gar nicht, daß schon mehrere Leute stehenblieben und sie anstarrten.
«Wer?» fragte der Mann im Overall.
«Ich weiß nicht. Der Mann da vorne im Auto.»
«Na, na, na! So nahe ist der ja gar nicht an Sie rangefahren. Da sind Sie bloß erschrocken, weil sie ihn nicht gesehen haben.

Nun regen Sie sich mal nicht mehr auf!» besänftigte sie der Mann vernünftig.
Sie versuchte, sich von ihm loszureißen, aber er hielt sie mühelos mit seinen großen Händen fest. «Lassen Sie mich los! Lassen Sie mich gehen!» Ihre Stimme wurde schrill und laut. «Er wollte mich umbringen.»
Ein Teenager in roter Bluse und engen schwarzen Hosen sagte gleichgültig aus der umstehenden Menge heraus: «Entführung am hellichten Tage! Mensch, in dieser Stadt wird's ja immer lustiger.»
Der wuchtige Mann schüttelte Elizabeth plötzlich heftig. «Jetzt hören Sie aber auf damit! Der Wagen war doch noch einen Meter von Ihnen weg. Quatschen Sie keinen Unsinn, verstanden?»
Das hysterische Schluchzen ließ nach. Einen Augenblick später hob sie den Kopf und sah den Mann an. Er nickte und ließ sie los.
Sie atmete tief ein und sagte unsicher: «Entschuldigen Sie, bitte. Ich weiß nicht, was über mich gekommen ist. Ich ... mir war nicht gut, und die Sache hat mich ganz aus der Fassung gebracht. Bitte, es tut mir leid ...»
«Schon gut, Lady!» sagte der Mann.
Sie hatte ihre Einkaufstasche fallen lassen. Jemand hob sie auf und gab sie ihr wortlos. Sie bedankte sich. Ihr war vor Verlegenheit fast körperlich übel.
«Geht's wieder?» fragte der große Mann. «Sehen Sie mal, da vorne, zwei Häuser weiter, ist eine Kneipe. Ich an Ihrer Stelle würde jetzt erstmal einen Schnaps trinken.»
Die Zuschauer zerstreuten sich. Der Mann tippte an den Mützenschirm und ging. Elizabeth fühlte sich plötzlich zum Umsinken müde. Aber sie setzte ihren Weg mechanisch fort; erst einige Häuserblocks weiter nahm sie ein Taxi.
Auf der Heimfahrt fiel ihr ein, daß Dan und sie heute abend bei Mary eingeladen waren. Am liebsten wollte sie nicht hingehen. Seit Marys Besuch in der Privatklinik von Dr. Barrow, wo sie den unglücklichen Anlauf genommen hatte, ihr alles zu erzählen, war das Verhältnis zwischen ihnen nicht mehr so zwanglos. Die anderen bemerkten es nicht, aber die Schwestern wußten es. Sie hatten sich nichts mehr zu sagen. Das einstige Vertrauen war dahin und an seine Stelle war Vorsicht getreten. Trotzdem war es noch besser, bei Mary und Laurie zu sein, als

den Abend mit Dan allein zu verbringen. Ausgehen und Gäste zu haben war schwierig; aber allein mit Dan zu sein und das Gesicht zu wahren, das war ungleich schlimmer.

Sie saßen vor dem Dinner im Wohnzimmer zu einem Aperitif; Mary und Laurie, Elizabeth und Dan und ein junges Ehepaar, Bekannte des Hauses. Dan bemerkte, daß das Zimmer neu gestrichen war. «Sieht prächtig aus!» lobte er.
«Danke!» sagte Mary. «Hat Laurie selbst gemacht. Ja, dieser Mann ist eine richtige praktische Erwerbung. Deshalb habe ich ihn auch geheiratet.» Die beiden lächelten sich an, die anderen lachten.
«Es muß eine Art Anstreichfieber in der Luft liegen», meinte Dan. «Wir haben auch den Maler bestellt. Übrigens, Lib», setzte er zu seiner Frau gewandt hinzu, «ich hab ihn heute angerufen. Er kommt nächsten Montag, mit drei Mann. Da werden sie am Mittwoch fertig werden.»
«Ist gut.»
Sie fühlte sich seltsam losgelöst, als stünde sie wie eine Kamera in einiger Entfernung: Mary und Laurie, glücklich und fest in ihrem Leben verwurzelt, unterhielten ihre Gäste. Der kleine Ian durfte vor dem Zubettgehen noch ein wenig im Zimmer sein; er spielte mit einem kleinen Lastauto auf dem Boden. Die Cannings, ein gescheites, nettes junges Ehepaar. Dan, der blendend aussah wie immer und angeregt plauderte. Was geschähe, wenn sie plötzlich allen verkündete, was sie über ihn wußte? Die Cannings würden lachen und das Ganze für einen Scherz halten — oder hatte Mary sie schon vorgewarnt? Mary und Laurie wären einen Augenblick wie gelähmt und würden dann eiligst die Situation zu überspielen suchen. Und daraufhin sähen die Cannings, peinlich berührt, zu Boden ... Und Dan?
Jetzt bemerkte Elizabeth erst, daß der kleine Ian vor ihr saß und zu ihr aufschaute. Er schob mit einer Hand sein Lastauto auf dem Boden herum und redete dabei auf seine Tante ein.
«Verzeih, Ian, ich habe gar nicht zugehört. Was hast du gesagt?»
«Ob du immer ...» Er brach ab, als er spürte, daß er mit seinem Spielzeug gegen etwas stieß. Elizabeth fühlte eine scharfe Metallspitze an ihrem Knöchel und gab dem Spielzeug unwillkürlich einen Stoß.

«Entschuldige, Tante Lib», sagte Ian bestürzt. «Ich wollte dir nicht weh tun.»
«Das weiß ich doch, Schätzchen. Es macht ja nichts.» Der aufgekratzte Knöchel blutete ein bißchen; Elizabeth bückte sich, um das Blut mit ihrem Taschentuch abzutupfen.
Als Mary es bemerkte, rief sie: «O Ian, hast du Lib mit dem Lastauto angestoßen? Entschuldige, Lib! Dein Strumpf ist kaputt! Ich kaufe dir morgen ein neues Paar!»
«Ach, das ist doch überhaupt nicht der Rede wert. Untersteh dich!»
«Du mußt aufpassen, was du tust, mein Sohn!» tadelte ihn Laurie ärgerlich.
«Ich wollte es doch gar nicht tun!» verteidigte sich Ian; er war dem Weinen nahe.
«Schon gut, mein Kind, das wissen wir», sagte Laurie. «Aber das nächstemal bist du vorsichtiger! Auf jeden Fall ist es jetzt Zeit, daß du zu Bett gehst, nicht wahr?»
Elizabeth strich Ian über den Kopf und wünschte ihm eine gute Nacht. Und Ian trottete aus dem Zimmer, nachdem er sich bei allen verabschiedet hatte.
Als sie viel später nach Hause fuhren, sagte Elizabeth unvermittelt zu Dan: «Du, wenn die Maler kommen — ich will nicht allein mit ihnen im Haus bleiben.»
Er wandte den Blick von der Straße und sah sie kurz an. «Hm, wenn du meinst, dann müssen wir irgendeine Lösung finden. Aber wozu denn eigentlich?»
Weil es dir wieder eine großartige Gelegenheit gäbe, mir irgend etwas Verrücktes anzuhängen. Ich kann mir gut vorstellen, daß die Maler etwa eines Morgens eine knallrote Wand vorfinden, die eigentlich taubengrau werden sollte — und daß niemand außer mir für diese Wahnsinnstat in Frage kommt.
Und sie sagte: «Weil ich Angst habe, etwas Dummes anzustellen.»
«Ja, ich versteh», erwiderte Dan mild, wie man mit einem störrischen Kind redet. «Vielleicht kann Vi bei dir bleiben.»
«Vi fliegt doch am Donnerstag nach Neuseeland.»
«Ah, das habe ich ganz vergessen. Da wird es ihr natürlich schlecht passen. Aber, Liebling, was solltest du denn schon tun, wenn die Maler arbeiten? Und warum sollte ausgerechnet da etwas passieren?»
«Ich bleibe nicht in der Wohnung, Dan. Allein nicht.»

Er schwieg; schließlich sagte er: «Gut, dann reden wir eben doch mit Vi. Vielleicht läßt es sich doch noch irgendwie einrichten.»
Als sie nach Hause kamen und Elizabeth ihre Handtasche aufmachte, entdeckte sie etwas, was sie nur zu sehr darin bestärkte, so vorsichtig wie möglich zu sein. Und Vi erklärte sich auch gern bereit, zu kommen, als Elizabeth sie am darauffolgenden Morgen anrief. Sie konnte alle Reisevorbereitungen vorher treffen.
Am Nachmittag, als Dan vom Büro heimkam, fuhr er mit Elizabeth zu Mary. Er hatte ihr angeboten, allein hinzufahren, weil es für sie leichter sei, wenn *er* Mary alles erklärte. Aber da hatte sie sich heftig widersetzt. «Ich will es ihr selbst sagen!» beharrte sie. Dann bekommt sie wenigstens keine entstellte Fassung vorgetragen, dachte sie.
Erst auf der Fahrt kam ihr der Gedanke, daß selbst das vergeblich sein konnte. Woher weiß ich, ob Dan nicht manchmal Mary anruft und ihr sonderbare Geschichten über mich erzählt? Mary würde ihm glauben. Sie hält mich für geistesgestört. Alle halten mich dafür, sogar die Ärzte. Wenn nicht einmal Dr. Barrow die Wahrheit erkannte, wie sollte dann *sie* jemanden überzeugen können? War sie nicht hoffnungslos gefangen in diesem Lügengewebe?
Mary riß vor Überraschung die Augen weit auf, als sie öffnete. Gleich darauf tauchte hinter ihr Ian auf.
«Hallo! Ihr?» Sie sah, wie blaß Elizabeth war, und fragte sofort: «Ist etwas? Kommt doch rein!»
«Nein, wir wollen gar nicht erst reinkommen, Mary.» Elizabeth war ganz ruhig. «Du mußt für Laurie das Essen richten, wir würden dich nur aufhalten. Wir sind nur gekommen, um dir das da zu geben.»
Sie öffnete ihre Handtasche und gab Mary ein kleines Lastauto, das fast genauso aussah wie das, mit dem Ian am Abend zuvor gespielt hatte. Als sie Marys verständnislosen Blick sah, fuhr sie ebenso ruhig fort: «Ich habe Ians Lastwagen in meiner Handtasche gefunden, als wir gestern nach Hause kamen. Ich muß ihn wohl zerbrochen und die Stücke in meine Tasche gesteckt haben. Natürlich kann ich mich nicht mehr daran erinnern.» Sie schaute zu Ian hinunter, der neben seiner Mutter stand. Er blickte mit solchem Entsetzen von ihr zu Dan, daß es ihr die Kehle zusammenschnürte.

«Verzeih, Ian. Es tut mir so leid, daß ich dein schönes Lastauto zerbrochen habe. Hoffentlich hast du das, was ich dir gekauft habe, auch lieb.»
Er nickte mit großen Augen und sagte schüchtern: «Ja, danke.»
«Leb wohl, Mary. Wir wollen dich nicht länger aufhalten, und ich muß ja auch kochen.»
Vor dem Gartentor wandte sich Elizabeth noch einmal nach Mary um. Sie stand noch immer unter der Tür und drehte betroffen das Spielzeug in ihren Händen.
Auf der Rückfahrt dachte Elizabeth: Jeder merkt, daß ich verrückt bin. Sogar das Kind. Und wenn es noch lange dauert, dann wird es auch wahr. Es wird noch wahr.

11

Die Maler wurden tatsächlich am Mittwoch nachmittag fertig. Es war nichts passiert. Am Donnerstag sollte Vi nach Neuseeland abreisen. «Am besten übernachtest du heute noch bei uns, Vi», schlug Elizabeth vor «Dann brauchst du nichts mehr zum Abendessen und Frühstück einzukaufen.»
«O ja, das wäre wirklich praktisch für mich, wenn ihr beide nichts dagegen habt.»
«Dagegen haben! Es war so lieb von dir, daß du die ganzen Tage bei uns geblieben bist.»
«Ja, ich bin schon eine reizende Person!» meinte Vi fröhlich. «Aber leider muß ich nach dem Frühstück sofort nach Hause verschwinden und noch schnell die letzten Sachen packen.»
«Wenn du magst, komme ich mit und helfe dir.»
«Vielen Dank, Schätzchen, aber das kann ich schon allein. Mit meinem Urlaubsschwung...»
«Weißt du, eigentlich beneide ich dich richtig um diese Reise. Neuseeland muß herrlich sein und bestimmt hast du gutes Wetter — jedenfalls wünsche ich es dir sehr.»
«Ja, ich freue mich auch wie ein Kind auf den Weihnachtsmann», gab Vi zu. «Aber wahrscheinlich wäre es klüger gewesen, die ganze Strecke zu fliegen und nicht von Sydney ab mit dem Schiff zu fahren. Ich fürchte, ich eigne mich gar nicht für die christliche Seefahrt. Aber die Prospekte der Schiffsgesellschaften waren so verlockend: braungebrannte Blondinen auf

dem Sonnendeck von reizenden Männern umschwärmt ... In Wirklichkeit wird es trostlos regnen und ich werde, grün und gelb im Gesicht, in meiner Koje kauern, und der einzige Mann weit und breit wird ein achtzehnjähriger Steward mit Pferdezähnen sein.»
Vis Besorgnisse wegen der vier Tage dauernden Schiffsreise verstärkten sich am nächsten Morgen noch, als sie mit einer leichten Magenverstimmung erwachte.
«Laß mich doch mitkommen und dir helfen!» sagte Elizabeth beim Frühstück.
«Unsinn, Liebchen, ich bin doch ganz gesund! Wenn du erst anfängst mich zu bemuttern, komme ich mir vor wie eine kränkliche Oma und die Aussicht auf Sonnendeck und nette Männer nützt auch nichts mehr.»
«Aber ich könnte dich doch wenigstens nach Hause bringen, auf dem Weg ins Büro», erbot sich Dan.
«Dann kommst du zu spät zum Dienst. Nein. Ich habe ein Taxi bestellt.»
Dan zuckte die Achseln. «Du warst schon immer eine sehr unabhängige Persönlichkeit, nicht? Elizabeth», setzte er hinzu, während er Hut und Aktentasche nahm, «gib doch Vi etwas von unserem Magenmittel. Dieses kreidige Pulver — du kannst ihr das ganze Fläschchen geben, wir können es uns ja wieder besorgen. Das ist ein ausgezeichnetes Medikament.»
«Eine gute Idee!» sagte Elizabeth. «Weißt du zufällig, wo wir's haben?»
«Nein, aber wahrscheinlich im Bad, wenn noch eins da ist. Auf Wiedersehen und gute Reise!» Er küßte Vi flüchtig auf die Wange. «Hoffentlich wirkt das Mittel.» Damit verließ er das Haus, und Elizabeth ging ins Bad und sah im Arzneischränkchen nach. Aber ausgerechnet das gesuchte Mittel fand sie nicht.
«Nur die Ruhe!» sagte Vi «Ich lasse den Taxifahrer auf dem Heimweg vor einer Apotheke halten.»
«Aber du würdest Zeit sparen, wenn ich unser Pulver fände. Und es hilft wirklich sehr gut. Warte — wir heben im linken Küchenschränkchen Aspirin und so was auf, da könnte es noch sein.»
Es war da. Sie nahm es aus dem Schrank und hielt es gegen das Licht. «Leider nicht mehr viel», sagte sie. «Da auf dem Schildchen steht: zwei Eßlöffel, in Wasser aufgelöst. Willst du's nicht gleich nehmen?»

«Lieber nicht mehr, Lib. Ich hörte gerade das Taxi vorfahren. Aber ich verspreche dir hoch und heilig, daß ich das Pülverchen gleich zu Hause nehme. Auch wenn es noch so greulich schmeckt. Und vielen Dank für alles, mein Schatz!»
«O Vi, wenn du noch eine Sekunde Zeit hast, mir fiel eben was ein. Lauf raus, damit dir der Taxifahrer nicht wegfährt! Ich hole inzwischen schnell unsere Reisetabletten aus dem Bad, die sind auch für Magenverstimmungen gut.» Schon im Hinausgehen rief sie noch zurück: «Und laß den Koffer stehen, ich trag ihn dir raus.»
«Quatsch! Erstens bin ich keine alte Tante und zweitens kann das der Taxifahrer machen.»
Elizabeth fand die Tabletten, steckte rasch einige in einen Umschlag und brachte sie Vi ans Auto. «Die reichen für zwei Tage. Auf dem Schiff bekommst du dann sicher welche, wenn du noch mehr brauchst. Aber hoffentlich brauchst du's nicht. Dreimal täglich eine Tablette. Ich rufe dich noch an, bevor du zum Flughafen fährst. Wann wird das sein?»
«Gegen elf. Und nun mach dir keine Sorgen mehr um mich.» Sie umarmte Elizabeth zum Abschied, dann fuhr das Taxi weg.
Elizabeth sah ihm nach, bis es um die Ecke bog. Dann ging sie langsam ins Haus zurück. Drei Tage lang war es von fröhlichem Leben erfüllt gewesen; die Maler hatten gearbeitet, und Vis ansteckender Optimismus hatte sie alles Unheilvolle vergessen lassen. Und nun schien es plötzlich wieder lebendig, ja verkörpert in diesem stillen Haus.
Sie wusch das Frühstücksgeschirr ab und machte die Küche sauber. Dann ging sie bedrückt und unruhig überall herum; sie tat dies und das, lauter unnötiges Zeug. Sie sah auf die Uhr. Noch eine Stunde, bis Vi zum Flughafen fuhr. Plötzlich entschloß sie sich, die Zeit bis zum Anruf mit einem Spaziergang auszufüllen. An der Haustür fiel ihr ein, daß sie die Geldbörse mitnehmen könnte, falls sie im Laden an der Ecke vielleicht etwas kaufen wollte.
Sie ging ins Schlafzimmer zurück und machte die Nachttischschublade auf, wo sie ihre Geldbörse aufbewahrte. Da lag ein leeres Fläschchen, in dem Schlaftabletten gewesen waren. Komisch, dachte sie flüchtig, ich hätte geschworen, ich hätte das Fläschchen vor ein paar Tagen weggeworfen. Sie nahm es mit in die Küche und warf es in den Mülleimer. Auf dem Weg zum

Gartentor entdeckte sie, daß die Rosen am Zaun schon ein paar Blüten hervorstreckten.
Nach ein paar Schritten blieb sie unvermittelt stehen. Natürlich habe ich das leere Fläschchen weggeworfen. Die Rosen ... Als die Rosen in der Vase im Eßzimmer welkten, warf ich sie in den Mülleimer, und das leere Fläschchen obendrauf.
Sie wandte sich um und ging wieder zum Haus zurück. In ihren Füßen lag es wie Blei. Ihr Schritt wurde erst rascher, als plötzlich etwas wie ein Warnruf sie durchzuckte. Als sie ins Schlafzimmer kam, rannte sie schon. Sie riß die Schublade auf und durchsuchte in fliegender Hast den ganzen Inhalt. Sie mußte sich dazu zwingen, jedes einzelne Stück ordentlich aufs Bett zu legen; dann nahm sie jeden Gegenstand noch einmal in die Hand und legte ihn in die Schublade zurück.
Sie setzte sich aufs Bett. Ihr Herz klopfte so schwer, daß die Brust weh tat; das Echo des Herzschlages dröhnte ihr in den Ohren.
Es gab keinen Zweifel. Gestern abend war noch ein volles Fläschchen mit Schlaftabletten in der Schublade gewesen. Und sie hatte nur eine Tablette genommen. Eben vorhin hatte sie das leere Fläschchen herausgenommen und in den Mülleimer geworfen.
Sie saß reglos am Bettrand. Sie war in einem unsichtbaren Netz gefangen und wußte nicht, wie sie entkommen sollte. Sie wußte nicht, was sich über ihrem Kopf zusammenzog. Aber es mußte etwas Schreckliches sein. Denn in diesem Fläschchen waren genug Tabletten, um einen Menschen zu töten.
Sollte also der letzte Akt ein Mord sein? Sollte sie diesmal sterben — zweifellos durch einen zweiten «Selbstmordversuch»? Aber, wenn er *sie* umbringen wollte, warum hatte er es dann nicht schon beim erstenmal getan? Auch damals hatte er bereits alles so gut vorbereitet, daß ihm jeder seine Version abgenommen hätte. Nein, ein untrügliches Gefühl sagte ihr, daß er ihre vorgetäuschte Geisteskrankheit nur benutzte ...
Und plötzlich erkannte sie seine wahre Absicht. Jäh und grell, wie ein Blitz die Dunkelheit des Nachthimmels zerreißt, erkannte sie die Wahrheit.
Mehr stolpernd als laufend stürzte sie ans Telefon und wählte Vis Nummer. Sie hörte das Läuten des Apparates in Vis Wohnung, immer wieder, in abgemessenen Abständen, und zwang sich, zu warten. Vielleicht war Vi gerade im Bad und

mußte sich erst noch etwas überziehen, ehe sie ans Telefon im Wohnzimmer ging. Schließlich legte sie den Hörer auf und sah im Telefonbuch nach, ob sie nicht in der Aufregung die falsche Nummer gewählt habe. Sie wählte noch einmal; langsam, und Zahl für Zahl. Der Apparat in Vis Wohnung summte. Aber es kam keine Antwort.
Sie sah auf die Uhr. Vi war noch nicht zum Flugplatz gefahren. Rasch wählte sie Dr. Westons Nummer. «Lieber Gott, ich bitte dich, laß Mike da sein!» betete sie laut.
Die Stimme seiner Sprechstundenhilfe meldete sich; sie war kühl und forsch: «Hier Praxis Dr. Weir — Dr. Weston. Guten Morgen!»
«Kann ich Dr. Weston sprechen, es ist dringend ...»
«Dr. Weston ist im Augenblick sehr beschäftigt, kann ich etwas ausrichten, Madam?» Sie war es seit langem gewohnt, mit hysterischen Patienten umzugehen, die manchmal in Wirklichkeit gar keinen Arzt brauchten.
Elizabeth kämpfte gegen die aufsteigende Panik an. «Bitte», sagte sie noch einmal eindringlich, «bitte rufen Sie Dr. Weston ans Telefon. Mrs. Elton möchte ihn sprechen. Bei uns ist jemand schwer krank.»
Das Mädchen hörte die Angst aus Elizabeths Stimme. «Bleiben Sie bitte am Apparat, ich rufe Dr. Weston.»
Gleich darauf hörte sie Mikes klare, ruhige Stimme. Es war Elizabeth, als sei sie das einzig Vernünftige auf der Welt. «Hallo, Mrs. Elton? Ist etwas nicht in Ordnung?»
«Ich fürchte. Bitte, können Sie sofort in Vis Appartement kommen?»
«In wessen Appartement?»
«Vis — Vi ist Dans Stiefmutter. Können Sie sich die Adresse notieren?» Sie nannte ihm Straße, Haus- und Wohnungsnummer «Wahrscheinlich ist die Tür abgeschlossen. Holen Sie den Hausmeister oder sonst wen oder brechen Sie das Schloß auf — irgendwas. Aber bitte, beeilen Sie sich!»
«Einen Augenblick noch, Mrs. Elton», sagte er schnell, als fürchte er, sie könne einhängen. «Bitte, behalten Sie jetzt die Nerven! Was fehlt Ihrer Schwiegermutter denn?»
«Ich weiß es nicht. Sie geht nicht an den Apparat. Ich glaube, daß sie eine gefährliche Dosis Schlaftabletten genommen hat.»
Am anderen Ende der Leitung rührte sich nichts. Elizabeth

dachte: Er überlegt, wie weit er sich auf meine Äußerungen verlassen kann ...

«Aber – wie, um Himmels willen, kommen Sie denn auf diesen Gedanken, Mrs. Elton?»

Seine Frage senkte sich wie ein schwarzer Vorhang über sie. Plötzlich fühlte sie nichts mehr; weder Panik noch Grauen. Ihre leise Stimme klang schrecklicher als ein Schrei: «Weil ich meine, daß ich sie ihr gegeben habe.»

Der Ton ihrer Stimme entsetzte ihn fast noch mehr als der Inhalt der Worte. Einen Augenblick stand er wie erstarrt, dann sagte er: «Ich fahre sofort hin. Bleiben Sie zu Hause, Mrs. Elton! Ich rufe Sie an, sobald ich Ihnen etwas berichten kann.»

Er legte auf, riß das Blatt mit der Adresse aus seinem Notizblock und gab es seiner Sprechstundenhilfe. «Rufen Sie die Polizei an, Jean. Sagen Sie, ich hätte einen Anruf bekommen, weil eine Frau eine Überdosis Schlaftabletten eingenommen hat. Sie sollen dorthin kommen und mir die Wohnung aufbrechen. Und sagen Sie, daß es eilt», setzte er hinzu, während er schon nach seiner Tasche griff. «Aber machen Sie die Leute auch darauf aufmerksam, daß sich das ganze Unternehmen als unnötig herausstellen kann. Nicht, daß sie mir dann Mordsscherereien machen.»

Er biß die Zähne aufeinander. «Und beten Sie, daß es unnötig ist. Beten Sie zu Gott, daß es unnötig ist.»

Es war halb zwölf Uhr, als das Telefon auf Dans Schreibtisch klingelte. Er hob mechanisch ab; seine Gedanken waren noch ganz bei der Arbeit. «Elton, Hauptbuchhalter.»

«Mr. Elton, hier ist Dr. Weston.»

Sofort galt Dans ganze Aufmerksamkeit dem Telefon. «Ja?»

«Ich muß Ihnen leider eine sehr beunruhigende Mitteilung machen», sagte Weston. Seine Stimme war unpersönlich. Und plötzlich spürte Dan: Der Mann mag mich nicht.

«Vor kurzem wurde ihre Stiefmutter bewußtlos und in lebensgefährlichem Zustand – offenbar vergiftet – in ihrer Wohnung aufgefunden. Ich spritzte ein Gegenmittel und ließ sie unverzüglich ins Krankenhaus bringen. Dort stellte man fest, daß sie eine Überdosis eines Giftes genommen hat, das auch in den Schlaftabletten Ihrer Frau enthalten ist. Ihre Stiefmutter ist schwer krank, aber dank der sofortigen Behandlung kommt sie

nach menschlichem Ermessen durch. Selbstverständlich ist sie noch bewußtlos; Sie können sie jetzt nicht besuchen. Aber Ihre Frau hat einen schweren Schock erlitten, und ich möchte Ihnen den dringenden Rat geben, sofort zu ihr nach Hause zu fahren. Ich glaube, man darf sie jetzt nicht allein lassen.»
Nach einigen Sekunden des Schweigens kam es niedergeschmettert vom anderen Ende: «Ja.» Und dann: «Aber – ich verstehe nicht – Sie sagten, Sie hätten Vi in ihrer Wohnung ...»
«Ich bin gewaltsam eingedrungen. Mit Hilfe der Polizei.»
«Aber wieso? Woher konnten Sie wissen – ich meine, wissen, daß Vi Gift genommen hatte? Und wozu die Polizei?»
Der Arzt zögerte einen Augenblick. «Ihre Frau hat uns alarmiert, Mr. Elton. Sie rief Ihre Stiefmutter an und bekam keine Antwort.»
«Und wie kam sie auf den Gedanken, Vi könnte krank sein, wenn sich niemand am Telefon meldet?» fragte Dan scharf.
«Das weiß ich auch nicht», entgegnete Mike gedehnt. «Als sie mich anrief, sagte sie, sie befürchte, Mrs. Elton habe eine Überdosis Schlaftabletten genommen. Auf meine Frage, wie sie zu dieser Befürchtung komme, sagte sie: ‹Weil ich meine, daß ich sie ihr gegeben habe.›»
Dan sah sehr nachdenklich aus, als er den Hörer auflegte.
«Ist etwas los, Mr. Elton?» fragte Miss Bollington, die aus dem Vorzimmer hereinkam.
Er starrte sie an und stand auf. «Nein. Das heißt, ja. Ich muß sofort nach Hause, Miss Bollington – ein Krankheitsfall in der Familie. Ich komme später wieder, wenn es nicht allzu schlimm ist – also, wenn ich kann.»
«Heute nachmittag ist die Besprechung mit Mr. Frith.»
«Ja, ja, ich weiß. Hoffentlich bin ich rechtzeitig zurück.»
Er ging zur Tür und merkte auf einmal, daß er den Aktendeckel mit den Papieren noch in der Hand hatte, an denen er vor Westons Anruf gearbeitet hatte. Er drückte ihn der überraschten Miss Bollington in die Hand und rannte zur Tür hinaus.
Er parkte den Wagen vorm Haus und lief mit großen Schritten über den Gartenweg. Elizabeth saß neben dem Telefon. Als er hereinkam, drehte sie sich nach ihm um. Er hatte damit gerechnet, ihrem Gesicht ablesen zu können, ob sie die Wahrheit vermutete. Aber sie sah ihn völlig ausdruckslos an.
Sie fühlte nur noch Leere. Ihr war, als würde sie ewig so neben

dem Telefon sitzenbleiben. Daß er kommen würde, hatte sie gewußt. Mike Weston hatte ihr gesagt, daß er ihn darum bäte. Und ihr Selbsterhaltungstrieb war stark genug, daß sie schon eine Version gefunden hatte, die sie ihm auftischen konnte.
«Ich warte auf einen Anruf von Dr. Weston. Er versprach mir, mich sofort zu verständigen, sobald er etwas Genaues über Vis Zustand weiß», erklärte sie ihm.
«Ja.» Er legte seinen Hut auf einen Stuhl. «Elizabeth, warum hast du eigentlich Dr. Weston angerufen, nur weil Vi nicht ans Telefon ging?»
Sie sah ihn nicht an; sie wußte auch so, daß er sie beobachtete. Ich muß vorsichtig sein, dachte sie. Ich muß meine Sache richtig machen. «Als ich meine Geldbörse aus der Nachttischschublade holte, entdeckte ich, daß mein Fläschchen mit den Schlafmitteln leer war. Ich wußte nicht mehr, wieviel noch drin gewesen waren, aber daß es noch nicht ganz leer gewesen war, wußte ich. Und da fiel mir auf einmal wieder ein, daß ich Vi vor ihrer Abfahrt einige Tabletten in einem Umschlag mitgegeben hatte. Ich sagte ihr, daß wir noch Reisetabletten hätten, und die seien auch gut gegen Magenverstimmungen. Wenn sie etwa acht oder neun davon nehme...»
Sie mußte sich sehr konzentrieren, um ihre Geschichte glaubwürdig zu formulieren. Wenn sie ihn jetzt noch einmal überzeugen konnte, hatte sie zumindest Zeit gewonnen.
«Es ging alles so überstürzt, weil das Taxi schon wartete, und — nun, du weißt ja, daß ich oft seltsame Sachen mache. Hinterher, als ich das leere Fläschchen fand, da kamen mir Bedenken, ob ich Vi nicht statt der Reisetabletten Schlaftabletten gegeben hatte. Ich rief sie an und als sich niemand meldete, bekam ich immer mehr Angst. Ich wußte, daß sie noch zu Hause sein mußte. Schließlich war ich schon halb verrückt vor Angst — auf die Idee, daß sie auch auf einen Sprung zu einer Nachbarin oder wer weiß wo gewesen sein könnte, bin ich gar nicht gekommen. Ich rief sofort Dr. Weston an.»
Dan hatte sich die ganze Zeit über nicht gerührt. Er beobachtete sie unverwandt. Und dann nickte er, und sie spürte, daß er erleichtert war. «Na, da hast du in deiner Panik also genau das Richtige getan», meinte er gutgelaunt. «Und wie wär's jetzt mit einer Tasse Tee? Ich könnte allerdings erst noch einen Schnaps auf den Schreck vertragen.» Er ging ans Barfach.
«Du auch?»

«Nein, danke.» Sie sah ihm zu, wie er sich einen starken Branntwein eingoß. Seine Stimme klang munter, und seine Bewegungen waren ruhig; nur das vollgeschenkte Glas verriet, wie groß der ausgestandene Schrecken gewesen sein mußte.
«Willst du wirklich Tee trinken?»
Er spülte das Glas hinunter. «Ja, gern. Da vergeht die Zeit schneller. Soll ich ihn machen?»
«Nein», sagte sie und stand auf. «Ich bin froh, wenn ich was zu tun habe.» Unter der Küchentür blieb sie stehen und drehte sich zu ihm um. «Sie kann immer noch sterben», sagte sie tonlos. «Und dann habe ich sie umgebracht.»
Er stand am Barfach; volle zehn Sekunden vergingen, bis er den Kopf hob und sie ansah. «Dr. Weston sagte, es bestehe begründete Hoffnung, daß Vi durchkommt. Und — schlimmstenfalls wäre es doch — ein Versehen.» Plötzlich lächelte er und ging auf sie zu. Er schüttelte sie freundschaftlich bei den Schultern. «Du bist ein Genie im Schwarzsehen, stimmt's? Und dabei bin ich ganz sicher, daß du diesmal gar keinen Grund dazu hast!»
Es sah aus, als säßen sie bei einem gemütlichen zweiten Frühstück, als das Telefon klingelte. Dan ging an den Apparat. Es war Mike Weston, der ihm versicherte, alles spräche dafür, daß Vi am Leben bleibe. Aber ihr Zustand sei nach wie vor so ernst, daß sie nicht vor morgen polizeilich verhört werden könne. «Mr. Elton, ich möchte Ihnen raten, Ihre Frau heute nicht mehr allein zu lassen. Ich bin ziemlich sicher, daß sie einen schweren Schock davongetragen hat.»
«Halten Sie es für richtig, wenn sie bei ihrer Schwester bleibt, bis ich abends aus dem Büro zurückkomme? Ich habe heute nachmittag eine wichtige Besprechung.»
«Ausgezeichnete Idee! Und noch etwas — Mr. Elton: Sie werden leider Besuch von der Polizei bekommen.»
«Ja», sagte Dan, «damit habe ich schon gerechnet.»
Er hatte Elizabeth kaum wiedergegeben, was Mike Weston gesagt hatte, als die Polizei kam: ein großer, verschlafen wirkender Mann in etwas verknitterter Uniform, der sich als Sergeant MacLean vorstellte. Sein Begleiter hieß Detektiv Forbes.
«Bedaure, Sie stören zu müssen», entschuldigte sich MacLean. «Es sind nur ein paar Routinefragen.» Er setzte sich auf den Stuhl, den ihm Elizabeth angeboten hatte. «Dr. Weston teilte

uns mit, Sie hätten ihn selbst verständigt, Mrs. Elton.» Er sah nachdenklich in sein Notizbuch. «Ich nehme an, daß da etwas war, was Ihren Verdacht erregte. Fürchteten Sie, Ihre Schwiegermutter trage sich mit Selbstmordabsichten?»
«Nein.» Elizabeth schüttelte den Kopf und wiederholte die Version, die sie schon Dan erzählt hatte. Sergeant MacLean kam ihr eher desinteressiert als zweifelnd vor; jedenfalls war er völlig unbeeindruckt.
«Hmm. Na ja, Irren ist menschlich. Ihre Schwiegermutter wohnte ein paar Tage bei Ihnen?»
«Ja», antwortete Dan an Elizabeths Stelle.
«Fiel Ihnen irgendwas an ihr auf? Etwa, daß sie besonders aufgeregt oder bedrückt war?»
«Ich habe nichts davon bemerkt. Aber ich bin auch kein guter Beobachter.»
«Und Sie, Mrs. Elton?»
«Nein, mir ist nichts aufgefallen.»
Der Sergeant stand auf. «Na ja, das genügt jetzt einstweilen. Sehr viel können wir sowieso nicht anfangen, bevor wir nicht mit Mrs. Elton senior gesprochen haben. Und die Ärzte sagen, daß wir frühestens morgen vorgelassen werden. Vielen Dank, Mrs. Elton — danke, Mr. Elton. Wiedersehen!» Die beiden Männer gingen.
Auf dem Weg zum Büro brachte Dan Elizabeth zu ihrer Schwester. Er hatte Mary vorher angerufen und die ganze Geschichte erzählt. Jetzt schob sie mitfühlend ihren Arm unter Elizabeths und sagte zu Dan: «Du brauchst den Umweg nicht noch mal zu machen, wenn du heimfährst. Der Wagen steht in der Garage, ich kann Lib nach Hause bringen. Wann hast du Dienstschluß?»
«Das ist lieb von dir, Mary. Ich werde so gegen sechs zu Hause sein.»
«Gut, da kommen wir dann auch.»
«Außer ...», sagte Dan plötzlich, «Lib, würdest du lieber ein paar Tage bei Mary bleiben?» Er sah sie gespannt an. «Schließlich war das eine ziemliche Aufregung für dich; vielleicht wäre ein bißchen Ortsveränderung ganz gut?»
«Nein, ich bin zwar sehr in Sorge wegen Vi, und es wäre furchtbar, wenn sie wegen meiner Achtlosigkeit —. Aber deshalb bin ich doch nicht krank oder so was. Ich möchte viel lieber heute abend wieder nach Hause.»

Ich halte es nicht mehr lange aus. Ich halte die Rolle nicht mehr lange durch, dachte sie. Aber Dan darf jetzt noch nichts merken.
Als Dan weg war, sagte Mary, als sei nichts gewesen: «Du hast bestimmt noch nichts zu Mittag gegessen!»
«Ich kann jetzt nichts essen, Mary. Danke.»
«O doch, du kannst!» widersprach Mary energisch. «Du mußt sogar, denn du siehst zum Umblasen aus. Ian ist bei einer Nachbarin, du kannst dich also in aller Ruhe nach dem Essen hinlegen.»
Elizabeth legte sich hin und schlief zu ihrem eigenen Staunen weit über eine Stunde. Als sie aufwachte, war der dumpfe Druck, der auf ihrem Gehirn gelegen hatte, gewichen. Sie empfand nur noch die verzweifelte Notwendigkeit, handeln zu müssen.
Mary kam leise herein, um zu sehen, ob sie wach sei, und schlug ihr vor, mit ihr Tee zu trinken. Während sie mit Teekanne und Tassen hantierte und Gebäck auf eine Platte schichtete, redete sie fröhlich über nichtssagende Dinge. Und Elizabeth ging auf den Ton ein; sie gab hier und da Antwort, im übrigen hörte sie meist zu. Und dachte nach. Handeln. Was sollte sie tun? Mary durfte sie nicht noch einmal einzuweihen versuchen, das wäre gefährlich gewesen. Sie hatte keine Beweise und keine Zeit, um Beweise zu sammeln.
Nach dem Tee ging Elizabeth mit Mary in den Garten und ließ sich von ihr alles zeigen, was neu angepflanzt worden war und da und dort noch gepflanzt werden sollte. Eine Freundin Marys kam zu einem kleinen Schwatz, und auch an dieser Unterhaltung beteiligte sich Elizabeth tapfer, während ihre Gedanken fieberhaft arbeiteten.
Gegen halb fünf Uhr verabschiedete sich die Freundin, und Elizabeth sagte ungezwungen: «Mary, ich glaube, ich sollte auf dem Heimweg in Vis Wohnung nachsehen. Weiß der Himmel, wie es da aussieht nach dem Durcheinander von heute vormittag. Womöglich ist noch irgendein elektrisches Gerät eingeschaltet oder ein Fenster offen oder so was. Ich bin ruhiger, wenn ich da mal nach dem Rechten gesehen habe.»
«O ja», stimmte ihr Mary arglos bei. «Das kann ich verstehen. Aber wie kommst du in die Wohnung?»
«Vi hat mir einen Schlüssel dagelassen. Du kennst sie ja. Sie meinte, vielleicht falle ihr in Sydney plötzlich ein, daß sie einen

Braten im Rohr vergessen habe, und dann brauche sie uns nur zu telegrafieren und wir könnten den Schaden beheben.»
Mary lachte laut auf. «Gute Vi! Eine großartige Frau! Ich hole nur schnell Ian zurück, dann nehmen wir ihn mit.»
«Nein, Mary. Ich wollte vorhin nur kein großes Theater machen. Aber ich kann wirklich allein heimfahren», erklärte Elizabeth ungewöhnlich selbstsicher. «Du mußt jetzt für Laurie das Abendessen machen. Ich kann doch den Bus nehmen.»
Mary sah sie besorgt an. «Aber, Lib — wir haben über — über das von heute vormittag nicht gesprochen, weil Dan es für besser hielt und ich fand, daß er recht hatte — aber du hast einen sehr aufregenden Tag gehabt. Ich meine, nach dem Schock wäre es nicht gut, wenn du allein in Vis Wohnung gingst.»
Elizabeth lachte; sie hoffte, daß dieses Lachen nicht nervös, sondern belustigt klang. «O Mary! Meinst du wirklich, ich sei so hilflos, daß ich nicht mal allein durch die Stadt fahren und mit einer laufenden Wasserleitung oder einem eingeschalteten Küchengerät fertig werden könnte? Wirklich, ihr nehmt das alles viel zu tragisch mit mir. Natürlich war ich heute vormittag geschockt», fuhr sie sachlich fort. «Natürlich erschüttert mich der Gedanke, daß ich Vi in Gefahr brachte, weil ich ihr die falschen Tabletten und eine unklare Gebrauchsanweisung gegeben habe. Aber das ist eine Tatsache, der ich doch ins Gesicht sehen kann. Es war ein Irrtum, wie er jedem bei der Eile und in der Nervosität hätte passieren können. Verstehst du? Es war durchaus *normal*. Und ich stehe *über* dieser Sache, und das ist das Wichtigste.»
«Ja», sagte Mary langsam. «Ich glaube, ich versteh dich.» Sie brachte Elizabeth zur Haltestelle. Als der Bus kam, fragte sie noch einmal ängstlich: «Lib, geht es dir wirklich wieder gut?»
Elizabeth lächelte sie an. «Selbstverständlich. Verzeih, Mary! Ich war heute kein besonders unterhaltsamer Gast. Und ich habe mich noch nicht einmal bedankt bei dir.» Sie nahm plötzlich Marys beide Hände und küßte sie. Dann drehte sie sich rasch um und stieg ein, bevor Mary ihr Gesicht sehen konnte.
Sie fuhr mit dem Bus stadteinwärts und stieg dann in einen anderen Linienbus um, der zu dem Appartementhaus fuhr. Wie langsam diese Busse waren! Natürlich lag es zum Teil an

der Hauptverkehrszeit, aber sie wünschte, sie hätte ein Taxi genommen. Doch als sie auf die Uhr sah, stellte sie fest, daß sie noch gar nicht so lange unterwegs war, wie sie angenommen hatte. Sie war zerrissen von dem Gefühl, daß etwas geschehen müsse; und sie hatte eine unbestimmbare Angst davor. In ihrem Gehirn hämmerten zwei Worte so laut, daß sie fürchtete, die anderen Fahrgäste müßten es hören: gemeingefährlich geisteskrank. Gemeingefährlich. Geisteskrank.
Der stumpfsinnige Sergeant hatte gesagt, daß man Vi morgen verhören würde. Vi würde ihnen erklären, daß sie doch nicht verrückt sei, sie habe die ganzen Reisetabletten doch nicht auf einmal genommen. Die Polizei würde Vis Wohnung durchsuchen, die Tabletten finden, und wenn sie nicht vollständig stumpfsinnig waren, auch das Fläschchen mit dem Magenmedikament. Man mußte nur den Bodensatz analysieren, um herauszukriegen, daß dies das Gift gewesen war. Eine tödliche Menge ihres Schlafmittels, zu Pulver verrieben, in dem Fläschchen mit dem Etikett einer Magenarznei — das war nicht mehr mit Achtlosigkeit, mit Bewußtseinsstörungen oder Irrtum zu erklären. Das war gemeingefährlich.
Und nur sie konnte es getan haben. Vi würde bestätigen, daß sich Dan so wenig um die Medikamente seiner Frau kümmerte, daß er nicht einmal wußte, wo sie aufbewahrt wurden. Warum sollte auf ihn ein Verdacht fallen, nach allem, was seine Frau schon angestellt hatte?
Sie mußte in Vis Wohnung! Sie mußte die restlichen Reisetabletten und das Fläschchen beseitigen. Es gab nur diese eine Möglichkeit, und undeutlich war ihr bewußt, daß sie voller Schwächen und Gefahren war. Aber sie konnte nur das eine denken: Ich muß die Beweismittel, die gegen mich sprechen, an mich bringen. Was sie danach tun sollte, wohin sie gehen sollte, wußte sie nicht. Nur eines wußte sie: Nach Hause konnte sie nicht mehr.
Sie stieg aus dem Bus an der Haltestelle, die dem Appartementhaus gegenüber lag. Es war schon spät am Nachmittag und es begann, kühl zu werden. Ein leichter Regen setzte ein, als sie vorm Haus war. Sie fuhr mit dem Lift in den neunten Stock.

12

Als der Bus verschwunden war, ging Mary langsam zum Haus zurück. Ihr war unbehaglich bei dem Gedanken, Elizabeth allein fortgelassen zu haben. Zwar schien sie sehr gefaßt, ja sogar guter Dinge gewesen zu sein, aber bei ihrer nervösen Anlage und nach dem Schock von heute morgen ... Es war wohl das beste, wenn sie Dan davon verständigte, daß Elizabeth unbedingt allein hatte fahren wollen.
Vor dem Gartentor sah sie zum Himmel und stellte fest, daß es bald regnen würde. Sie wollte vor dem Anruf doch lieber noch Ian holen, damit sie noch trocken nach Hause kamen. Aber erst mußte sie noch rasch ins Haus und nachsehen, ob Cathy noch fest schlief. Sie rechnete sich aus, daß es einige Zeit dauern würde, bis Elizabeth in Vis Wohnung kam, und daß Dan mit dem Auto immer noch schnell genug bei ihr sein würde.
Etwa eine Viertelstunde später hatte sie Ian heimgeholt und konnte Dan anrufen. Ian schlich sich auf Zehenspitzen zu seinem Schwesterchen.
Als endlich Dans Stimme vom anderen Ende der Leitung kam, sagte sie etwas beklommen: «Dan, hier ist Mary.»
«Ist was passiert?» fragte er besorgt.
«Nein, nichts Schlimmes. Aber Elizabeth wollte unbedingt allein heimfahren. Sie sagte, sie wolle noch in Vis Appartement nachsehen, ob alles in Ordnung sei. Lib war wirklich ruhig, aber jetzt mache ich mir doch ...»
«Du meinst, sie ist in Vis Wohnung?» fragte er scharf dazwischen. «Wann ist sie weg?»
«Das kann ich nicht so genau sagen», erwiderte Mary unsicher. «Vielleicht zwanzig Minuten. Machst du dir Sorgen, Dan?»
«Selbstverständlich!» brauste er auf. «Du hättest so gescheit sein sollen, sie nicht allein wegzulassen. Ich fahre sofort hin.»
Er knallte den Hörer auf die Gabel. Mary hängte langsam ein und starrte vor sich hin. Sie hatte Dan noch nie so erregt oder erschüttert erlebt.
«Wer war denn das, Mummy?» fragte Ian von der Tür her und sah sie neugierig an.
«Onkel Dan», sagte sie in Gedanken.
«Hast du auch Angst vor Onkel Dan?»
«Natürlich nicht! Was für eine dumme Frage, Schatz», erwiderte sie, ohne sich etwas dabei zu denken.

«Aber Tante Libby hat Angst vor ihm.»
«Tante Libby hat ...» Es ging wie ein Stich durch ihren Körper. «Wie kommst du denn darauf?» Sie zwang sich, ganz ruhig zu sprechen, damit er nicht argwöhnisch wurde und sich seine Antwort überlegte.
«Weil sie gesagt hat, daß sie meinen Laster kaputtgemacht hat. Das hat sie aber gar nicht. Onkel Dan hat ihn kaputtgemacht; ich habe es gesehen. Aber Tante Libby hat gesagt, daß sie es war, und da hat sie doch Angst vor Onkel Dan, nicht wahr, Mummy?»
Mary starrte ihn sprachlos an. «Ian», sagte sie schließlich ernst, «ist das auch ganz bestimmt wahr? Hast du wirklich gesehen, daß es Onkel Dan getan hat? Warum hast du das denn nicht gleich gesagt?»
«Weil doch alle sagten, daß es Tante Lib war, und da hab ich doch auch Angst gehabt, wenn sogar die Großen Angst haben vor Onkel Dan.»
«Ian, nun erzähl mal, was hast du gesehen?»
«Tante Libby kam aus dem Eßzimmer heraus und holte sich was aus ihrer Tasche. Und wie sie wieder zu euch ging, kam Onkel Dan vom hinteren Eingang herein in den Flur und ging in mein Zimmer und machte meinen Laster kaputt. Weil er gedacht hat, daß ich schon schlafe. Aber ich hab noch gar nicht geschlafen. Ich hab gesehen, wie er den kaputten Laster auf dem Flur in Tante Libbys Tasche steckte. Wie er fort war, hab ich mich rausgeschlichen und wollte mir'n wieder holen und heilmachen. Aber da hab ich gehört, daß jemand aus dem Eßzimmer gehen will, und da bin ich schnell zurück ins Bett gesprungen.»
Mary saß so stumm vor Entsetzen da, daß Ian schließlich ungeduldig fragte: «Krieg ich jetzt was zu trinken?»
«Ja, mein Schatz.» Sie hätte ihn gern noch mehr gefragt, aber sie fürchtete, ihn bloß zu verwirren. «Und nun geh ins Kinderzimmer und spiel schön mit den Bauklötzen, ich muß noch mal telefonieren.»
Ihre Gedanken gingen wild durcheinander. Zusammenhanglose Erinnerungsfetzen jagten sich. Ian konnte diese Geschichte nicht erfunden haben. Eher schon falsch aufgefaßt. Aber er hatte gesehen, wie Dan sein Spielzeug kaputtmachte. Darüber gab es keinen Zweifel. Und Elizabeth hatte die Schuld auf sich genommen. Glaubte sie selbst daran, daß sie es getan hatte

oder hatte sie wirklich Angst vor Dan? Dan war auf dem Weg zu Vis Wohnung. Und da war Elizabeth. Allein. Seltsam, diese Vorstellung erfüllte Mary plötzlich mit brennender Sorge.
Ich nehme den Wagen und fahre hin, dachte sie. Nein, das kann ich ja nicht, ich habe ja niemanden, der auf Ian und Cathy aufpaßt. Und Dan ist ja sicher längst dort. Wenn ich nur mit Laurie reden könnte, aber ausgerechnet heute kann ich ihn nicht im Büro erreichen.
Und Elizabeths Arzt, Mike Weston? Mary hatte ihn einmal flüchtig kennengelernt, aber er schien ein Mensch zu sein, mit dem man reden konnte.
Die Sprechstundenhilfe meldete sich und erklärte höflich, aber bestimmt, Dr. Weston sei gerade im Aufbrechen, er trete eine längere Reise an, und Dr. Weir übernehme seine Fälle.
«Nein, vielen Dank!» sagte Mary. «Es handelt sich nicht um einen ärztlichen Rat. Es ist mehr persönlich, aber sehr wichtig – ich meine, es ist sehr dringend. Würden Sie Dr. Weston bitte sagen, es handle sich um Mrs. Elton, Elizabeth Elton.»
Noch während sie wartete, daß Weston an den Apparat käme, dachte sie: Er muß mich für verrückt halten. Ich kann ihm nichts Bestimmtes sagen, was will ich überhaupt ...
«Ja, Mrs. Farmer? Entschuldigen Sie, aber ich habe wirklich nur eine Minute Zeit.»
«Dr. Weston, es tut mir so leid, daß ich Sie belästige ...», sie verhaspelte sich beinahe. «Aber ich mache mir solche Sorgen ...»
Mein Gott, was wollte sie denn? Sie konnte ihm doch in dieser Kürze nicht die Geschichte von Ians Lastwagen erzählen.
«Elizabeth wollte unbedingt in Vis Wohnung und da habe ich Dan angerufen, weil ich dachte –. Aber jetzt glaube ich, daß es falsch war, und daß Elizabeth Angst vor ihm hat.»
«Das ist sehr gut möglich, Mrs. Farmer. Ich hatte zwar immer den Eindruck, daß Mr. Elton sehr besorgt ist um seine Frau, aber ein seelisch Gestörter wird leicht mißtrauisch. Auch gegenüber Menschen, die ihm sehr nahestehen.» Er hielt den Hörer fest und starrte auf die gegenüberliegende Wand. Du sprichst von einer Patientin, sagte er sich immer wieder vor. Sie ist deine Patientin, eine Krankengeschichte auf einem Karteiblatt.
«Ich glaube nicht so ganz, daß sie geistig gestört ist», erwiderte Mary. «Ich – ich kann es Ihnen jetzt in der Kürze nicht erklären. Ich wollte Sie nur fragen, ob Sie es als Arzt für möglich

halten, daß Elizabeth vielleicht ganz normal ist. Sie kennen Sie doch auch außerhalb Ihrer Praxis...»
Mary konnte nicht ahnen, daß ihn diese Frage wie ein Keulenschlag traf. Den ganzen Tag schon war er wie zerschmettert von Elizabeths Mitteilung, sie habe ihrer Schwiegermutter eine Überdosis Schlaftabletten gegeben. Und nun tat er etwas, von dem er wußte, daß gerade ein Arzt es niemals tun sollte: er rettete sich in den engen Bereich seiner Kompetenzen.
So unpersönlich und sachlich wie möglich sagte er: «Mrs. Farmer, für diese Frage ist Mrs. Eltons Psychiater zuständig. Die Sprechstundenhilfe wird Ihnen Namen und Anschrift geben. Er wird Ihnen sicher gern zu einer Auskunft zur Verfügung stehen. Und nun entschuldigen Sie mich bitte, ich muß zum Flugplatz, mein Taxi wartet schon. Auf Wiederhören, Mrs. Farmer!» Er drückte den Hörer seiner Sprechstundenhilfe in die Hand. «Geben Sie, bitte, Mrs. Farmer Dr. Barrows Anschrift und Telefonnummer durch!»
Jean Lantry sah ihm nach, wie er hinausging. Er sieht elend aus, dachte sie. Richtig grau und elend seit diesem Anruf von heute vormittag.
Sie sagte Mary die gewünschten Angaben durch, und Mary bedankte sich und hängte ein. Dann saß sie da und blickte unentschlossen auf die Telefonnummer des Psychiaters. Dr. Weston zweifelte offenbar nicht an Elizabeths Krankheit. Und er hielt Dan für einen besorgten Ehemann. Er hatte recht; Dan war immer aufmerksam und geduldig mit Elizabeth gewesen. Was wog dagegen schon die Geschichte eines Fünfjährigen, die eine Woche zurücklag? Vielleicht hatte Ian alles durcheinandergebracht oder nur geträumt? Kinder verwechseln oft Traum und Wirklichkeit.

Mike bezahlte das Taxi und ging in die Flughalle. Der Fahrer brummte hinter ihm her: «Was'n dem über die Leber gelaufen? Den hätte ich wer weiß wohin fahren können, und er hätte es nicht gemerkt.»
In der Halle prüfte Mike noch einmal sein Ticket und sah, daß sein Flugzeug erst in einer Viertelstunde startete. Er stopfte sich eine Pfeife, zündete sie an und versuchte, in einer Zeitschrift zu lesen. Sein Blick fiel auf ein ganzseitiges Foto mit der Unterschrift: Die Königin besucht ein Wohltätigkeitskonzert. Elizabeth. Mrs. Farmer hatte gesagt, Elizabeth habe darauf

bestanden, allein in Violet Eltons Wohnung zu gehen. Was, zum Teufel, wollte sie dort?
Plötzlich fiel ihm ein, daß das Appartement im neunten Stock lag. Wer aus dieser Höhe ...
Schon war er auf den Beinen und beim Ausgang. Er stürmte auf ein wartendes Taxi zu und gab dem Fahrer die Adresse. «Überfahren Sie keinen, aber machen Sie so schnell wie möglich. Wenn Sie eine Anzeige kriegen, zahle ich sie.»
«So was läßt sich hören!» Der Fahrer drückte den Fuß auf den Anlasser. «Eben erst angekommen?» Er wollte ein Gespräch anfangen.
«Nein», erwiderte Mike abwesend. «Ich bin auf dem Weg nach Sydney.»
Der Fahrer lachte. «Eins zu Null für Sie! War 'ne dumme Frage, was?»
Mike wunderte sich einen Augenblick, was an seiner Antwort lustig gewesen sein sollte. Wie lange lag der Anruf von Mrs. Farmer zurück? Und wie lange war Elizabeth da schon von ihr weggewesen? Er konnte sich nicht daran entsinnen, ob Mary etwas darüber gesagt hatte. Eine Zeile aus Macbeth fiel ihm ein: «Kannst nichts ersinnen für ein krank Gemüt?» Vielleicht war der Tod noch das bessere Los für einen hoffnungslos verwirrten Geist. Aber ich bin Arzt, dachte er; mein Beruf, mein innerstes Gesetz heißt, Leben zu erhalten. Und es ist nicht irgendein Leben. Es ist Elizabeths Leben.
Er betrachtete den abendlichen Verkehr. Zum erstenmal wurde ihm bewußt, daß ihm Elizabeth Elton viel bedeutete. Und er gestand sich ein, daß er es schon lange in sich fühlte und nur zurückgedrängt hatte. Aus Angst vor dieser Tatsache hatte er weg gewollt, möglichst schnell nach Sydney. Aus derselben Angst heraus hatte er Mrs. Farmer nur mit halbem Ohr zugehört. Er schloß die Augen und versuchte angestrengt, sich an das zu erinnern, was sie gesagt hatte. Anscheinend war etwas vorgefallen, was sie beunruhigt hatte. «Ich glaube, sie fürchtet sich vor Dan», hörte er sie sagen. Aber sie hatte Dan Elton ihrer Schwester nachgeschickt; offenbar hatte sie es da noch nicht so gesehen. Und dann hatte sie Elizabeths Arzt angerufen ...
Er fluchte leise: «Du dickköpfiger Idiot!»
«Hören Sie mal, mein Guter, ich mache das Geschäft seit zehn Jahren, und ich überhole vielleicht fünfzigmal und noch öfter

an einem Tag. Außer einer Stoßstange hab ich noch nichts auf
dem Gewissen. Also regen Sie sich wieder ab. *Sie* wollten ja,
daß ich schnell fahre.»
Mike sah ihn überrascht an. «Entschuldigen Sie, ich habe auf
den Verkehr gar nicht aufgepaßt; ich hab mit mir selbst geredet. Sie machen Ihre Sache wunderbar!»
Die gute Laune des Fahrers war gerettet. «Wir sind gleich da.»

Elizabeth ging zuerst in Vis Schlafzimmer. Ihre Handtasche
lag auf dem Bett. Elizabeth machte sie auf und nahm das noch
unberührte Briefchen mit den Reisetabletten heraus. Sie steckte
es in ihre eigene Tasche. Das Medikament gegen Magenbeschwerden stand in der Küche auf dem Rand des Spülbeckens.
Sie schraubte den Verschluß des Fläschchens auf; es war leer
bis auf ein paar weiße Krümel. Aber sie sah weder das Glas,
noch den Löffel, die Vi zum Einnehmen benutzt haben mußte.
Offenbar hatte sie noch Zeit gehabt, beides zu säubern und
aufzuräumen, ehe das Mittel gewirkt hatte. Ein Gefühl der
Unruhe trieb sie rasch wieder aus der Wohnung. Doch dann
blieb sie ein paar Schritte vor der Tür stehen und überlegte,
was klüger sei: das Fläschchen auszuwaschen und stehen zu
lassen oder es einfach mitzunehmen.
Sie hörte eine Tür gehen und drehte sich blitzschnell herum.
Dan kam herein. Er zog die Wohnungstür hinter sich zu und
lehnte sich dagegen. Elizabeth starrte ihn in ungläubigem Entsetzen an.
Da stand er; lächelnd, gutaussehend, in lockerer Körperhaltung. Er federte sich elastisch ab und ging auf sie zu. «Ja, ja»,
sagte er mit mörderischer Liebenswürdigkeit. «Mary sagte, du
seist hier zu finden.»
«Mary?» flüsterte sie betäubt. «Mary schickt dich?»
«Hm.» Er setzte sich lässig auf die Lehne eines Polsterstuhls;
sprungbereit, ihr den Weg sowohl zum Telefon als auch zur
Tür abzuschneiden. «Du siehst, sie hielt es nicht für richtig,
dich hier allein zu lassen. Ich bin ganz ihrer Meinung. Was
hast du hier gemacht?» fragte er beiläufig.
Verzweifelt versuchte sie, sich zu konzentrieren, um ein letztes
Täuschungsmanöver zustande zu bringen. «Ach», erwiderte sie
mit erzwungener Ruhe, «ich wollte nur mal nachsehen, ob alles
in Ordnung ist — keine Fenster offen, Herdplatten glühend und
so was.»

«Oder ein Arzneifläschchen, das man auswaschen kann oder wegwerfen, nicht wahr? Komm, meine Liebe, wir haben unsere Rollen jetzt lang genug durchgehalten. Ich gebe zu, du hast deine sehr gut gespielt. Ich hätte nie gedacht, daß du es merkst. Wie lange weißt du es schon? Und wie bist du daraufgekommen? Würde mich interessieren, was für einen Fehler ich gemacht habe. Denn anfangs hast du doch keinen Verdacht geschöpft, oder?»
«Wie bist du hier hereingekommen?» fragte sie zurück.
«Ach so!» Er lachte. «Ich ließ zur Vorsicht einen Nachschlüssel machen. Es schien mir ganz praktisch, für alle Fälle einen Schlüssel zu haben, von dem niemand weiß. Obwohl ich natürlich nicht im Traum daran dachte, daß sich diese Nützlichkeit unter so tragischen Umständen erweisen könnte. Stell dir meinen Schmerz vor, ich stürze hier herein — zu spät! Meine reizende junge Frau hat sich bereits erhängt.»
Er blieb ruhig sitzen, aber Elizabeth wich instinktiv zurück.
«Das glaubt dir doch niemand.»
«Ach, ich weiß nicht. Ich finde eher, es wird niemanden sonderlich überraschen, wenn du endlich Schluß gemacht hast.»
Von Grauen gebannt starrte sie ihn an. «Hattest du das von Anfang an im Sinn? Mich dafür zu benutzen, um deinen Mord an Vi zu vertuschen?»
«Ja, ja.» Er entdeckte stirnrunzelnd einen Fleck auf seinem Jackenärmel und wischte darüber. «Ja, ich hatte das alles sehr sorgfältig geplant. Wirklich ein Pech, daß du mir mein Konzept so verdorben hast. Weißt du, ich hätte dich nur im Notfall belastet. Ich hätte Vi am Flugplatz ausrufen lassen und dabei natürlich gehört, daß sie gar nicht da ist. Dann hätte ich mir ein paar Stunden lang den Kopf zerbrochen, warum sie ihre Ferienreise nicht wie geplant angetreten hat und sich auch auf keinen Anruf in ihrer Wohnung meldete. Schließlich hätte mich die Sorge hierher getrieben, und ich wäre selbstverständlich geziemend entsetzt gewesen, Vi tot vorzufinden. Dabei hätte ich die Gelegenheit ergriffen und das Fläschchen ausgewaschen. Nun, natürlich wäre mit ziemlicher Sicherheit herausgekommen, daß sie an deinen Schlaftabletten gestorben sein muß, aber meinen Berechnungen nach hätte man keinen Beweis dagegen gehabt, daß es nicht doch Selbstmord war. Du warst nur als Rückversicherung gedacht, meine Liebe, falls etwas schiefgehen sollte. Mit Mord ist es so eine vertrackte

Geschichte; man kann noch so gut kalkulieren und doch einen Fehler machen — oder das Pech haben, daß jemand einen Fehler entdeckt.»
Er stand auf und steckte die Hände in die Hosentaschen. Nachdenklich rollte er die Fußballen ab. «Ich hatte das schon lange vor; aber als ich dich kennenlernte, nahm der Plan Gestalt an. Jemand, der einen Nervenzusammenbruch hatte, konnte einen guten Sündenbock abgeben. Es war eine einmalige Gelegenheit; das geistig-seelische Klima war wie geschaffen dafür. Nicht nur deine eigene Unsicherheit, was die Zurechnungsfähigkeit betrifft, sondern auch die Meinung der anderen. Du kennst doch die Leute: einmal einen Knacks — immer verrückt.»
Er wippte jetzt nicht mehr mit den Füßen. «Ich wollte dir eigentlich nicht weh tun. Es war hübsch, mit dir zu leben; in vieler Beziehung. Ja, es hat mir sogar manchmal richtig leid getan. Aber ein ehrgeiziger Mann kann sich keine Sentimentalitäten leisten. Und es hätte auch gar nicht mehr so lange gedauert, bis du gemerkt hättest, daß du mich eigentlich gar nicht liebst. Im Grund gab es schon eine ganze Weile nichts mehr, worüber wir hätten reden können. Ich habe dir eingetrichtert, dich auf mich zu verlassen, und dich an mich zu lehnen; so lange, bis du glaubtest, du könntest ohne mich nicht mehr leben. Das war deine ganze Liebe; nicht mehr. Die Illusion wäre bald verflogen.»
Er schüttelte bedauernd den Kopf. «Auch gegen Vi hatte ich nichts Persönliches. Sie ist nur eben ziemlich reich, und ich bin ihr einziger Erbe. Es wäre doch ein trauriger Reinfall gewesen, wenn sie noch mal geheiratet hätte. Aber selbst wenn sie das nicht getan hätte; sie lebt vermutlich noch lange, und ich bin nun mal kein geduldiger Mensch. Jetzt habe ich dir einen richtigen Vortrag gehalten, dabei gibt es viel Wichtigeres.»
Er riß die Hände so plötzlich aus den Taschen und sprang auf sie zu, daß sie sich vor Schreck gar nicht rühren konnte. Sie sah gerade noch, daß er eine lange Schnur in der Hand hatte, dann packte er sie auch schon, und sie wehrte sich wie rasend. Plötzlich schien seine Aufmerksamkeit abgelenkt. Sein Griff lockerte sich. Sie wand sich verzweifelt und befreite sich. Ihr Blick fiel auf das offene Küchenfenster. Eine vage Erinnerung an die Feuerleiter stieg in ihr auf. Blindlings stürzte sie sich ans Fenster und zog sich hinaus. Draußen krallte sie sich am Fen-

sterrahmen fest und zog sich daran empor. Sie stand auf dem äußeren Fensterbrett und starrte ungläubig in die Tiefe. Noch glaubte sie ein Trugbild zu sehen, das die schwache Beleuchtung in der sich verdichtenden Dunkelheit des Spätnachmittags ihr vorgaukelte. Aber es war kein Trugbild.
Es gab sicher eine Feuerleiter; aber nicht vor diesem Fenster. Da war nichts außer einem fußbreiten Betonsims und ein schwindelnder Abgrund von neun Stockwerken.
Ihr war elend von dem Gefühl geballter Leere, wie sie nur der Schwindel erzeugt; sie preßte sich mit dem Rücken gegen die Hausmauer. Die Gefahr, die sie hinter sich wußte, hatte sie zu etwas befähigt, was sie unter normalen Umständen nie gewagt hätte. Aber Dan konnte sie immer noch ohne Mühe erreichen. Langsam schob sie sich am Gesimsband entlang gegen die Ecke des Hauses zu. Wenn er sich am Rahmen festhielt und auf das äußere Fensterbrett kniete, konnte er sie auch hier noch hinunterstoßen. Sie stand da und sah auf die Lichter der Stadt hinab. Sie fühlte die Kälte der Hausmauer unter ihren Handflächen. In ein paar Minuten oder Sekunden würde sie sterben. Und niemand in diesem Haus, in dieser Stadt da unten wäre davon auch nur im geringsten betroffen oder gar erschüttert. Wahrscheinlich nicht einmal Mary, Laurie und Vi, die sie für geisteskrank hielten. Vielleicht wären sie insgeheim sogar erleichtert. Ebenso plötzlich wie endgültig wußte sie nun, daß sie dieses Leben lange genug ertragen hatte; daß sie keine Kraft mehr besaß und kein Verlangen, weiterzuleben.

Dan hatte ein Geräusch registriert, das er vielleicht nur ein paar Sekunden zu spät gehört hatte. Denn gleich darauf wurde die Tür aufgestoßen, und Sergeant MacLean stand mit Detektiv Forbes und einem anderen Polizisten im Zimmer.
Der Sergeant sah noch genauso verschlafen aus wie heute vormittag. Aber seine sprungbereite Haltung strafte diesen Eindruck Lügen.
«Guten Abend, Mr. Elton», sagte er gedehnt. «Sie haben keine besonders hohe Meinung von der Polizei, was? Das ist aber gar nicht nett von Ihnen. Man sollte einen Polizisten nie unterschätzen; es könnte sich gerade so unglücklich treffen, daß man einen Tag erwischt, wo er ausnahmsweise mal denkt. Apropos denken — haben Sie sich nicht gedacht, daß wir uns auch für diese Wohnung interessieren könnten? Hübsches Appartement

mit vielen interessanten Dingen. Wäre jammerschade, wenn wir uns das nicht angesehen hätten. Vor allem nach der äußerst aufschlußreichen Unterhaltung mit dem Psychiater Ihrer Frau. Der Mann macht sich Sorgen, Mr. Elton. Zuerst machte er sich Sorgen, weil er einfach nicht herauskriegte, was Ihrer Frau fehlte. Aber als er dann merkte, daß ihr vielleicht gar nichts fehlt, da machte ihm das noch mehr Kopfzerbrechen. Offenbar war er in den letzten Wochen schon öfter drauf und dran, sich mit uns in Verbindung zu setzen.»

Er rieb sich nachdenklich das Kinn. «Tja, das regte unsere Neugierde natürlich beträchtlich an. Wir fragten uns zum Beispiel, ob wohl einer von Ihnen beiden hier auftauchen würde. Als Mrs. Elton aufkreuzte, wollten wir ihr zunächst mal ein bißchen Zeit lassen. Sehen, was sie so treibt. Aber als dann Sie auch noch kamen, da wurde es erst richtig spannend.»

Seine Stimme wurde schlagartig scharf. «Sie kommen mit, Mr. Elton. Zwei Mordversuche scheinen mir nicht gerade eine Empfehlung dafür, einen Mann auf freiem Fuß zu lassen. John», sagte er zu Forbes, «kümmern Sie sich um Mrs. Elton und bringen Sie sie hinunter, sobald wir weg sind. Ich warte unten auf Sie.»

Dann wandte er sich an Dan, der ihn seit seinem Eintreten ausdruckslos angestarrt hatte. Alles Unbekümmerte und Forsche war von ihm abgefallen. Er sieht wie ein großes, verlassenes Kind aus, dachte MacLean flüchtig. «Daniel Elton, ich verhafte Sie wegen versuchten Mordes an Violet Joan Elton und an Elizabeth Elton. Ich mache Sie pflichtgemäß darauf aufmerksam, daß alles ...»

«Sparen Sie sich Ihre Formalitäten», sagte Dan tonlos.

«... alles, was Sie von jetzt an sagen, schriftlich fixiert wird und als Beweismittel gegen Sie verwendet werden kann», sagte MacLean unbeirrt. «Wenn Sie es wünschen ...»

«Sergeant!» Detektiv Forbes stand bleich wie die Wand unter der Küchentür. «Mrs. Elton! Sie ist draußen vor dem Fenster auf dem Gesims.»

«Sie ist – lieber Gott! Legen Sie dem Mann Handschellen an und halten Sie ihn hier fest.»

MacLean lief durch die Küche ans Fenster. Er sah die junge Frau, die reglos auf dem schmalen Sims stand, sah die Tiefe unter ihr und wunderte sich nicht mehr, warum Forbes so blaß gewesen war.

«Mrs. Elton, nun ist alles gut», sagte er langsam und deutlich. «Sie sind in Sicherheit. Bleiben Sie ruhig stehen, bitte bewegen Sie auch den Kopf nicht in meine Richtung. Ich komme raus und hole Sie herein.»
«Bleiben Sie drin!» sagte Elizabeth tonlos.
«Mrs. Elton, wir sind von der Polizei, wir wollen Ihnen ...»
«Wenn jemand zu mir herkommt, springe ich sofort. Ich springe so und so. Dort unten wird Frieden sein. Es ist lange her, daß ich ein wenig Frieden hatte.»
«Aber das ist doch jetzt vorbei, Mrs. Elton. Sie sind in Sicherheit!»
«Glauben Sie, das könnte jemals vorbei sein für mich?»
MacLean beugte sich ins Zimmer und gab Forbes mit unterdrückter Stimme Anweisungen: «Es ist ihr Ernst. Rufen Sie die Feuerwehr; sie sollen unten ein Sprungtuch spannen, obwohl das kaum hilft, wenn sie aus dieser Höhe springt. Und lassen Sie diesen Dr. Barrow, ihren Psychiater, mit Blaulicht holen. Der Rettungsnotdienst soll sich in der darunterliegenden Wohnung einquartieren. Aber sagen Sie denen, um Himmels willen, daß sie nichts ohne meine Zustimmung unternehmen.»
Er hockte sich wieder aufs Fensterbrett. «Ich halte mich an Ihren Wunsch, Mrs. Elton, ich komme Ihnen nicht näher.» Ein feiner, kalter Nieselregen setzte ein.
«Mein Name ist MacLean», fing er im Plauderton an. «David MacLean. Ich bin Detektiv-Sergeant. Detektiv Forbes und ich waren heute vormittag bei Ihnen, wenn Sie sich erinnern.»
Sie gab keine Antwort.
Von der Straße herauf drang der gedämpfte Lärm des Feierabendverkehrs. Einen Augenblick lang stellte sich MacLean diese Massen von Menschen vor. Mehr als eine halbe Million wohnte in dieser Stadt; eine unfaßbare Zahl, und doch nur ein Tropfen in der Masse der ganzen Weltbevölkerung. Und mitten in dieser unvorstellbaren Menge, in der der Tod etwas so Alltägliches war, wo ungezählte Tausende jeden Tag an Hunger, Krankheit, Mord und Krieg starben, wo das Leben oft so entsetzlich wertlos schien, mitten darin saß er, Detektiv-Sergeant David MacLean, auf dem Fensterbrett eines neunten Stockwerks und versuchte, ein einziges Leben zu retten. Es war lachhaft; um so lachhafter, weil sie ja selbst sterben *wollte*.
Er redete weiter; freundlich und ganz normal: über das Wetter,

über seine Frau Renée und seine beiden Kinder. Instinktiv spürte er, daß er sie lange genug draußen festhalten mußte mit seinem Gespräch, bis man vielleicht irgendeinen Weg gefunden hatte, ihr zu helfen. Oder wenn es ihm gelänge, etwas in ihr anzusprechen...
Plötzlich sagte sie mit ausdrucksloser Stimme: «Ich möchte allein sein, Sergeant. Nichts als allein. Ich bin herausgestiegen, weil ich Angst hatte. Aber es war das falsche Fenster, da ist keine Feuerleiter. Und plötzlich hatte ich keine Angst mehr, weil alles so einfach war. Ich brauche mich nicht einmal hinunterzustürzen, ich werde von selbst fallen. Es ist kalt, und ich bin nicht schwindelfrei; ich kann gar nicht mehr lange da stehen. Ich habe mich so lange Zeit gefürchtet. Jetzt fürchte ich mich nicht mehr. Ich habe nicht die Kraft, mit all dem Grauen noch einmal anzufangen.»
«Es gibt nichts mehr, wovor Sie sich noch fürchten müßten, Mrs. Elton.»
«Nicht einmal die Erinnerung?» Eine Sekunde lang war ihre Stimme belebt, von Bitterkeit belebt. Doch dann kam es wieder ganz gleichgültig: «Ist — mein Mann noch in der Wohnung?»
«Ja.»
«Bringen Sie ihn weg; bitte, bringen Sie ihn aus dem Haus.»
«Sofort!» Er wandte den Kopf um und gab Forbes den Befehl, Dan wegzubringen.
Dann neigte er sich wieder aus dem Fenster und setzte das Gespräch mit ihr fort. Er erwähnte den blühenden Busch an ihrer Gartentür und fragte nach dem botanischen Namen. Aber sie gab keine Antwort mehr. Der dünne Faden zwischen ihnen war gerissen; wahrscheinlich hörte sie gar nichts mehr von dem, was er sagte. Unten waren ein Feuerwehrauto und zwei oder drei Polizeiwagen vorgefahren. Es war schon beinahe dunkel; so dunkel, daß MacLean Elizabeth nur noch undeutlich sah. Die Lichter unten verstärkten den Eindruck der Höhe nur. Sie sei nicht schwindelfrei, hatte sie gesagt.
«Mrs. Elton», fing er wieder an, «ich hätte gern einen Scheinwerfer von unten auf das Fenster unter Ihnen richten lassen. Aber ich laß es auch bleiben, wenn es Ihnen nicht recht ist.»
Sie erwiderte nichts; auch die Wiederholung seiner Frage schien sie nicht zu hören. Er zog den Kopf zurück. Im Zimmer standen jetzt einige Polizisten. «Strahlen Sie die Mauer mit einem Scheinwerfer an; aber so, daß die Frau nicht direkt

davon erfaßt wird. Der Richtstrahl muß genau unter ihr auftreffen. Und dann seht zu, daß wir einen findigen Techniker auftreiben. Vielleicht läßt sich vom siebenten Stock aus eine Vorrichtung anbringen, um sie aufzufangen. Wenn der Scheinwerfer unter ihr ist, merkt sie nichts davon — ich hoffe es wenigstens.»
«Die Schwester ist da, Sergeant. Sie möchte mit ihr reden.»
«Schwester? Woher, zum Teufel, weiß denn die...» Er schwieg, als er Mary blaß und gebrochen zwischen den anderen stehen sah.
«Das ist eine lange Geschichte, Sergeant, aber ich bekam plötzlich Angst um Lib — um meine Schwester», sagte Mary. Sie schluckte. «Bitte, lassen Sie mich jetzt mit ihr sprechen.»
«Selbstverständlich, ich muß sie nur darauf vorbereiten. Die geringste Kleinigkeit genügt...»
«Ich verstehe», sagte Mary zitternd.
«Wie heißen Sie mit Vornamen?»
«Mary.»
Er setzte sich wieder rittlings auf das Fensterbrett. «Mrs. Elton, wir leuchten jetzt die Wand unter Ihnen an; ich verspreche Ihnen, daß Sie nicht direkt angestrahlt werden. Ihre Schwester ist da. Sie möchte mit Ihnen sprechen. Haben Sie mich verstanden, Mrs. Elton?» Er atmete erleichtert auf, als der Scheinwerfer unter ihr aufleuchtete und Elizabeth reglos blieb. Jetzt sah er sie sehr gut.
«Wollen Sie mit Mary sprechen?» fragte er.
«Nein», sagte sie mit der gleichen erloschenen Stimme wie vorhin. «Lassen Sie sie nicht ans Fenster.»
«Warum denn nicht, Mrs. Elton?» versuchte er sie zu überreden. «Sie ist voller Sorge um Sie...»
«Mary hält mich für krank. Alle halten mich für krank.»
«Jetzt nicht mehr», sagte MacLean. «Jetzt denkt das keiner mehr.»
Sie schien ihn nicht gehört zu haben. «Alles kam von Dan. Er täuschte es vor. Die ganze Zeit über stellte er es so hin, als sei ich krank. Sogar ich habe ihm anfangs geglaubt.»
«Mrs. Elton, das wissen wir doch jetzt alles, Mary weiß auch, daß Sie nicht krank sind. Sie möchte mit Ihnen sprechen.»
«Lassen Sie niemanden ans Fenster, sonst springe ich. Das sind nur Tricks. Sie wollen mich ablenken, um mich hereinziehen zu können. Warum lassen Sie mich nicht in Ruhe sterben?»

«Weil wir nicht zulassen wollen, daß Sie sterben.»
«Warum nicht? Was spielt es schon für eine Rolle?»
«Mrs. Elton, es sind sehr viele Menschen da, die nichts anderes wollen, als Ihr Leben zu erhalten. Es spielt eine große Rolle.»
Selbst ihr Widerspruch wäre ihm lieber gewesen als dieses tödliche Schweigen. Er saß da, halb aus dem Fenster gebeugt, schon ganz durchnäßt und durchfroren von dem Nieselregen und starrte zu ihr hin. Ein Mann betrat das Zimmer und meldete, der technische Rettungsdienst sei eingetroffen. Er sei in der darüberliegenden Wohnung und lasse fragen, ob man jemand am Seil herunterlassen solle. Man könne die Frau vielleicht überraschen und mit hinaufziehen.
«Nein!» sagte MacLean ins Zimmer hinein. «Die sollen jetzt ja nichts unternehmen. Sonst springt sie.»
Er lehnte sich wieder hinaus. «Mrs. Elton, gibt es irgendeinen Menschen, mit dem Sie sprechen möchten? Ihren Psychiater, einen Geistlichen?»
Plötzlich und schlagartig war ihm klargeworden, daß sie verloren war, wenn sie sich nicht umstimmen ließ. Gleich darauf berichtete man ihm, daß zwei Stockwerke tiefer ein Netz vom Fenster aus gespannt würde, was aber mit vielen Schwierigkeiten verbunden sei. Er zweifelte daran, daß es überhaupt praktisch durchführbar sein würde. Und er war ganz sicher, daß es auf jeden Fall zu spät käme.
Es war eine lange Pause. Er glaubte schon nicht mehr, daß sie noch antworten würde. Dann sagte sie plötzlich mit schleppender Stimme: «Ich möchte Michael Weston sprechen. Ich möchte es ihm vorher noch erklären.»
«Wir lassen ihn holen, Mrs. Elton.» Der Sergeant rutschte vom Fensterbrett. Er sah Mary an, die verloren mitten im Zimmer stand; sie hatte einen Ausdruck, der keine Tränen mehr kannte. «Wer ist Michael Weston?»
«Libbys Arzt.»
«Rufen Sie ihn an und sagen Sie ihm, daß wir ihn in einem Polizeiauto mit Martinshorn holen.»
«Das geht nicht», sagte Mary leise. «Er ist um halb sechs nach Sydney geflogen.»
«Mein Gott!» sagte MacLean; das war keine Blasphemie, sondern ein Gebet. «Rufen Sie den Flugplatz an», stieß er hervor. «Vielleicht gab es irgendeine Verzögerung...»
Der Polizist, den er angesprochen hatte, ging sofort ans Tele-

fon. Er fragte, schwieg, bedankte sich und hängte ein. Die beiden Männer sahen sich nicht an.
Plötzlich fühlte er sich müde und leer wie ein ausgelaufener Schlauch. Schwerfällig zog er sich wieder auf das Fensterbrett.

Als das Taxi vor dem Appartementhaus vorfuhr, sagte der Fahrer: «He, was'n da los?»
Mike setzte sich jäh auf. Eine kleine Menschengruppe stand um das Haus; Polizeiwagen, Ambulanz, Feuerwehr.
Mike sah auf das Haus, zog die Brieftasche aus dem Mantel und legte einen Geldschein auf den Beifahrersitz. «Fahren Sie so nah heran, wie die Polizei Sie läßt. Behalten Sie das Wechselgeld, vielen Dank!» Er stieß die Tür noch im Fahren auf und sprang heraus, als der Wagen hielt.
«He, Kumpel, das ist zuviel!»
Mike hörte nichts mehr. Er stand wie festgefroren und blickte zur Hausmauer hinauf.
«Bitte weiterfahren, Mister!» sagte ein Polizist. Der Taxichauffeur zuckte die Achseln und fuhr an.
Mike starrte auf den weißen Fleck an der Mauer, den der Scheinwerfer aus dem Dunkel schnitt. Er war offenbar auf nichts Bestimmtes gerichtet. Eine Stimme sagte ihm, daß er zu spät gekommen war. Sie hatte sich hinuntergestürzt. Elizabeth war tot.
Ein Mann neben ihm redete auf ihn ein; aber er hörte gar nicht hin. Denn jetzt sah er die Gestalt, die im Halbdunkel über dem Lichtfleck stand. Und als habe sein Gehirn das Gehörte wie ein Tonband gespeichert, verstand er jetzt auch, was der Mann gesagt hatte: «Da oben steht eine Frau, die sich herunterstürzen will.»
«Den Mann von der haben sie gerade abgeführt», fing der gesprächige Zuschauer wieder an. «Der soll versucht haben, sie umzubringen.» Er tippte sich an die Stirn. «Dabei ist die übergeschnappt und aus dem Fenster gestiegen. Sie sagt, daß sie runterspringt, sobald ihr einer nahe kommt. Hat mir'n Polyp selber erzählt.»
Mike sah den Mann jetzt erst richtig an. «Was sagen Sie da?»
«Jaaa — also selber direkt nicht. Einem Reporter hat er es gesagt. Wissen Sie, die Kerle kommen ja gleich, ich sage Ihnen! In Scharen! Eine Spürnase haben die Hunde, das ist nicht zu glauben. Aber die Polente hat sie nicht reingelassen, nein...»

Er hörte jetzt nicht mehr zu. Er lief zur Tür und sagte dem Polizisten dort, wer er sei. Dann beförderte ihn der Lift in den neunten Stock. Der langsamste Lift seines Lebens. Warum ging der verfluchte Kasten nicht schneller? Wie lange konnte sie es rein körperlich noch aushalten in dieser Kälte, durchnäßt ...
Als er in Vis Appartement kam, fiel sein Blick sofort auf das offene Küchenfenster und den Mann dort, dessen Gesicht von erschreckender Erschöpfung gezeichnet war.
«Wer, zum Teufel, sind Sie?» herrschte ihn der Mann an.
«Mrs. Eltons Arzt — Weston.»
Mary fuhr herum. Einen Augenblick lang starrten ihn alle an wie eine Geistererscheinung. «Aber Sie sind doch nach Sydney geflogen», sagte Mary töricht.
MacLean schnitt dem Arzt alle Erklärungen ab: «Doktor, sie ist nur noch zu retten, wenn sie selbst es will. Aber mit Ihnen *wollte* sie sprechen. — Warten Sie! — Zuerst muß ich sie darauf vorbereiten. Die geringste Veränderung, die kleinste Überraschung ...» Er verstummte. «Seit einiger Zeit reagiert sie auf kein Wort mehr. Sie steht so nah, daß ich sie fast berühren könnte, wenn ich den Arm ausstrecke; aber es ist, als stünde da gar keiner mehr ...»
Mike ballte die Hände zu Fäusten. «Hat sie wirr geredet?»
Der Sergeant schüttelte den Kopf. «Das erkläre ich Ihnen später, Doktor. Sie ist geistig vollkommen gesund.»
Er beugte sich aus dem Fenster. «Mrs. Elton, Dr. Weston ist jetzt da. Er möchte mit Ihnen sprechen.»
Sie gab keine Antwort. «Michael Weston, Ihr Arzt. Erinnern Sie sich? Sie wollten ihm etwas erklären. Möchten Sie jetzt mit ihm sprechen?»
«Nein.» Ihre Stimme klang merkwürdig hohl. «Sie haben mir selbst gesagt, daß er nach Sydney geflogen ist. Das ist nur ein ...» Er hörte sie nichts mehr sagen und dachte: Jetzt wird sie ohnmächtig. Wir können sie nicht mehr retten. Alles war umsonst. «... nur ein Trick», schloß sie matt.
MacLean glitt schnell vom Fensterbrett. «Sie ist kurz vorm Ende, Doktor. Wir haben nichts mehr zu verlieren. Reden Sie mit ihr. Und hören Sie zu, ich weiß, es ist viel verlangt von Ihnen, aber wenn irgendeine Chance besteht, daß sie Sie in ihre Nähe läßt, wollen Sie ihr dann reinhelfen? Sie scheinen der einzige Mensch zu sein, zu dem sie Vertrauen hat. Sie müssen auf den Sims hinaus, Doktor, wir ...»

«Sofort!» unterbrach ihn Weston. Er war in einem Satz am Fenster und schwang sich rittlings auf das Fensterbrett, wie er es von MacLean gesehen hatte. Im selben Augenblick fast waren zwei Polizisten hinter ihm und befestigten ein Seil um seine Taille.
«Vergessen Sie nicht...», fing MacLean an und verstummte sofort wieder, als er Mikes Gesicht sah.
Mike hielt sich am Fensterrahmen und neigte sich mit dem Oberkörper hinaus. Er sah Elizabeth. Sie stand vielleicht zwei Meter von ihm entfernt. Mehr als alles andere erschreckte ihn ihr Gesicht: leer und leblos; ihre Augen starrten empfindungslos ins Nichts.
Eine Welle glühenden Hasses gegen Dan Elton überfiel ihn. Und plötzlich bezweifelte er, ob man sie noch retten konnte. Ob es nicht selbst dann zu spät sein würde, wenn man sie körperlich rettete. Nach allem, was sie bisher durchgemacht hatte, mußte dieser letzte, furchtbarste Schock sie wirklich um den Verstand bringen.
«Mrs. Elton», sagte er, «ich bin es, Mike Weston.»
«Bitte, lassen Sie mich», sagte sie müde.
«Elizabeth, ich bin es, Mike Weston. Sie wollten mich doch sprechen!»
Das Sprechen schien ihr eine fast unmenschliche Mühe zu bereiten. «Nein, Mike Weston ist nicht da. Das sind nur Tricks, dieselben Tricks, die Dan sich ausgedacht hat.»
«Nein, Elizabeth, ich bin es wirklich. Ich konnte nicht nach Sydney fliegen — weil — weil ich das Gefühl hatte, daß Sie mich brauchen.»
Sie erwiderte nichts.
«Was wollten Sie mir sagen, Elizabeth?» er wartete. «Elizabeth, ich möchte Ihnen helfen. Das ist kein Trick. Sie kennen doch meine Stimme.»
«Sie ist fast in Reichweite, aber man hat das Gefühl, da steht niemand», hatte MacLean gesagt. Wie lange mochte sie schon so stehen, den Körper verkrampft gegen die Hauswand gepreßt und die Augen starr und blicklos auf den Himmel gerichtet? Mike wußte nur eines: Und wenn sie schon über eine Stunde so stand, und wenn es nur eine halbe Stunde gewesen wäre, sie würde es kaum eine Minute länger aushalten.
Er versuchte es gar nicht vor ihr zu verbergen. Er setzte einen

Fuß auf das Gesimsband, dann den anderen und schob sich vorsichtig hinaus.
Sie bewegte keinen Muskel. Sie sagte nur: «Gehen Sie zurück! Zwingen Sie mich nicht zu springen. Ich will in Ruhe sterben.»
Er suchte verzweifelt ein Zauberwort, das seine Identität bewies. Wenn es noch etwas gab, das helfen konnte, dann war es ein richtiges Wort. Mike biß die Zähne aufeinander. Er zwang sich zu einem fast fröhlichen Ton: «Ich kann Sie nicht sterben lassen, bevor ich Ihnen die Schubertsymphonie zurückgegeben habe, die ich vor ein paar Tagen bei Ihnen kaputtgemacht habe.»
Seine Brust schmerzte von dem gestauten Atem. Er wartete in Todesangst; er sah sie unverwandt an. Sie schien nichts gehört zu haben. Dann drehte sie langsam den Kopf zu ihm herum, und er konnte es wie das Ablaufen eines Filmes beobachten: die Leere ihres Blickes, die allmählich vom Erkennen verdrängt wurde. Die toten Augen, die sich wieder belebten und etwas wahrnahmen.
Sie schaute ihn an und sagte halb ungläubig: «Mike Weston? Aber Sie – Sie sind doch nach Sydney geflogen. Wie...»
«Ihre Schwester hat mich vorher noch angerufen, ich solle Ihnen helfen – Elizabeth, ich erkläre Ihnen das alles später. Ich muß Ihnen etwas sagen: Es wird nicht leicht werden. Die erste Zeit wird sehr schwer für Sie sein. Aber Sie werden es schaffen. Sie können sich ein lebenswertes Leben aufbauen. Es wird Zeit brauchen, aber Sie können es. Ich gebe Ihnen mein Wort darauf. Und denken Sie an Vi. Elizabeth, Sie sind der einzige Mensch, den sie hat. Und für sie wird das Leben mit dieser Erinnerung auch nicht leicht sein. Vi braucht Sie. Für Vi, für mich, für Sie selbst – Elizabeth, bitte, versuchen Sie es!»
Er wußte nicht, ob sie ihn wirklich gehört hatte.
«Können Sie noch so lange stehen bleiben, bis ich bei Ihnen bin und Ihre Hand nehmen kann?»
Sein Gesicht war naß von Regen und Schweiß. Er wartete.
«Ich – glaube, ich kann es», sagte sie endlich.
«Bleiben Sie ganz ruhig stehen, bis ich komme. Dann gehen Sie mit mir. Ich lasse Sie nicht fallen, ich verspreche es Ihnen.»
Mit dem Rücken gegen die Hausmauer schob er sich zu ihr vor. Mit beiden Händen ergriff er ihren linken Arm. Er wollte keine Zeit damit verlieren, ihr das Seil umzulegen. «Ich lasse Sie nicht gehen, ganz gleich, was passiert, ich lasse Sie nicht springen!»

Er löste ihre Hände von der kalten, feuchten Mauer und zog sie zum Fenster.
Jemand nahm Mike das Seil ab. Elizabeth ging wie leblos durchs Zimmer. Mike und Mary stützten sie. Schweigend traten die Männer beiseite und ließen sie hinausgehen.

David MacLean stand allein mitten im Wohnzimmer und ließ noch einmal den Blick durch diesen Raum wandern. Nichts verriet, was sich eben hier ereignet hatte. Er hatte gewartet, bis alle fort waren, um noch einen Augenblick allein sein zu können. Selbst die Aschenbecher waren schon geleert. Und jemand hatte das Fenster zugemacht.
Plötzlich kam er sich vor wie ein Eindringling im privaten Bereich eines anderen. Er löschte das Licht und machte die Wohnungstür hinter sich zu.

Agatha Christie

Agatha Mary Clarissa Miller, geboren am 15. September 1890 in Torquay, Devonshire, sollte nach dem Wunsch der Mutter Sängerin werden. 1914 heiratete sie Colonel Archibald Christie und arbeitete während des Krieges als Schwester in einem Lazarett. Hier entstand ihr erster Kriminalroman *Das fehlende Glied in der Kette*. Eine beträchtliche Menge Arsen war aus dem Giftschrank verschwunden – und die junge Agatha spann den Fall aus. Sie fand das unverwechselbare Christie-Krimi-Ambiente.
Gleich in ihrem ersten Werk taucht auch der belgische Detektiv mit den berühmten »kleinen grauen Zellen« auf: Hercule Poirot, der ebenso unsterblich werden sollte wie sein weibliches Pendant, die reizend altjüngferliche, jedoch scharf kombinierende Miss Marple (*Mord im Pfarrhaus*).
Im Lauf ihres Lebens schrieb die »Queen of Crime« 67 Kriminalromane, unzählige Kurzgeschichten, 7 Theaterstücke (darunter *Die Mausefalle*) und ihre Autobiographie.
1956 wurde Agatha Christie mit dem »Order of the British Empire« ausgezeichnet und damit zur »Dame Agatha«. Sie starb am 12. Januar 1976 in Wallingford bei Oxford.

Von Agatha Christie sind erschienen:

Das Agatha Christie Lesebuch
Alibi
Alter schützt vor Scharfsinn nicht
Auch Pünktlichkeit kann töten
Auf doppelter Spur
Der ballspielende Hund
Bertrams Hotel
Der blaue Expreß
Blausäure
Das Böse unter der Sonne oder Rätsel um Arlena
Die Büchse der Pandora
Der Dienstagabend-Klub
Ein diplomatischer Zwischenfall
Dreizehn bei Tisch
Elefanten vergessen nicht

Die ersten Arbeiten des Herkules
Das Eulenhaus
Das fahle Pferd
Fata Morgana
Das fehlende Glied in der Kette
Ein gefährlicher Gegner
Das Geheimnis der Goldmine
Das Geheimnis der
  Schnallenschuhe
Das Geheimnis von Sittaford
Die großen Vier
Das Haus an der Düne
Hercule Poirot's größte Trümpfe
Hercule Poirot schläft nie
Hercule Poirot's Weihnachten
Karibische Affaire
Die Katze im Taubenschlag
Die Kleptomanin
Das krumme Haus
Kurz vor Mitternacht
Lauter reizende alte Damen
Der letzte Joker
Die letzten Arbeiten des Herkules
Der Mann im braunen Anzug
Die Mausefalle und andere Fallen
Die Memoiren des Grafen
Mit offenen Karten
Mörderblumen
Mördergarn
Die Mörder-Maschen
Mord auf dem Golfplatz
Mord im Orientexpreß
Mord im Pfarrhaus
Mord im Spiegel oder
  Dummheit ist gefährlich

Mord in Mesopotamien
Mord nach Maß
Ein Mord wird angekündigt
Die Morde des Herrn ABC
Morphium
Nikotin
Poirot rechnet ab
Rächende Geister
Rotkäppchen und der böse Wolf
Ruhe unsanft
Die Schattenhand
Das Schicksal in Person
Schneewittchen-Party
Ein Schritt ins Leere
16 Uhr 50 ab Paddington
Der seltsame Mr. Quin
Sie kamen nach Bagdad
Das Sterben in Wychwood
Der Tod auf dem Nil
Tod in den Wolken
Der Tod wartet
Der Todeswirbel
Tödlicher Irrtum oder
  Feuerprobe der Unschuld
Die Tote in der Bibliothek
Der Unfall und andere Fälle
Der unheimliche Weg
Das unvollendete Bildnis
Die vergeßliche Mörderin
Vier Frauen und ein Mord
Vorhang
Der Wachsblumenstrauß
Wiedersehen mit Mrs. Oliver
Zehn kleine Negerlein
Zeugin der Anklage

Jack Higgins

Jack Higgins (Pseudonym für Henry Patterson; schrieb auch unter den Pseudonymen Martin Fallon und James Graham), geboren am 27. Juli 1929 in Newcastle upon Tyne, England, versuchte sich zunächst in den verschiedensten Berufen (vom Zirkusarbeiter über den Versicherungsvertreter bis zum Angehörigen der Royal Horse Guard) und studierte später an der Universität London Soziologie und Sozialpsychologie.
Higgins hatte bereits eine ganze Reihe von Kriminalromanen und Thrillern geschrieben, ehe ihm mit *The Eagle has Landed* (dt. *Der Adler ist gelandet*, Scherz Verlag 1976) der große, weltweite Durchbruch gelang.
Higgins lebt heute mit seiner Familie – er hat drei Töchter und einen Sohn – auf der Insel Jersey.

Von Jack Higgins sind erschienen:

Heldenspiel
Baron in der Unterwelt
Ein Sarg für Ibiza
Eine Nacht zum Sterben
Das Jahr des Tigers
Schlüssel zur Hölle
Tag der Rache

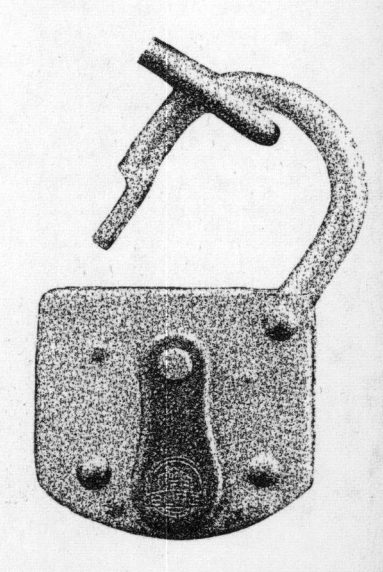

Ian Fleming

Ian Fleming, geboren am 28. Mai 1908 in London als Sohn eines Bankiers, studierte in München und Genf Psychologie. 1933 ging er für die Nachrichtenagentur Reuter als Korrespondent nach Moskau. Während des Zweiten Weltkriegs war er hochrangiger Verbindungsoffizier beim britischen Geheimdienst. Ab 1953 schrieb er seine James-Bond-007-Romane, die auf Anhieb zu Welterfolgen wurden und, verfilmt, ein Millionenpublikum begeisterten. Am 11. August 1964 starb er im Canterbury Hospital nahe London.

Die bei Scherz erschienenen 007-James-Bond-Romane:

Casino Royale
Countdown für die Ewigkeit
Leben und sterben lassen
Du lebst nur zweimal
Der goldene Colt
Goldfinger
Der Hauch des Todes
Im Angesicht des Todes
Im Dienst Ihrer Majestät
007 James Bond jagt Dr. No
Liebesgrüße aus Athen
Liebesgrüße aus Moskau
Moment mal, Mr. Bond
Mondblitz
Sag niemals nie
Der Spion, der mich liebte

Ein knisterndes Psychodrama voll Obsession und Eifersucht

Deborah Moggach
DIE DOPPELGÄNGERIN
Roman/Scherz

Scherz

384 Seiten / Roman / Leinen

Deborah Moggach zieht den Leser sukzessive in die Vertauschung zweier Frauenrollen hinein – mit einer fein gesponnenen Dramaturgie, einer psychologisch raffinierten Personenführung und einem Plot, der zu Identifikation verführt.

Wird mit Anjelica Huston verfilmt.

Ein Roman,
in dem Tatsachen und Fiktion
meisterhaft verbunden sind.

288 Seiten / Roman / Leinen

«Stefan Murr – dieser Name ist wie ein
Gütesiegel.» *FAZ*

**Die Geschichte von Männern und Frauen,
deren Schicksale in den vergangenen
Jahrzehnten aufeinandertreffen – und die ihren
dramatischen Höhepunkt während Ereignissen
in der jüngsten Zeit finden.**

Charmant, frivol und voller Lebensfreude

Leslie Thomas — Die unkeusche Nell — Roman

Scherz

300 Seiten / Roman / Leinen

Diese prickelnden, frivolen Abenteuer einer temperamentvollen, zur Liebe geborenen Frau sind hinreißend komisch und geistreich erzählt und voll gepfefferter Lebensweisheit.